GW01071903

Herta Müller, née en 1953, originaire de la minorité germanophone du Banat en Roumanie, s'est réfugiée en Allemagne en 1988. Son œuvre romanesque, qui décrit la vie sous le régime totalitaire de Ceaușescu, compte trois ouvrages traduits en français : *L'homme est un grand faisan sur terre*, *Le renard était déjà le chasseur* et *La Convocation*. L'Académie suédoise l'a récompensée en 2009 du prix Nobel pour avoir, «avec la densité de la poésie et l'objectivité de la prose, dessiné les paysages de l'abandon».

Herta Müller

PRIX NOBEL DE LITTÉRATURE

LE RENARD ÉTAIT DÉJÀ LE CHASSEUR

ROMAN

Traduit de l'allemand
par Claire de Oliveira

Éditions du Seuil

TEXTE INTÉGRAL

1ᴿᴱ PUBLICATION EN ALLEMAGNE
Rowohlt Verlag, Reinbeck bei Hamburg, 1992
TITRE ORIGINAL
Der Fuchs war damals schon der Jäger
© Carl Hanser Verlag, Munich, 2009

ISBN 978-2-7578-2002-5
(ISBN 978-2-02-019361-0, 1ʳᵉ publication)

© Éditions du Seuil, janvier 1997 et octobre 2009,
pour la traduction française

Ça fait rien, ça fait rien,
je me suis dit, ça fait rien.

V. Erofeiev

Le chemin du ver
dans la pomme

La fourmi transporte une mouche morte. La fourmi ne voit pas le chemin, elle retourne la mouche et revient sur ses pas. La mouche est trois fois plus grande que la fourmi. Adina rentre le coude, elle ne veut pas barrer le chemin à la mouche. Un morceau de goudron brille près du genou d'Adina, il cuit au soleil. Elle le tapote du bout du doigt, un fil de goudron s'étire à l'intérieur de sa main, se fige en l'air et se brise.

La fourmi a une tête d'épingle, le soleil n'a pas la place de la brûler. Il pique. La fourmi se perd. Elle rampe, mais elle ne vit pas ; pour l'œil, elle n'est pas un animal. Comme elle, les graines des herbes rampent à la périphérie de la ville. La mouche est vivante parce qu'elle est trois fois plus grande et qu'elle est transportée par la fourmi ; pour l'œil, elle est un animal.

Clara ne voit pas la mouche, le soleil est un potiron de braise, il éblouit. Clara a les cuisses très écartées, les mains posées entre les genoux. À l'endroit où son slip lui rentre dans les cuisses, il y a des poils. Sous les poils il y a des ciseaux, une bobine de fil blanc, des lunettes de soleil et un dé à coudre. Clara se fabrique un chemisier pour l'été. L'aiguille plonge, le fil avance pas à pas, ta mère sur la glace, lance Clara qui lèche le sang sur son doigt. Un juron sur la glace, la mère de l'aiguille, le petit brin de fil, le gros fil. Dans les jurons de Clara, tout a une mère.

La mère de l'aiguille est l'endroit qui saigne. La mère de l'aiguille est la plus vieille aiguille du monde, celle qui a donné naissance à toutes les aiguilles. Elle cherche pour toutes ses aiguilles un doigt à piquer sur toutes les mains du monde qui cousent. Dans son juron le monde est petit, un bout d'aiguille et un bout de sang sont suspendus au-dessus de lui. Et dans ce juron, la mère du fil est à l'affût au-dessus du monde, avec des brins emmêlés.

Par cette chaleur, tu dis des jurons avec de la glace, dit Adina, et les pommettes de Clara ruminent, sa langue cingle dans sa bouche. Clara a toujours des rides quand elle dit des jurons, car dans le juron chaque mot est une balle qui peut toucher les choses avec des mots sur les lèvres. Même la mère des choses.

Adina et Clara sont couchées sur une couverture. Adina est toute nue, Clara ne porte que le slip de son maillot de bain.

Les jurons sont froids. Les jurons n'ont pas besoin de dahlias, de pain, de pommes, ni d'été. Ils ne sont ni à sentir ni à manger. Les jurons sont seulement à faire tournoyer et à plaquer au sol, à déchaîner peu de temps et à retenir longtemps. Ils font descendre la pulsation des tempes dans les poignets et monter le sourd battement du cœur jusqu'aux oreilles. Les jurons s'enflent et s'étouffent.

Quand les jurons sont rompus, ils n'ont jamais existé.

La couverture est posée sur le toit de l'immeuble, des peupliers se dressent autour du toit. Ils sont plus

hauts que tous les toits de la ville et pleins de ver-
dure, ils n'ont pas de feuilles distinctes, mais seulement du feuillage. Ils ne bruissent pas, ils murmurent.
Le feuillage, comme les branches, se dresse à la verticale sur les peupliers, on ne voit pas le bois. Et, à une
hauteur que rien n'atteint, les peupliers découpent l'air
brûlant. Les peupliers sont des couteaux verts.

Quand Adina regarde trop longtemps les peupliers,
ils font tourner leurs couteaux d'un bout à l'autre de sa
gorge. Sa gorge a le vertige. Et son front sent qu'aucun
après-midi ne peut retenir même un seul peuplier aussi
longtemps que la lumière qui tarde à disparaître derrière l'usine, le soir. Le soir devrait se dépêcher, la
nuit pourrait retenir les peupliers parce qu'on ne les
voit pas.

Entre les immeubles, le bruit des tapis que l'on bat
brise la journée, son écho résonne en haut du toit et
jette les coups les uns contre les autres, comme les
jurons de Clara le font avec les mots.
Le bruit des tapis battus ne peut faire monter jusqu'aux
oreilles le sourd battement du cœur.

Après ses jurons, Clara est fatiguée et le ciel si vide
que Clara ferme les yeux, aveuglée par le soleil, et
qu'Adina les écarquille et regarde beaucoup trop longtemps dans le vide. Tout en haut, là où les couteaux
verts n'arrivent même plus, un fil d'air brûlant s'étire
et entre dans l'œil. Le poids de la ville y est suspendu.

Le matin, à l'école, un enfant a déclaré à Adina :
le ciel, aujourd'hui, est tout changé. Un enfant qui
compte parmi les plus silencieux. Ses yeux très écartés

11

lui font des tempes étroites. Ce matin, ma mère m'a réveillé à quatre heures, a dit l'enfant, elle m'a donné la clé parce qu'elle devait aller à la gare. Quand elle est partie, je l'ai accompagnée jusqu'au portail. Quand j'ai traversé la cour avec elle, j'ai senti sur mon épaule que le ciel était tout près. J'aurais pu m'appuyer dessus, mais je ne voulais pas faire peur à ma mère. Quand j'ai retraversé la cour tout seul, les pierres étaient trans- parentes. J'ai marché vite. À l'entrée, la porte était changée, le bois était vide. Il me restait encore trois heures de sommeil, dit l'enfant, mais je n'ai pas pu me rendormir. Ensuite j'ai sursauté, et pourtant je n'avais pas dormi. Enfin, peut-être que si, parce que j'avais les yeux qui tiraient. J'avais rêvé que j'étais couché au bord de l'eau en plein soleil et que j'avais une vessie sur le ventre. Je pinçais la peau de la vessie et ça ne faisait pas mal. Parce que, sous la peau, il y avait de la pierre. En soufflant, le vent soulevait l'eau qui n'était qu'un tissu avec des plis, pas de l'eau. Dessous, il n'y avait pas de pierres, sous le tissu il y avait de la chair.

L'enfant se mit à rire au milieu de la dernière phrase et dans le silence qui s'ensuivit. Ses dents étaient comme du gravier : les moitiés de dents noircies et les autres lisses et blanches. Le visage de l'enfant avait un âge qui jurait avec sa voix. Le visage de l'enfant sentait le fruit blet.

C'était l'odeur des vieilles femmes qui se poudrent à l'excès jusqu'à ce que leur poudre soit aussi fanée que leur peau. Des femmes dont les mains tremblent devant le miroir, qui se mettent du rouge à lèvres sur les dents et, peu après, regardent leurs doigts sous le miroir. Leurs ongles sont brossés et ont une auréole blanche.

Quand l'enfant était avec les autres enfants dans la cour de l'école, sa tache sur la joue était la marque de la solitude. Elle grandissait, car une lumière oblique tombait sur les peupliers.

Clara s'est endormie, elle part très loin dans son sommeil, sa torpeur au soleil laisse Adina seule. Dans le bruit des tapis battus, l'été se brise en pelures vertes. Dans le murmure des peupliers, les pelures vertes sont tous les étés interrompus. Toutes les années pendant lesquelles on est un enfant qui grandit encore tout en sentant que chaque soir tombe sur une arête vive. Des journées d'enfants aux cheveux coupés à angle droit, la boue sèche de la banlieue, la poussière derrière le tramway, et, sur le trottoir, les pas des grands hommes efflanqués qui gagnaient de l'argent pour acheter du pain.

La banlieue était accrochée à la ville par des fils, des tuyaux, et par un pont sans fleuve. La banlieue était ouverte aux deux bouts, comme les murs, les chemins et les arbres. À un bout de la banlieue, les tramways de la ville murmuraient et les usines soufflaient leur fumée sur le pont sans fleuve. Le murmure du tramway d'en bas et la fumée d'en haut étaient parfois la même chose. L'autre bout de la banlieue était mangé par le champ qui fuyait au loin avec ses feuilles de betterave ; des murs blancs étincelaient au fond. Ils étaient grands comme la main, il y avait un village là-bas. Des moutons étaient accrochés entre le village et le pont sans fleuve. Ils ne mangeaient pas de feuilles de betterave, l'herbe poussait sur le chemin au bord du champ et ils mangeaient le chemin avant la fin de l'été. Ensuite, ils restaient devant la ville et léchaient les murs de l'usine.

L'usine se trouvait devant et derrière le pont sans eau, c'était une grande usine. Des vaches et des cochons hurlaient derrière les murs. Le soir, on brûlait les cornes et les sabots, une odeur forte montait vers la banlieue. L'usine était un abattoir.

Le matin, quand il faisait encore noir, les coqs chantaient. Ils traversaient les cours grises comme les hommes efflanqués marchaient dans la rue. Et ils avaient la même allure.

À la dernière station, les hommes passaient le pont à pied. Le ciel était bas sur le pont et, quand il était rouge, les hommes avaient une crête rouge dans les cheveux. Quand il coupait les cheveux du père d'Adina, le coiffeur de banlieue disait qu'il n'y a rien de plus beau qu'une crête de coq sur les héros du travail.

Adina avait posé des questions au coiffeur sur la crête rouge, parce qu'il connaissait tous les crânes et tous les épis. Il disait que les épis sont aux cheveux ce que les ailes sont aux coqs. Adina savait ainsi que chacun des hommes efflanqués volerait un jour sur le pont, dans toutes ces années. Mais personne ne savait quand.

Car les coqs volaient par-dessus les clôtures, et, avant de voler, ils buvaient l'eau des boîtes de conserve vides au fond des cours. La nuit, ils dormaient dans des boîtes à chaussures. Quand les arbres devenaient froids la nuit, les chats se glissaient dans ces boîtes.

Le terminus se trouvait plus loin dans la banlieue, à soixante-dix pas du pont sans fleuve. Adina avait compté les pas, car la dernière station d'un côté de la rue était la première de l'autre côté. Les hommes descendaient lentement à la dernière station et les femmes montaient vite à la première. Les femmes couraient avant de monter. Au petit matin, elles avaient les cheveux aplatis, des sacs qui volaient et des taches de sueur qui leur restaient sous les bras. Celles-ci étaient souvent sèches et laissaient une auréole blanche. Sur les doigts des femmes, l'huile des machines et la rouille rongeaient le vernis à ongles. Quand elles couraient prendre le tramway, elles avaient déjà la fatigue de l'usine entre le menton et les yeux.

Quand les premiers tramways murmuraient, Adina se réveillait et frissonnait dans sa robe d'été. Sur sa robe, il y avait un motif avec des arbres. Les couronnes des arbres étaient vers le bas. La couturière avait cousu le tissu à l'envers.

La couturière habitait dans deux petites pièces, le plancher avait des aspérités et les murs humides étaient ventrus de partout. Les fenêtres donnaient sur la cour intérieure. Un panneau de fer-blanc était posé sur une fenêtre, on pouvait y lire COOPÉRATIVE LE PRO-GRÈS.

La couturière appelait les pièces ATELIER. Des tissus étaient posés sur la table, le lit, les chaises et les coffres. Des chutes de tissu jonchaient le plancher et le seuil des portes. Un billet avec un nom était fixé sur chaque coupon. Derrière le lit, un sac de chutes de tissu se dressait dans une caisse en bois. Et il y avait écrit sur la caisse en bois INUTILISABLES.

La couturière cherchait les mesures des gens dans un petit cahier. Ceux qui venaient depuis des années faisaient partie des clients fidèles. Ceux qui venaient rarement, par hasard, ou juste une fois, des clients de passage. Quand les clients fidèles apportaient un tissu, la couturière n'écrivait plus leurs mesures dans le cahier. Les mesures que la couturière écrivait chaque fois étaient celles d'une femme efflanquée comme les hommes et qui allait tous les jours à l'abattoir.

Elle tenait son centimètre dans sa bouche et disait : tu devrais aller chez le vétérinaire quand tu veux une robe. Si tu maigris tous les étés, mon cahier sera bientôt plein de tes os.

Cette femme apportait un nouveau cahier à la couturière plusieurs fois par an. Sur la couverture, il y avait écrit CAHIER DE BRIGADE et au-dessus des cases POIDS VIF et POIDS ABATTU.

Adina n'avait jamais le droit de marcher pieds nus dans l'atelier, des épingles étaient toujours piquées entre les chutes de tissu sur le plancher. Seule la couturière savait comment marcher sans se piquer. Une fois par semaine, elle traversait la pièce à quatre pattes avec un aimant, et toutes les épingles du plancher lui sautaient dans la main.

À l'essayage de la robe, la mère d'Adina avait dit à la couturière, les arbres pendent vers le bas, tu ne vois pas, tu as pris le tissu en sens inverse. La couturière aurait encore pu remettre le tissu dans le bon sens, il n'était fixé qu'avec un fil de bâti. Elle tenait deux épingles dans sa bouche, ce qui compte, c'est le devant et le dos, dit-elle, et que la fermeture éclair soit à gauche, quand je regarde d'ici, le bas est en haut. Elle penchait le visage vers le sol, c'est comme ça que la voient les poules, dit-elle. Et les nains, dit Adina. Sa mère regardait par la fenêtre dans la cour.

Sur la façade, il y avait une vitrine avec des croix, des tuyaux de poêle et des arrosoirs en tôle. Ils étaient appuyés sur de vieux journaux, et devant eux, sur une couverture brodée, était posé un panneau de fer-blanc : COOPÉRATIVE LE PROGRÈS.

Les croix, les tuyaux de poêle et les arrosoirs tremblaient quand le tramway passait. Ils ne tombaient pas.

Derrière la vitrine on voyait une table avec des

cisailles, des pinces et des vis, un homme y était assis. Il était ferblantier. Il portait un tablier de cuir. Son alliance était accrochée à son cou avec une ficelle, car aux deux mains il n'avait plus d'annulaires.

Lui aussi avait des clients fidèles et des clients de passage. Les clients fidèles disaient que sa première femme était morte depuis longtemps et qu'il n'en avait pas trouvé de deuxième parce qu'il avait son alliance accrochée au bout d'une ficelle. Le coiffeur disait que le ferblantier n'avait jamais eu de femme, qu'il avait été fiancé quatre fois avec cette alliance, jamais marié. Quand la vitrine était pleine de croix, de tuyaux de poêle et d'arrosoirs, le ferblantier soudait de vieilles marmites.

Quand le tramway passait devant la vitrine, les têtes des passagers se retrouvaient entre les croix et les tuyaux. Sur les arrosoirs, les têtes étaient ondulées par la marche et les reflets de la tôle. Quand le tramway était passé, il n'y avait plus sur les arrosoirs que la lueur de la neige tassée par les pas.

Adina porta plusieurs étés la robe avec les arbres qui tombaient. Elle grandissait et la robe raccourcissait chaque été. Et les couronnes des arbres pendaient tous les ans vers le bas et restaient lourdes. Au bord du trottoir, sous les arbres qui poussaient vers le haut, la fille de la banlieue avait un visage farouche. L'ombre des arbres ne lui couvrait jamais tout le visage. La joue à l'ombre restait fraîche, et celle au soleil devenait chaude et molle. Sur la joue fraîche, Adina sentait une fermeture éclair.

Après une pluie d'été qui ne rafraîchissait pas les pierres, des chaînes de fourmis noires rampaient dans les fissures des pierres de la cour. Adina faisait couler de l'eau sucrée dans le tube transparent d'une aiguille à tricoter circulaire. Elle mettait le tube dans une fissure. Les fourmis y rentraient, se rangeaient à la queue leu leu, qui par la tête, qui par le ventre. Adina collait les extrémités du tube avec une allumette et se mettait le collier autour du cou. Elle se mettait devant le miroir et voyait que le collier vivait, même si les fourmis étaient collées au sucre, chacune morte à l'endroit où elle avait étouffé.

Une fois dans le collier, chaque fourmi était pour l'œil un animal.

Adina allait chaque semaine chez le coiffeur parce que ses cheveux poussaient vite et ne devaient pas dépasser le bord des oreilles. En allant chez le coiffeur, elle passait près de la vitrine avec les croix, les tuyaux de poêle et les arrosoirs. Le ferblantier lui faisait signe derrière sa vitre, elle entrait. Il lui donnait un cornet de papier journal. Il y avait dedans des cerises de mai, des abricots dès le mois de juin, des raisins dès l'été alors qu'ils n'étaient pas encore mûrs dans les jardins, nulle part. À cette époque, Adina croyait que le journal modifiait les fruits.

Quand il lui donnait le cornet, le ferblantier disait : mange, sinon ça pourrit. Elle mangeait vite, les fruits auraient pu pourrir pendant qu'il le disait. Le ferblantier ajoutait : mange doucement pour sentir longtemps chaque bouchée.

Elle mâchait, avalait et voyait le feu trembloter sur le fer à souder, recouvrir et remplir les trous au fond de la marmite. Les trous rebouchés brillaient comme les tuyaux de poêle, les arrosoirs et les croix de la vitrine. Quand le feu ne ronge pas la marmite, la mort te bouffe le cul, disait le ferblantier.

Une fois, un après-midi, Adina était allée se faire couper les cheveux avec son collier de fourmis. Elle était assise sur le fauteuil devant le grand miroir et faisait balancer ses jambes. Le coiffeur peignait ses cheveux dans le cou et mit son peigne devant ses yeux, soit les fourmis disparaissent, soit c'est toi qui disparais avec les fourmis, dit-il.

Un homme dormait dans un coin. Le chat du coiffeur était couché sur ses genoux. L'homme était efflanqué, il avait une crête de coq tous les matins sur le pont, quand il allait à l'abattoir. Il s'éveilla en sursaut et jeta le chat qui vola devant le miroir jusqu'à la porte. Des bêtes mortes, j'en vois assez comme ça à l'abattoir, cria-t-il. Il cracha par terre.

Le sol était jonché de cheveux coupés, les cheveux des hommes efflanqués qui se connaissaient entre eux. Ils étaient rêches, gris foncé et gris clair, et blancs. Ils étaient denses comme sur un grand crâne. Des cafards rampaient entre les mèches. Les mèches se soulevaient et s'abaissaient. Les cheveux vivaient parce que les cafards les portaient. Sur la tête des hommes, ils ne vivaient pas.

Le coiffeur fit tomber ses ciseaux dans le tiroir ouvert, je ne peux pas couper les cheveux comme ça, dit-il, les fourmis se faufilent sous mes vêtements. Il tira sa chemise de son pantalon et se gratta; quand il retira ses doigts, des mèches rouges lui restèrent sur le ventre. Il lança un juron sur la mère des fourmis. Celui de l'abattoir en poussa un sur la mère des cadavres. Le miroir fut brusquement si haut et le tiroir si profond qu'Adina vit ses pieds pendre sous sa chaise comme du haut d'un toit. Elle courut jusqu'à la porte où était couché le chat. Le chat la regarda partir, il avait trois yeux.

Une semaine plus tard, le coiffeur donna des bonbons à Adina. Ils avaient des cheveux collés dessus, ils grattaient la langue. Adina voulait recracher les cheveux, il dit : ça nettoie la gorge.

Les bonbons craquaient dans la bouche, Adina demanda quand l'homme qui avait jeté le chat allait mourir. Le coiffeur se fourra une poignée de bonbons dans la bouche : quand on a coupé à un homme assez de cheveux pour remplir un sac, dit-il, un sac bien tassé. Quand le sac est aussi lourd que l'homme, celui-ci meurt. Je mets les cheveux de chaque homme dans un sac, jusqu'à ce que le sac soit bien bourré, dit le coiffeur. Je ne pèse pas les cheveux avec une balance, je les pèse du regard. Je sais, dit-il, combien de cheveux j'ai coupés à chacun pendant des années et des années. Je devine leur poids au coup d'œil, je ne peux pas me tromper. Il souffla dans le cou d'Adina.

Le client qui a jeté le chat reviendra encore sept ou huit fois, dit-il. C'est pour ça que je n'ai rien dit, même si le chat ne veut plus rien manger depuis. Je ne veux pas laisser un client de plusieurs années qui en est à ses dernières coupes de cheveux aller à l'aventure chez un autre coiffeur. Une ride s'échappa des commissures de ses lèvres et lui entailla la joue.

Clara est debout près de la couverture, elle enfile son chemisier pour l'été. Sur son index, le dé brûle au soleil. Ses jambes osseuses suivent la ligne de son ventre pour l'essayage du chemisier, esquissent quelques pas. Ce sont les pas d'un oiseau osseux qui n'a rien d'autre à faire que de contempler l'été et d'être beau. Le peuplier au couteau proche regarde la scène. Sur les aisselles rasées de Clara, les poils repoussent dru. Sous ses bras, ils sont déjà le menton de l'homme dont parle Clara. Un homme qui a du style, dit-elle, je n'en ai encore jamais rencontré. Un désir.

Clara rit, clopine après ses jambes, son désir est

chauffé par le soleil et a le vertige à cause du toit. Sa tête ignore le couteau vert des peupliers, le bord du toit, les nuages, la ville. Et que ce toit sous le soleil est plein de fourmis portant des mouches mortes. Et que ce toit au soleil n'est qu'une arête dans le ciel.

La robe d'été avec les arbres qui tombent et la fermeture éclair sur une seule joue a donné pour toujours à Adina la terreur des robes. Chez la couturière, Adina commença à mesurer la vie des femmes au poids de leurs chutes de tissu. Elle y allait souvent et restait assise à regarder. Son coup d'œil têtu se posait sur tous les clients. Elle savait quand les chutes de tissu d'une femme remplissaient presque le sac, un sac plein à ras bord, aussi lourd que la femme. Et elle savait que la femme de l'abattoir aurait encore besoin de quatre robes avant de mourir.

Clara prend dans son sac une petite pomme d'été avec des taches rouges et la tient sous le menton d'Adina. Son dé scintille et frôle la peau de la pomme. Une petite pomme avec une longue tige, une bonne partie de ce qui aurait dû être aussi de la pomme est devenu ligneux et a poussé dans la tige. Adina mord un grand coup dans la pomme. Crache, y a un ver dedans, dit Clara. Un fil de miettes brunes s'enfonce dans la chair de la pomme. Adina avale la bouchée et le ver. Mais ce n'est qu'un ver de pomme, dit-elle, il grandit dans la pomme, il est fait de chair de pomme. Il ne grandit pas dans la pomme, dit Clara, il se glisse dans la pomme, il la traverse une fois en mangeant et ressort en rampant. C'est ça son chemin.

Adina mange, ses bouchées crissent dans ses oreilles, mais qu'est-ce qu'il va chercher dehors, dit-elle, après tout il n'est fait que de chair de pomme, il est tout blanc, il mange de la chair blanche et fait un chemin marron avec ses crottes, il traverse une fois en mangeant et meurt dans la pomme. C'est ça son chemin.

Les yeux de Clara ne sont pas maquillés et le ciel est vide, et les couteaux des peupliers se dressent à la verticale, verts. Les yeux de Clara sont petits. Ses pupilles cherchent sous ses joues un chemin en ligne droite vers sa bouche. Clara se tait, se couche sur la couverture et ferme les yeux.

Au-dessus de l'immeuble, il y a un nuage blanc et tourmenté. Les vieillards qui meurent l'été restent un certain temps au-dessus de la ville, entre le lit et la tombe.

Clara et le vieillard de l'été dorment du même sommeil. Adina sent le chemin du ver dans son ventre. Il passe entre les poils de son sexe, sur la face intérieure de ses cuisses, vers le creux de ses genoux.

L'homme dans la main

Une ombre marche derrière une femme, la femme est petite et courbée, l'ombre garde ses distances. La femme marche dans l'herbe et s'assied sur un banc près de l'immeuble.

La femme est assise, l'ombre reste debout. Elle n'appartient pas à la femme, de même que l'ombre du mur n'appartient pas au mur. Les ombres ont abandonné les objets auxquels elles appartiennent. Elles n'appartiennent qu'à cette fin d'après-midi qui n'est plus.

Des dahlias poussent sous les premières rangées de fenêtres de l'immeuble, ils sont grands ouverts et leurs bords déjà en papier à cause de l'air brûlant. Ils regardent dans les cuisines et les chambres, dans les assiettes et les lits.

Par la fenêtre d'une cuisine, de la fumée s'échappe dans la rue, elle sent les oignons brûlés. Une tapisserie est accrochée au-dessus de la cuisinière, un cerf dans une clairière. Le cerf est aussi brun que la passoire posée sur la table. Une femme lèche une cuillère en bois, un enfant pleure debout sur une chaise. Il a un bavoir autour du cou. La femme essuie les larmes de l'enfant avec le bavoir.

L'enfant est trop grand pour se tenir sur la chaise, trop grand pour porter un bavoir. Une tache de couleur bleue colle au coude de la femme. Une voix d'homme crie, ça pue ces oignons, tu restes là comme une vache devant ta casserole, moi je vais m'en aller, aussi loin que je pourrai. La femme regarde dans la casserole, souffle sur la fumée. Elle dit d'une voix faible et dure, eh bien vas-y donc, emballe tes affaires de merde et va te faire voir chez ta mère. L'homme tire les cheveux de la femme, sa main la frappe au visage. Ensuite la femme reste debout à côté de l'enfant qui se tait et regarde par la fenêtre.

Tu étais sur le toit, dit l'enfant, j'ai vu ton cul. L'homme crache sur les dahlias par la fenêtre. Il est torse nu, il a des taches de couleur bleue sur la poitrine. Y a rien à voir ici, dit-il, je vais te cracher entre les yeux. Le crachat tombe sur le trottoir, il y a une graine de tournesol dedans. Rentre et regarde dehors, dit l'homme, t'auras plus de choses à voir. L'enfant rit, la femme soulève l'enfant de la chaise, le serre contre elle. Tu ris et tu pousses, dit-elle, tu grandis, et lui, il finira par me tuer à force de me battre. L'homme rit doucement, puis très fort. Tu étais sur le toit avec l'enfant, dit la femme.

D'un pas à l'autre, on trouve sur le trottoir des crachats, des mégots et des épluchures de graines de tournesol. Et par endroits, un dahlia écrasé. Une feuille de cahier gît au bord du caniveau. On peut y lire : La vitesse du tracteur bleu est six fois supérieure à celle du tracteur rouge.

L'écriture de tous les jours d'école, les lettres tombent à la renverse dans un mot, et la tête la première au mot suivant. Et les verrues aux doigts des enfants, la saleté sur les verrues, des colliers de verrues faits de baies grises, des doigts comme des cous de dindons.

Les verrues se transmettent aussi par les objets, a dit Paul, elles vont sur toutes les peaux. Adina touche tous les jours les cahiers et les mains des enfants. La craie crisse sur le tableau, chaque mot écrit pourrait devenir une verrue. Les visages ont des yeux las, ils n'écoutent pas. Ensuite la cloche sonne, et Adina se retrouve devant le miroir des toilettes réservées aux enseignants. Elle regarde son visage et son cou, elle cherche une verrue. La craie lui mange les doigts.

Dans les colliers de verrues des enfants, il y a le geste de saisir, de bousculer et de piétiner, d'appuyer et de presser, la haine quand on empoigne et qu'on écrase. Tomber amoureux et s'enfuir à toutes jambes, c'est dans les verrues, comme la ruse des pères et des mères, des parents, des voisins et des inconnus. Quand l'œil coule, quand une dent se casse, quand il y a du sang dans l'oreiller, on hausse les épaules.

Un bus passe avec des vitres éclairées et, au milieu, les plis d'un tuyau de caoutchouc, d'un accordéon. En haut du fil glissent les cornes, l'accordéon s'ouvre et se ferme, la poussière des plis s'envole. La poussière est grise avec des poils fins, plus chaude que l'air du soir. Quand le bus passe, il y a de l'électricité dans la ville. Les cornes projettent des étincelles vers les arbres, les feuilles des branches trop basses tombent sur le chemin. Les peupliers dépassent de toutes les rues, ils sont plus sombres que d'autres arbres dans l'obscurité.

Un homme marche devant Adina, il tient une lampe de poche. Souvent, il n'y a pas d'électricité dans la ville, les lampes de poche font partie des mains, tels des doigts. Dans les rues où il fait noir comme dans un four, la nuit est d'un seul tenant, et le passant n'est qu'un bruit sous une pointe de chaussure éclairée. L'homme tient la lampe de poche avec l'ampoule vers l'arrière. Le soir étire son dernier fil blanc au bout de la rue. Dans la vitrine luisent des assiettes à soupe blanches et des cuillères inoxydables. La lampe de poche n'est pas encore allumée, l'homme attend que le bout de la rue tombe dans la prochaine ruelle. Quand il allume la lampe, il disparaît. À ce moment, l'homme est dans la main.

C'est seulement quand il fait complètement noir qu'on coupe l'électricité. L'usine de chaussures ne vibre pas, dans la loge du portier, une bougie est allumée près d'une manche. Un chien aboie devant la loge du portier, on ne le voit pas, on voit ses yeux qui brillent, on entend ses pattes sur l'asphalte.

Les peupliers avancent dans toutes les rues. Les maisons se serrent les unes contre les autres. Derrière les rideaux, on s'éclaire à la bougie. Les gens mettent leurs enfants près de la lumière, ils veulent encore voir leurs joues avant le lendemain matin.

Là où poussent des buissons, la nuit est prête à bondir entre le feuillage et l'agression. Quand il n'y a pas d'électricité dans la ville, la nuit arrive par en dessous, elle coupe d'abord les jambes. De la lumière grise s'accroche encore aux épaules, assez pour balancer la tête et fermer les yeux. Elle ne suffit pas pour voir.

Il est rare que les flaques brillent, elles ne brillent pas longtemps car le sol a soif, l'été est sec, poussiéreux pendant des semaines. Un buisson frôle l'épaule d'Adina. Il a des fleurs blanches et agitées. Elles ont une odeur lourde, leur parfum est oppressant. Adina allume sa lampe de poche, un cercle tombe dans le noir, un œuf. À l'intérieur, une tête pousse avec un bec. La lumière de la lampe de poche ne suffit pas pour voir, elle suffit à donner la certitude que la nuit ne peut pas manger tout le dos, mais rien que la moitié du dos.

À l'entrée de l'immeuble, les roses tissent un toit ajouré, un tamis de feuilles sales, d'étoiles sales. La nuit les chasse hors de la ville.

La boucle sur le front

Le journal est rêche, mais la boucle sur le front du dictateur a un scintillement lumineux sur le papier. Elle est gominée et elle brille. Elle est en cheveux écrasés. La boucle sur le front est grande, elle envoie d'autres boucles plus petites jusqu'à l'occiput du dictateur. Celles-là sont avalées par le papier. Sur le papier rêche, il y a écrit : Le fils le plus aimé du peuple.

Ce qui brille voit.

La boucle sur le front brille. Elle voit le pays tous les jours. La photo encadrée du dictateur dans le journal est tous les jours aussi grande que la moitié de la table. Sous la boucle du front, le visage a la taille de deux mains quand Adina y pose ses mains à l'envers, regarde droit devant elle dans le vide et retient sa respiration.

Le noir dans l'œil du dictateur est comme l'ongle du pouce d'Adina quand ce pouce se crispe sans rien saisir. Tous les jours, le noir de l'œil regarde le pays depuis le journal.

Le nerf optique court à travers le pays. Des villes et des villages, tantôt regroupés, tantôt éparpillés, des chemins se perdent dans les champs, s'arrêtent à des fossés sans pont ou devant des arbres. Et les arbres s'étouffent là où personne ne les a plantés. Des chiens errent. Là où il n'y a pas de maisons, ils ne savent plus aboyer depuis longtemps. Ils perdent leur fourrure d'hiver, puis leur fourrure d'été, sont tantôt farouches, tantôt hargneux, au moment où on ne s'y attend pas. Ils ont peur et, en courant, ils se rentrent dans le front avant de mordre.

Et là où tombe la lumière venant du noir de l'œil, les hommes restent debout dans la campagne et ont à leurs pieds des bourgs qui leur escaladent la gorge et leur descendent à pic dans le dos.

Même le café, même le parc, même les tables et les chaises en fer. Elles sont travaillées en forme de feuilles et de tiges, blanches et fines comme du fil. Elles ne sont lourdes, les chaises, que si on les soulève ou les pousse. On les prend rien qu'avec les doigts et on regarde déjà l'eau parce qu'on ne s'attend pas à avoir du fer entre les mains.

Le chemin près du café suit la rivière, la rivière suit le chemin. Il y a des pêcheurs au bord de la rivière, et on retrouve dans l'eau le noir de l'œil. Il brille.

Ce qui brille voit.

Sur la rive, des ombres de peupliers tombent sur les escaliers, se brisent sur le bord des marches et ne plongent pas. Quand le tramway passe sur le pont, les ombres envoient des ombres plus petites dans le cours d'eau, de même que la boucle sur le front du dictateur envoie des boucles plus petites jusqu'à l'occiput du dictateur.

Lumière de peupliers et ombre de peupliers, jusqu'à ce que toute la ville soit pleine de raies. Les dalles de pierre, les murs, les touffes d'herbe, l'eau et les bancs.

Personne ne marche au bord de la rivière, et pourtant c'est un jour d'été, ce pourrait être un été à flâner au bord de la rivière.

Les pêcheurs ne se fient pas à l'été rayé. Ils savent qu'en bas les ombres des peupliers restent ce que les peupliers sont en haut, des couteaux.

Les poissons n'y viennent pas, disent les pêcheurs. Quand une raie sombre des peupliers tombe sur leurs lignes, ils posent leurs cannes à pêche sur de l'herbe plus lumineuse et lancent leurs lignes sur une cible d'eau claire.

Une femme marche sur le chemin au bord de la rivière. Elle porte un coussin fermé par des ficelles, elle le porte dans ses deux bras, elle le tient bien droit, le vent bat derrière elle. Peut-être y a-t-il un enfant dans le coussin, peut-être un nourrisson qui dort avec deux têtes, aux deux bouts, là où les ficelles ne sont pas trop serrées. Les bras de la femme sont bruns, ses mollets aussi blancs que le coussin. Un pêcheur suit les mollets des yeux. Les hanches de la femme ondulent. Le regard du pêcheur tombe dans l'eau, lassé et diminué par les peupliers qui ont la tête en bas. Les yeux du pêcheur sentent le moindre soir. Il s'étend en plein jour sur l'arête du nez. Les doigts fouillent dans la poche du pantalon, mettent une cigarette dans la bouche. La flamme éclaire le coin de ses lèvres, la main grandit et la recouvre, le vent se lève.

Dans la rivière, les pêcheurs pêchent de l'herbe noyée, des chaussettes rongées et des culottes gonflées d'eau. Et une fois par jour, quand leurs cannes sont recourbées et les lignes saoulées par le fond, un poisson visqueux. Ce pourrait être un chat mort.

Sur l'arête du nez, le moindre soir vole tout. Ce qu'il ne vole pas, il l'interdit. Il interdit la chance, disent les pêcheurs, l'été rayé dévore la chance pendant la pêche.

Aux peupliers pendent des capsules qui ne sont ni semence ni fruit, des dés à coudre obliques pour les insectes, pour les mouches et les pucerons. Ceux-ci tombent des peupliers et grimpent sur le journal. Adina, du bout des doigts, pousse les insectes vers la boucle sur le front du dictateur, les mouches grimpent sur les cheveux près de l'oreille, les pucerons sentent le scintillement lumineux et font les morts.

La serveuse abaisse son plateau, voit le visage sur la table, sa pommette bat, son oreille brûle. Elle détourne le regard, si vite que la peur gonfle une veine bleue sur sa tempe, elle pose le verre sur le front, sur la table. La limonade coupée d'eau fait monter des tourbillons de stries jaunes, la boucle sur le front est dans le verre. Adina fait tinter la cuillère, la cuillère brille, la limonade aussi, ce qui brille voit. Une aiguille brûlante est à l'intérieur du front, le tramway passe sur le pont, fait naître des vagues sur la rivière. Adina repose sa cuillère sans prendre le verre, sa main est comme la cuillère. Adina attend Clara et Paul. Elle détourne la tête.

Le parc s'étend derrière le toit plat du café, des toits pointus se dressent un peu plus loin. Ce sont les rues des directeurs, des inspecteurs, des maires, des sécuristes et des officiers. Les rues silencieuses du pouvoir, où le vent, quand il souffle en bourrasque, a peur. Et, quand il vole, ne tourbillonne pas. Et, quand il cogne, préfère se casser les côtes plutôt qu'une branche. Les feuilles sèches grattent sur les chemins, couvrent aussitôt les traces derrière les pas. Quand un passant n'habite pas ici, n'est pas du coin, il n'est rien pour ces rues.

Les rues silencieuses du pouvoir sont dans le souffle qui fait fourcher les branches et les garnit de feuillage à écouter, dans le souffle qui, près de la rivière, retient le chemin à claquer les talons, ce souffle qui, sur les

31

deux rives, même sur l'herbe tondue, rend les pas verticaux et soulève le genou jusqu'à la gorge. Ici, les passants ne veulent pas se faire remarquer, ils marchent de manière abrupte et lente. Mais ils courent aussi, la hâte dans le gosier. Puis, quand les passants sont sur le pont, la ville les recouvre de bruits insouciants. Ils poussent un soupir de soulagement, le tramway murmure, arrache au silence le front et les cheveux.

On ne peut jamais voir les maîtres des rues silencieuses dans leurs maisons ou leurs jardins. Des domestiques passent derrière des sapins, sur des escaliers en pierre. Quand les pieds des femmes de chambre foulent le gazon, celles-ci soulèvent leurs boyaux jusque dans leur gorge pour ne pas casser l'herbe. Quand elles coupent le gazon, elles ont dans le blanc des yeux un miroir où la faucille et le râteau brillent comme des ciseaux et un peigne. Si les domestiques ne se fient pas à leur peau, c'est parce que leurs mains projettent une ombre quand elles saisissent quelque chose. Leurs crânes savent qu'elles sont nées avec les mains sales dans des rues sales. Que leurs mains, désormais dans le silence, ne deviendront pas propres mais vieilliront. Quand les domestiques regardent dans le frigidaire des maîtres, leurs yeux prennent peur parce que le carré de lumière leur tombe sur les pieds. L'horloge fait tic-tac sur le mur, le rideau se gonfle, leur joue grelotte à leurs pensées. La viande est enveloppée dans de la cellophane, la cellophane couverte de givre, de givre blanc comme la pierre, le marbre du jardin.

Dans les jardins des rues silencieuses, il n'y a pas de nains de jardin avec des bonnets. Dans ces jardins se dressent des pierres tristes, aux pieds nus jusqu'à la tête. Des lions nus, aussi blancs que des chiens enneigés, et des anges nus sans ailes, comme des enfants enneigés.

Et en hiver, quand le gel vire en passant près du soleil, la neige jaunit là aussi et se brise sans fondre.

Les domestiques habitent dans les caves, sous les maisons. Ce qu'elles effleurent la nuit dans leur sommeil est plus près des cloportes et des souris que des planchers d'en haut. Les maris des domestiques sont partis sous la terre, les enfants des domestiques ont grandi et quitté la maison. Les domestiques sont des veuves.

Un professeur de l'école d'Adina est fille de domestique. Ma mère est domestique dans la maison jaune derrière le jardin rond, a-t-elle dit à Adina. De l'autre côté de la rivière, elle a levé l'index au-dessus de sa tête et elle a montré la maison à Adina. Ses yeux étaient vides, ou peut-être son regard était-il simplement figé parce que la journée était très chaude et l'eau proche. Elle eut un petit rire sur le pont d'en haut, le tramway passa, écrasa le petit rire. Le soir, dit la fille de la domestique, quand il fait déjà noir, le maître revient à la maison, il est officier, il passe ses journées à boire au cercle militaire, place de la Liberté. Le soir, c'est le chemin qui le trouve, il ne trouve pas son chemin. Quand il s'en va, les serveuses lui mettent sa casquette d'uniforme de travers. Et il tangue comme ça dans les rues jusqu'à ce que son chemin le trouve, la visière sur la nuque. Tous les soirs, dit la fille de la domestique, il se passe la même chose dans cette maison : DELTA DU DANUBE. La cloche a sonné dans le clocher de la cathédrale, la fille de la domestique a levé les yeux, a ri sans pouvoir s'arrêter, le carillon lui pendait à la langue. Dans les vitrines, Adina a encore senti la proximité de l'eau. La fille de la domestique s'est penchée, a regardé ses chaussures. Elle avait la semelle devant les yeux ; les talons ne me plaisent pas, a-t-elle dit. Sa bouche a fait une grimace, a dit DELTA DU DANUBE et a retrouvé le chemin de l'officier.

Quand l'officier monte l'escalier entre les lions, sa femme entend ses bottes qui raclent sur le sol et dit à ma mère : DELTA DU DANUBE. Ma mère prend dans la cuisine une marmite d'eau chaude et la porte dans la salle de bains. Elle verse l'eau dans une bassine posée par terre. Elle verse ensuite de l'eau froide jusqu'à ce que la bassine soit pleine et l'eau tiède. La femme de l'officier attend dans le couloir. Elle ouvre la porte de l'intérieur avant que la clé ne tourne de l'extérieur dans la serrure. Elle prend la serviette des mains de son mari, sa casquette, et dit DELTA DU DANUBE. L'officier émet un grognement et opine du chef. Il suit sa femme qui traverse la pièce et va vers la salle de bains. Sa femme est déjà assise sur le couvercle des toilettes, il enlève ses bottes et les pose devant la porte. Sa femme dit, sors ta cigogne. L'officier enlève son pantalon d'uniforme et le donne à sa femme, elle plie le pantalon et le tient sur son bras. Il retire son slip et s'assied les jambes écartées sur la bassine, s'appuie sur ses genoux et regarde les carreaux bleus au-dessus du miroir. Son membre trempe dans l'eau. Quand ses testicules s'enfoncent dans l'eau, sa femme dit : bon, ça va. Quand ses testicules flottent à la surface, elle pleure et crie, tu t'es vidé les couilles en baisant, même tes bottes sont ramollies. L'officier baisse la tête entre ses genoux, regarde ses testicules qui flottent et dit : je te le jure, chérie, je te le jure.

La fille de la domestique regarda le buisson dépouillé qui frôlait son manteau, ce qu'il jure, ma mère ne le sait pas, dit-elle, le miroir est plein de buée, il répète son serment. Sa femme s'est tue depuis longtèmps, alors

34

c'est lui qui se met à pleurer. Chez lui, c'est seulement un gémissement, chez elle, c'est plus fort. Ma mère est assise dans le séjour, sa chaise est du grand côté de la table. Elle regarde dans la salle de bains, elle a honte jusqu'au fond des yeux. Elle dissimule sous le plateau de la table ses mains qui tremblent. Quand ma mère remue sa pantoufle, la femme dit, Lenutsa, tu restes ici. Et elle dit à l'officier, range ta cigogne. Il se lève et met son slip. Elle traverse le séjour avec le pantalon sur le bras, agrippe chaque fois le bord de la table, puis l'épaule de ma mère. Elle dit, Lenutsa, range tout ça, et elle va vers la porte de la chambre en passant près du bord de la table comme si c'était une rampe d'escalier. Il marche derrière elle, ses bottes à la main.

La fille de la domestique souffla de l'air chaud sur ses mains. Mon manteau n'a pas de poches, dit-elle, il vient de cette femme. Ma mère range la salle de bains et éteint la lumière. En fait, je ne crois pas à toutes ces histoires, dit la fille de la domestique, elle frotta ses doigts sur son manteau, se cogna les ongles contre les boutons, cela fit un bruit de pierres qui s'entrechoquaient.

Ma mère n'a encore jamais menti, dit la fille de la domestique, l'officier ronfle derrière la porte de la chambre, sa femme fredonne une chanson :

> *Les roses de la vallée*
> *Sont encore en fleur*
> *Sont encore si belles*
> *Les roses de la vallée.*

Ma mère connaît cette chanson, la femme la chante tous les matins dans la cuisine. Ma mère marche sur la pointe des pieds, mais le plancher grince. La femme écoute, et quand ma mère reste dans le couloir devant la porte de la maison, elle lui dit, Lenutsa, ferme à double tour. La femme a peur que l'ange de pierre ne passe la nuit dans la maison, dit la fille de la domestique. C'est pour cette raison qu'il y a des lions. La femme dit quelquefois à ma mère : son ange ne peut pas passer entre mes lions. L'officier a acheté l'ange contre les lions de sa femme. L'ange et les lions sont du même sculpteur, ma mère dit qu'ils ne peuvent pas se faire du mal. L'officier le sait, dit la fille de la domestique, mais sa femme ne le sait pas. Le matin, quand l'officier a sa casquette et ses bottes, sa femme lui brosse sa veste d'uniforme dans le couloir. Il se penche lentement pour prendre sa serviette, elle se penche et le brosse. La brosse est si petite que ma mère, quand elle était depuis peu de temps dans la maison, ne voyait pas la brosse dans la main de la femme. Ma mère se demandait pourquoi la femme avait la main fermée quand elle la passait sur le dos de l'officier. Un jour, la brosse lui est tombée de la main. La femme a de très petites mains et ma mère, jusqu'à ce jour, n'avait pas cru qu'elle pourrait tenir une chose dans ses mains sans qu'on la voie. Elle est très grande, cette femme, dit la fille de la domestique, je n'ai encore jamais vu de si petites mains sur une femme aussi grande. Quand l'officier est parti, la femme se met à la fenêtre et le suit des yeux. Il dépasse deux maisons, puis il disparaît et elle attend de le revoir au début du pont, puis sur le pont. La femme dit qu'elle a peur qu'il ne lui arrive quelque chose sur le pont justement le matin, quand il n'a encore rien bu.

Tiens, il y a encore l'histoire du flacon de parfum, dit la fille de la domestique. La femme le cachait dans son sac à main, il était vide depuis des années. Une rose était gravée dans le verre, le bouchon avait été doré autrefois, mais depuis le temps, il était usé à force d'avoir été porté. Des caractères cyrilliques étaient tracés sur le pourtour du bouchon, le flacon avait sans doute contenu un parfum russe. Il y a des années, un officier russe dont on ne parlait jamais avait séjourné dans la maison, un avec les yeux bleus. La femme disait quelquefois que les plus beaux officiers avaient les yeux bleus. Son mari avait les yeux bruns et disait quelquefois à sa femme, tu pues encore la rose. Ce flacon devait être associé à quelque chose de spécial, à quelque chose de triste, dit la fille de la domestique qui humecta sa lèvre inférieure et laissa le bout de sa langue à la commissure de ses lèvres. Ce devait être une chose qui ouvre un désir ou ferme brutalement une porte, dit-elle, car ce n'était pas l'absence de son mari mais le fait qu'elle portait le flacon de parfum vide qui causait la solitude de cette femme. Parfois, ma mère avait l'impression que la tête de la femme s'enfonçait dans son cou et descendait à l'intérieur de la femme, comme si elle avait eu des escaliers entre la gorge et les chevilles, comme si sa tête était rentrée en elle par ces escaliers. Peut-être parce que ma mère habitait à la cave, dit la fille de la domestique. La femme de l'officier restait assise à la table la moitié de la journée, et ses yeux étaient à la fois vides et perçants, des fleurs de tournesol séchées. La fille de la domestique essuya ses narines rouges avec son mouchoir chiffonné, frotta et remit son mouchoir dans son sac comme une boule de neige. Tous les ans, la femme offrait à ma mère pour Noël une paire de chaussons en vraie peau de mouton, dit-elle, elle lui donnait chaque semaine du café en grains et du thé russe.

Et c'est moi qui reçois tout ça, dit la fille de la

domestique, parce que ma mère fait des économies. La seule chose que ma mère ne peut pas me donner, ce sont les chaussons, parce que la femme le verrait. Elle a pu faire disparaître les avant-derniers, elle a dit que le chien du facteur les avait emportés et tellement déchiquetés qu'on ne pouvait plus les porter. Le facteur a nié le fait, mais il n'avait pas de preuve.

Son poste à l'école, dit la fille de la domestique, elle l'avait trouvé grâce à sa mère, grâce à la femme de l'officier.

Deux pêcheurs sont debout l'un à côté de l'autre au bord de la rivière. L'un enlève son bonnet, ses cheveux sont aplatis, une ficelle lui court sur l'occiput. Nu-tête, il porte un bonnet de cheveux blancs. L'autre pêcheur crache des épluchures dans la rivière, elles flottent, sont blanches à l'intérieur et noires à l'extérieur. Il tend une poignée de graines de tournesol à celui au bonnet nu-tête; mange, dit-il, pour faire passer le temps. L'homme au bonnet nu-tête repousse la main avec les graines, on dirait des graines de melon, dit-il. Quand je suis revenu du front, tout ce qu'on mangeait ici à la maison était pour moi un cimetière. Le saucisson, le fromage, le pain, même le lait et les cornichons derrière la porte du frigidaire étaient des tombes sous leurs couvercles. Maintenant, après tant d'années, je ne sais pas, dit-il. Il se penche, ramasse un caillou, le roule dans sa main, cligne de l'œil droit. Il jette le caillou dans la rivière pour que le caillou touche l'eau et rebondisse, touche l'eau quatre fois et ricoche quatre fois. Pour que la pierre danse sur l'eau avant de couler. Ce dégoût m'a quitté, dit-il, mais j'ai peur de l'intérieur des melons. Le pêcheur aux graines de tournesol enfonce sa tête entre ses épaules, sa bouche est mince et ses yeux obliques. Il pose ses deux cannes sur l'herbe lumineuse.

Le soleil est loin au-dessus de la ville. Les cannes à pêche projettent des ombres, l'après-midi s'appuie sur leurs ombres. Quand le jour va basculer, pense Adina, quand il va glisser, il creusera de grands sillons dans les champs autour de la ville, le maïs se cassera.

Les pêcheurs sont immobiles quand ils se taisent. Quand ils ne parlent pas ensemble, ils ne vivent pas. Ils n'ont aucune raison d'être silencieux, mais les mots restent coincés. L'horloge marche dans le clocher de la cathédrale, la cloche sonne, puis une heure est vide et passée, elle pourrait être aujourd'hui ou demain. Personne ne la sent au bord de la rivière, le son de la cloche est atténué dans l'eau et gémit jusqu'à ce qu'il s'achève.

Les pêcheurs mesurent la journée à la chaleur du ciel et voient la pluie, quand elle est encore au-dessus d'autres endroits, dans la fumée de l'usine de fil de fer. Et ils sentent, à la brûlure de leurs épaules, le temps que le soleil met à monter et à quel moment il redescend et se brise.

Celui qui connaît la rivière a vu le ciel de l'intérieur, disent les pêcheurs. Quand il fait sombre dans la ville, l'horloge du clocher, pendant un instant, ne peut pas mesurer le temps. Le cadran blanchit tellement qu'une lueur s'en détache et tombe dans le parc. Et les feuilles finement dentelées des acacias ressemblent à des peignes. Les aiguilles sautent, le soir ne s'y fie pas. La lueur ne dure pas très longtemps.

Tant que dure la lueur blanche, les pêcheurs se couchent à plat ventre l'un à côté de l'autre. Ils regardent la rivière. Tant que dure la lueur blanche, la rivière montre à celui qui la connaît une arthrite putride, disent les pêcheurs.

C'est le ciel de l'intérieur. L'arthrite se trouve au milieu de l'eau, pas au fond. Elle a tant de vêtements qu'ils vont d'un pont à l'autre. L'arthrite est nue, elle tient ses vêtements dans ses mains. Ce sont les vêtements des noyés, disent les pêcheurs.

Les pêcheurs ne regardent pas longtemps l'arthrite, après un bref coup d'œil, ils reposent la tête sur l'herbe et rient, les jambes tremblantes. Le pêcheur au bonnet nu-tête ne rit pas. Quand les autres lui demandent pourquoi ses jambes tremblent alors qu'il ne rit pas, il dit : quand je mets ma tête sur l'herbe, je vois mon cerveau tout nu dans l'eau.

Au café, un petit Tsigane est debout près de la dernière table. Il soulève un verre de bière vide au-dessus de son visage, le fil de mousse coule lentement, sa bouche avale avant que le fil de mousse ne soit sur ses lèvres. Arrête de boire, dit Adina, tu n'as pas de bouche, tu bois avec le front. Elle le dit fort, le garçon est à sa table, donne-moi un *leu*, dit-il en tendant la main par-dessus le journal. Adina pose la pièce à côté du verre, il la fait disparaître de la table sous sa main. Que Dieu t'aide à rester belle et bonne, dit-il. Il parle de Dieu, et, dans le soleil, Adina ne voit pas son visage, mais rien que deux yeux d'un blanc jaune. Bois de la limonade, dit-elle.

Une mouche vole dans le verre, il la pêche avec sa cuillère, la fait tomber par terre en soufflant et met la cuillère dans sa poche.

Chochoï, crie la serveuse.

Il a la gorge sèche, un gloussement dans la chemise. Il lève le verre, le boit d'un trait avec tout le visage, jusqu'à ses yeux d'un blanc jaune. Il met le verre dans sa poche.

Chochoï, crie la serveuse.

Chochoï veut dire LAPIN dans la langue des Tsiganes, a dit Clara, les Tsiganes ont peur des lapins. C'est de la superstition que les Tsiganes ont peur, a dit Paul, c'est pire, parce qu'ils ont toujours peur.

Paul a écrit sur un papier pour un vieux Tsigane qui sortait de l'hôpital ce qu'il avait le droit de manger. L'homme ne savait pas lire. Paul lui a lu ce qu'il avait écrit sur le papier, dont les mots VIANDE DE LAPIN. Je ne peux pas prendre ce papier, dit l'homme, vous qui êtes un monsieur, il faut que vous m'écriviez un autre papier. Paul biffa d'un trait VIANDE DE LAPIN, l'homme secoua la tête. C'est toujours dessus, dit-il, vous êtes médecin, vous n'êtes pas un monsieur. Vous n'avez pas compris comment votre cœur bat en vous. Le cœur de la terre bat dans le lapin, et si nous sommes tsiganes, c'est parce que nous comprenons ça, Monsieur, c'est pour ça que nous sommes obligés d'avoir la bougeotte.

Le petit Tsigane court à travers les raies de peupliers, elles le coupent en morceaux, il lève les semelles jusqu'au dos. La serveuse court derrière les semelles. Le pêcheur aux graines de tournesol suit des yeux les semelles qui volent. Comme un caillou sur l'eau, dit-il.

Le vent souffle dans les buissons, les yeux du garçon sont dans les feuilles. La serveuse est dans l'herbe, à bout de souffle, les cils aux aguets, toutes les feuilles s'éventent, elle ne voit pas le garçon. Elle laisse retomber sa tête, retire ses sandales et revient lentement vers le café, à petits pas, dans les raies de peupliers, pieds nus sur les dalles de pierre. Sous sa main pend l'ombre des sandales. Et on voit comme les talons sont hauts, les brides fines, comme les boucles luisent encore sur la pierre, sous la bague de la serveuse. Cours-moi après, tu ne le regretteras pas, dit le pêcheur aux graines de tournesol, sans tes chaussures tu as de grosses jambes, sans tes talons hauts tu n'es qu'une paysanne.

Le pêcheur qui a peur des melons se gratte la braguette ; pendant la guerre, dit-il, j'étais dans un petit village. J'ai oublié comment il s'appelait. Par une fenêtre, j'ai vu une femme assise à sa machine à coudre. Elle cousait un rideau de dentelle blanche qui traînait par terre. J'ai frappé et j'ai dit DE L'EAU. Elle a ouvert en portant le rideau devant elle jusqu'à la porte. Une louche était accrochée au seau. J'ai vidé plusieurs louches, en buvant je regardais ses gros mollets blancs. Je regardais dans le seau, je la voyais debout dans l'eau, toute nue. L'eau était froide, mon palais brûlant, j'avais le cœur qui battait dans mes oreilles. Elle m'a attiré par terre, elle n'avait pas de culotte sous sa robe. Les dentelles grattaient et son ventre était sans fond. Elle n'avait rien dit. Je pense souvent au fait que je n'ai pas entendu sa voix. Je n'ai rien dit non plus. C'est seulement quand je me suis retrouvé dans la rue que je me suis dit à moi-même DE L'EAU.

Le pêcheur aux graines de tournesol casse avec les dents un fil qui pend à l'ourlet de sa chemise ; c'est à cause des mollets, dit-il. Ma femme gémit tellement quand je suis sur elle que les voisins cognent au mur en pleine nuit et crient : arrête de la battre. Derrière les gémissements il n'y a rien, je le sais depuis longtemps, tout est froid sous sa chemise de nuit, seule sa bouche crie. Je reste là, couché sur elle, et je m'habitue à l'obscurité, je vois ses yeux écarquillés, son front tout en haut, d'un gris jaunâtre comme une lune, et son menton qui pend. Je la vois tordre la bouche. Je pourrais cogner avec mon nez sur ses yeux grands ouverts, mais je ne le fais pas. Elle gémit comme quelqu'un qui doit soulever une armoire, pas comme quelqu'un qui aime ça. Ses côtes sont si dures que son cœur se dessèche, ses jambes maigrissent tous les jours à vue d'œil. Au-dessus des chevilles, elle n'a pas de chair sur les mollets. La chair de tout son corps lui pousse dans le ventre, qui s'arrondit et se tend comme celui d'une brebis bien grasse.

Le pêcheur retire sa chaussure et la retourne, il la secoue et un noyau de cerise tombe par terre. Parfois, la lune se trouve entre le plafond et le mur, dans le coin de ma chambre, dit-il. Elle a un pli repassé, je peux voir les motifs des verres à vin dans la vitrine et les franges du tapis. Mes yeux suivent le dessin des franges du tapis, je laisse la journée me défiler dans la tête. Le pêcheur au bonnet nu-tête arrache un brin d'herbe et le met dans sa bouche, il mâche, le brin d'herbe se balance. Laisser la journée vous défiler dans la tête, dit le pêcheur aux graines de tournesol, ça ne dure pas longtemps, les peupliers, la rivière. Ce soir, ça durera plus longtemps, ce soir j'ai la serveuse.

Le pêcheur au brin d'herbe rigole et dit : et le petit Tsigane. Ce soir, ça durera plus longtemps, dit le pêcheur aux graines de tournesol, je mettrai encore plus de temps à m'endormir. J'entends les grillons dehors. Le lit vacille parce qu'on enfile la chemise de nuit. Les grillons chantent, ils forment ensemble un cordon sombre, ils rongent ma tranquillité. Ils pourraient être sous l'immeuble. J'arrête de respirer, je sens que les grillons transportent l'immeuble sur leur dos à travers l'herbe, à travers la longue plaine, jusqu'au Danube. Quand je m'endors, je rêve que je sors de l'immeuble pour aller dans la rue. Il n'y a pas de rue. Je suis en pyjama, nu-pieds, au bord de l'eau et je grelotte. Je dois m'enfuir, je dois m'enfuir en Yougoslavie en traversant le Danube. Et je ne sais pas nager.

De l'autre côté de la rivière, deux hommes sont assis sur un banc. Ils portent des costumes. Leurs oreilles sont transparentes à cause de la lumière, elles sont comme des feuilles l'une à côté de l'autre. L'un d'entre eux porte une cravate à pois bleus et rouges. Au bout du banc, une tache d'ombre pourrait être un manteau sans manches, sans col ni poches. Un qui n'existe plus quand la lumière se pose sur la branche la plus proche. Les deux hommes mangent des graines de tournesol. Les épluchures volent dans l'eau à toute vitesse. Le vent soulève la branche, le manteau se fait plus petit.

Le pêcheur au bonnet nu-tête montre les deux hommes du coin de l'œil et recrache son brin d'herbe. Tu connais ces oiseaux-là, demande-t-il. Je ne sais vraiment pas nager, dit le pêcheur aux graines de tournesol. Il hausse les épaules. Il parle doucement.

Un jour, dans mon rêve sur le Danube, j'ai vu ma femme, dit-il. Je suis arrivé au bord de l'eau, elle était déjà là. Elle ne me connaissait pas. Elle m'a demandé comme à un parfait inconnu : tu veux t'enfuir, toi aussi ? Elle a laissé le gravier, l'eau, pour partir dans la direction opposée. Là-bas, il y avait des buissons, des saules et des noisetiers. Elle a crié : l'eau m'entraîne, il faut que je mange encore un peu. Elle a cherché sous les fourrés. Comme il n'y avait que les herbes du bord de l'eau, elle fouillait sur les branches, arrachait les noisettes avec les tiges et les feuilles. Les noisettes n'étaient pas prêtes à être cueillies, elles étaient encore dans leur coquille verte. Elle les ouvrait en tapant dessus avec une pierre ronde. Elle mangeait, du

44

lait lui coulait de la bouche. J'ai détourné les yeux, j'ai regardé dans l'eau. Notre Père qui êtes sur la terre comme au ciel, ai-je dit. À chaque mot, j'entendais la pierre qui tapait en sortant de ma bouche. Je ne pouvais pas continuer à prier, je me sentais bafoué. Le Bon Dieu écoutait la pierre et les noisettes, pas moi. Je me suis tourné vers elle et j'ai crié si fort que ma voix m'a piqué les yeux : reviens donc ici près de moi, je ne peux tout de même pas m'enfuir, je ne sais même pas nager.

Sur le front du dictateur, il y a un puceron qui fait le mort.

Adina vient souvent à ce café parce qu'il est au bord de la rivière, parce que le parc pousse chaque année de la longueur d'un bras et que le bois de six mois reste encore clair et tendre jusqu'à la fin de l'été. Et parce qu'on voit aux vieilles branches l'année passée qui se balance encore. L'écorce est sombre et dure, les feuilles ont des nervures grossières pour que l'été ne se termine pas trop vite. Quand les gelées viennent, c'est le mois d'octobre. Il coupe les feuilles en une seule nuit, on pourrait croire à un accident.

Comme le souffle de la peur est suspendu dans le parc, on a la tête qui ralentit et on voit sa propre vie dans tout ce que disent et font les autres. On ne sait jamais si ce qu'on pense devient une phrase sonore ou un nœud dans la gorge. Ou rien que le mouvement des ailes du nez qui montent et descendent.

Dans le souffle de la peur, on finit par avoir l'oreille fine.

De la fumée s'envole par les cheminées de l'usine de fil de fer, elle se déchire jusqu'à ce qu'il ne reste plus que l'image des vieillards de l'été. Et, en bas, les vêtements de l'arthrite putride.

Quand Adina s'est habituée au souffle de la peur, son propre genou n'a pas le même contact que la chaise. À ce moment-là, les rues silencieuses du pouvoir s'accrochent au tramway sur le pont, tel un dernier wagon. Et elles sont entraînées dans la ville, dans la banlieue, dans les rues crasseuses des domestiques. À la boue sèche, on voit que les enfants qui ont grandi ont quitté la maison et que les hommes sont partis sous la terre. Les fenêtres sont bouchées avec de vieux journaux, les veuves ont fui vers les rues du pouvoir, les mains tendues.

Quand on reste longtemps au café, la peur se pose et attend. Et quand on revient le lendemain, elle est déjà posée à l'endroit où l'on s'assied. Elle est un puceron dans la tête, elle ne se promène pas. Quand on reste trop longtemps assis, elle fait la morte.

Clara remue sa chaise, soulève sa robe, ses jambes sont fraîchement épilées, sa peau si lisse qu'il y a dans chaque pore un grain de beauté rouge. Hier, dit-elle, Mara devait compter des rouleaux de fil de fer, aujourd'hui le directeur l'a convoquée dans son bureau, il s'est mis près de la fenêtre et il a recompté les rouleaux. Quand il a eu fini de compter, il lui a dit : tu as des jambes de biche. Mara a répondu merci en rougissant. Et le directeur a ajouté : poilues comme celles d'une biche.

Sur l'eau, quatre femmes rament dans une barque, les muscles de leurs bras sont comme des ventres. La cinquième femme tient un porte-voix devant sa bouche, elle crie dans le porte-voix sans regarder les rameuses, elle crie sur l'eau.

Clara va vers la ville à travers les raies de peupliers. Ses chaussures claquent au bord de la rivière. La boucle sur le front voit que les cris sortant de l'entonnoir s'intercalent entre les pas de Clara.

Le pêcheur au bonnet nu-tête siffle une chanson.

L'homme à la cravate à pois bleus et rouges se lève du banc, tout en marchant il met sa cravate dans sa poche, tout en marchant il crache une épluchure de graine dans la rivière, il se peigne sur l'escalier tout en marchant. Il reste sur le pont, il suit les jambes de Clara dont la robe d'été flotte au vent. Tout en marchant, il allume sa cigarette.

Adina ouvre une enveloppe blanche, Paul tient son journal devant son visage, l'ongle de son pouce est fendillé. La peau de son index est jaune, à force de fumer, il y pousse une feuille de tabac. La lettre est de Liviu, c'est une invitation avec deux alliances entrelacées.

Liviu est l'ami de Paul depuis l'école, cela fait deux ans qu'il enseigne dans un petit village du Sud, là où le Danube coupe le pays, là où les champs heurtent le ciel et où les chardons fanés jettent des coussins blancs dans le Danube. Dans le village, les paysans boivent de l'eau-de-vie avant le petit déjeuner et vont aux champs, a dit Liviu. Et les femmes gavent les oies avec du maïs mêlé d'huile. Et le policier, le prêtre, le maire et le professeur ont des dents en or dans la bouche.

Les paysans roumains mangent et boivent trop parce qu'ils possèdent trop peu de choses, a dit Liviu, et s'ils parlent peu, c'est parce qu'ils en savent trop. Ils ne font pas confiance à ceux qui ne sont pas du coin, même si ceux-là mangent et boivent comme eux, parce que ceux qui ne sont pas du coin n'ont pas de dents en or. Ici, les étrangers se sentent très seuls, a dit Liviu.

C'est la raison pour laquelle Liviu va épouser une institutrice du village, une fille du coin.

Un homme bon
comme du bon pain

Un homme marche au bord de la rue à côté d'un cheval. Il siffle une chanson. La chanson est plus lente que ses pas, les sabots du cheval ne troublent pas la cadence. L'homme regarde par terre en marchant. Tous les matins, la poussière est plus vieille que la journée.

Adina sent la chanson sur la plante de ses pieds; dans son front, la bouche de l'homme chante :

> *Toujours toujours l'idée me pèse*
> *De vendre ma maison et mon champ*

Un petit homme, une corde mince, un grand cheval.

Une corde mince pour un cheval est une grosse corde pour un homme. Un homme avec une corde est un pendu. Comme le ferblantier des faubourgs et des années abandonnées.

Un jour que le tramway murmurait comme tous les jours en passant devant sa vitrine pleine de tuyaux de poêle, d'arrosoirs et de croix funéraires, il y eut un pendu.

Les voyageurs étaient debout derrière les vitres et chacun portait un agneau dans ses bras, parce que c'était bientôt Pâques.

Le feu ne rongeait plus les marmites mais la mort

n'avait pas bouffé le cul du ferblantier, comme il disait toujours. Quand on l'a trouvé, la mort lui avait écrasé le cou.

Les quelques doigts qui lui restaient avaient pris une corde et fait un nœud coulant. L'homme de l'abattoir l'avait trouvé, celui qui avait jeté le chat du coiffeur devant la porte. Il avait commandé un tuyau de poêle au ferblantier et venait le chercher. Il sortait de chez le coiffeur. Ses cheveux étaient frais coupés et son menton était frais rasé, il sentait l'huile d'herbe. De la lavande, voilà comment le coiffeur appelait ce parfum, mais tous les hommes qu'il rasait avaient le visage qui brillait et sentaient l'herbe.

L'homme qui sentait l'herbe dit en trouvant le pendu : voilà un bon artisan qui fait les choses de travers.

Car le ferblantier était pendu à l'oblique et si proche du plancher à côté de la porte qu'il aurait pu se mettre sur la pointe des pieds et se dégager, s'il l'avait voulu.

L'homme qui sentait l'herbe arrivait au-dessus de la tête du pendu, il dit : dommage pour cette bonne corde. Il ne coupa pas la corde, il desserra le nœud coulant, le ferblantier tomba. Le tablier de cuir se courba pendant la chute. Le pendu ne se courba pas, son épaule cogna contre le sol, sa tête resta toute droite en l'air. L'homme qui sentait l'herbe défit le nœud, il enroula la corde autour de son coude entre le pouce et l'index, en la passant sur la paume de sa main. Il fit un nœud avec le petit bout et dit : à l'abattoir, on peut toujours avoir besoin de cette corde.

La couturière mit dans la poche de son tablier une pince et des clous tout neufs et brillants. Elle gardait la tête penchée et ses larmes coulaient sur le réveil qui était sur la table. Une locomotive passait sur le cadran du réveil, elle faisait tic-tac. La couturière regarda les aiguilles et prit un arrosoir; celui-là, je le prends pour sa tombe, dit-elle. Et l'homme qui sentait l'herbe dit : je ne sais pas. Il cherchait son tuyau de poêle.

Et le coiffeur dit : il y a une heure, le ferblantier était encore chez moi, je l'ai rasé. Il n'était pas encore sec qu'il s'est pendu. Le coiffeur mit une lime dans la poche de sa blouse. Il regarda l'homme qui sentait l'herbe, celui qui coupe la corde d'un pendu noue la corde pour se pendre. L'homme qui sentait l'herbe tenait trois tuyaux de poêle sous son bras et montra la corde : tiens, regarde, elle est entière.

Adina voyait par terre à côté du pendu une montagne de casseroles rétamées. À l'intérieur des casseroles, l'émail était décoloré et écaillé. Du persil et de la livèche, de l'ail et des oignons, des tomates et des concombres. Sur l'émail décoloré, il restait tout ce que l'été faisait pousser sur la terre, une gousse, une tranche, une feuille. Les légumes de tous les jardins des faubourgs et des champs, la viande de toutes les cours de ferme et des étables.

Quand le médecin arriva, tous firent un pas en arrière autour du ferblantier, comme si l'effroi venait d'entrer. Le silence défigurait chaque visage, à croire que le médecin avait apporté la mort.

Le médecin déshabilla le ferblantier et regarda les casseroles. Il tira sur les mains inanimées et dit : mais comment peut-on faire de la soudure avec seulement trois doigts aux deux mains. Quand le médecin jeta par terre le pantalon du ferblantier, deux abricots tombèrent de la poche du pantalon. Ils étaient jaunes comme le feu qui ne rongeait plus les casseroles, ronds et lisses. Ils roulèrent sous la table et brillèrent dans leur course.

La ficelle pendait comme tous les jours au cou du ferblantier, mais l'alliance n'était pas sur la ficelle.

Pendant quelques jours et quelques nuits, l'air eut une odeur amère sous les arbres, Adina voyait la ficelle vide dans les veines de calcaire des murs et dans les crevasses de l'asphalte. Le premier après-midi, elle pensa à la couturière, et le premier soir, elle pensa à l'homme qui sentait l'herbe. Et le jour d'après, elle pensa au coiffeur, et pendant la nuit qui tomba sans crépuscule sur le soir, Adina pensa au médecin.

Deux jours après la mort du ferblantier, la mère d'Adina traversait les champs de betteraves pour aller au village qui étincelait de ses murs blancs jusqu'à la périphérie de la ville. Elle acheta un agneau parce que c'était bientôt Pâques. Au village, avec les moutons, la mère d'Adina entendit qu'un enfant était allé chez le pendu. Un enfant inconnu venu d'ailleurs, disaient les femmes du village, avait volé l'alliance au cou du ferblantier. L'alliance était en or, on aurait pu la vendre et acheter un linceul pour le ferblantier. Mais l'argent qu'il y avait dans le tiroir de son établi suffisait tout juste pour une boîte de planches étroite et grossière. Ce n'est pas un cercueil, disaient les femmes, c'est un costume en bois.

L'homme au cheval s'arrête au bord de la rue, un bus en marche le recouvre. Une fois le bus passé, l'homme reste dans la poussière et le cheval fait le tour de l'homme. Celui-ci enjambe la corde, la passe autour d'un tronc d'arbre et serre le nœud coulant. Il se glisse par la porte du magasin dans la queue pour le pain, au milieu des têtes qui attendent.

Avant que la tête de l'homme ne disparaisse entre les têtes qui crient, il regarde derrière lui. Le cheval lève un sabot, reste longtemps sur trois pattes pendant qu'un bus passe, se frotte le ventre sur le tronc.

Adina sent de la poussière dans son œil, le cheval fouille l'écorce de ses naseaux. Sa tête devient floue. La poussière au coin de l'œil est une mouche minuscule au bout du doigt d'Adina. Le cheval mange une branche, les feuilles d'acacias bruissent devant sa gueule, le bois mort a des épines, il craque dans son gosier.

Sortant du magasin où l'homme est entré, de l'air chaud s'échappe dans la rue. Les bus soufflent derrière eux de grandes roues de poussière. Accroché à chaque bus, le soleil est du voyage. Dans les coins, il flotte au vent comme une chemise entrouverte. Le matin sent l'essence, la poussière et les chaussures défoncées. Et quand quelqu'un passe avec un pain à la main, le trottoir sent la faim.

Sur les têtes qui crient dans le magasin, la faim a des oreilles transparentes, des coudes durs, des dents cariées pour mordre et des dents saines pour crier. Il y a du pain frais dans le magasin. On ne compte plus les coudes dans le magasin, mais le pain est compté.

À l'endroit où la poussière vole le plus haut, la rue est étroite, les immeubles sont penchés et serrés. L'herbe s'épaissit au bord des chemins et quand elle fleurit, elle devient insolente et criarde, toujours déchiquetée par le vent. Plus les fleurs sont insolentes, plus la pauvreté est grande. Alors l'été se moissonne lui-même, confond les vêtements déchirés et la balle des céréales. Pour faire briller les vitres, les yeux qui sont devant et derrière elles comptent autant que les graines volantes pour l'herbe.

Là, des enfants arrachent de la terre les brins d'herbe aux tiges laiteuses et les aspirent pour jouer. Et dans le jeu, il y a la faim. La croissance des poumons s'interrompt, le lait des herbes nourrit les doigts sales, les chaînes de verrues. Pas les dents de lait, elles tombent. Elles ne bougent pas longtemps, elles tombent dans la main quand on parle. Les enfants les jettent dans l'herbe derrière leur dos, par-dessus leurs épaules, aujourd'hui une, demain une autre. Pendant que la dent vole, ils crient :

Souris, souris, apporte-moi une nouvelle dent,
je te donne la vieille.

C'est seulement quand la dent est perdue dans l'herbe à un endroit incertain qu'ils regardent en arrière et appellent cela l'enfance.

La souris prend les dents de lait et pose des carreaux blancs dans ses galeries sous l'immeuble. Elle n'apporte pas de nouvelles dents.

Au bout de la rue il y a l'école, au début de la rue il y a une cabine téléphonique cassée. Les balcons sont en tôle ondulée pleine de rouille et ne supportent que des géraniums fatigués et du linge qui volette sur la corde. Et des clématites. Elles grimpent et se cramponnent à la rouille.

Ici, pas de dahlias fleuris. Ici, les clématites effilochent elles-mêmes leur été, hypocrites et bleues. Elles donnent leurs plus belles fleurs parmi les gravats, là où tout rouille, se brise et se délabre.

Au début de la rue, les clématites grimpent à l'intérieur de la cabine téléphonique cassée, se posent sur des tessons de verre et ne se coupent pas. Leurs vrilles enferment le cadran du téléphone.

Sur le cadran, les chiffres sont borgnes, et ils se prononcent eux-mêmes quand Adina marche lentement : un, deux, trois.

Un été à devenir fou en marchant, un été de soldat au fond de la grande plaine, dans le Sud. Ilie porte un uniforme, il porte dans sa bouche un brin d'herbe qui vient de pousser cet été, il porte un hiver avec des jours biffés sur le calendrier dans la poche de son uniforme. Et une photo d'Adina. Dans la plaine il y a la caserne, une colline et une forêt. Le brin d'herbe dans la bouche vient de la colline, a écrit Ilie.

Quand Adina voit de l'herbe haute, elle pense à Ilie et cherche son visage. Elle a une boîte aux lettres dans la tête. Lorsqu'elle l'ouvre, elle est vide, Ilie n'écrit pas beaucoup. Quand j'écris des lettres, je sais où je suis, a-t-il écrit. Quand on est sûr d'être aimé, on écrit peu de lettres, a dit Paul.

Tant que les clématites étaient vertes, un homme était couché dans la cabine téléphonique cassée. Son front était si étroit que ses cheveux commençaient juste au-dessus des sourcils. Parce que son front est vide, disaient les passants, parce que son cerveau est fait d'eau-de-vie et que l'eau-de-vie s'évapore. Quand l'eau-de-vie s'évapore, il ne reste plus rien, disaient les passants.

L'homme était couché, les chaussures dressées en l'air sur les talons. En passant près de lui, on voyait ses semelles, pas ses chaussures. L'homme buvait et parlait tout seul quand il ne dormait pas. Les passants doublaient le pas à cet endroit, marchaient pendant un temps en dépassant leur ombre. Ils se touchaient les cheveux, comme s'il y avait eu des pensées dedans. Ils crachaient d'un air absent sur le trottoir ou dans l'herbe parce qu'ils avaient un goût amer dans la bouche. Quand l'homme parlait tout seul, les passants détournaient les yeux ; quand il dormait, ils cognaient sur ses semelles avec la pointe du pied jusqu'à ce qu'il pousse un gémissement. Jamais les passants voulaient réveiller un cadavre, mais ils espéraient chaque fois que ce jour allait arriver.

Une bouteille était appuyée contre le ventre de l'homme, ses doigts étaient posés sur le goulot de la bouteille, il tenait fermement la bouteille et ne desserrait pas les doigts pendant son sommeil.

Il y a deux jours, l'homme a desserré les doigts pendant son sommeil, la bouteille était renversée. Une femme a cogné sur la semelle de l'homme. Un gardien est sorti de l'immeuble voisin, puis un enfant, puis un policier. L'homme de la cabine téléphonique ne gémissait plus, sa mort sentait l'eau-de-vie.

Le gardien jeta la bouteille vide du mort dans l'herbe et dit : si l'âme existe, elle est la dernière chose que l'homme avale avant sa mort. L'âme, c'est ce que l'estomac n'a pas digéré. Le policier siffla, une carriole s'arrêta dans la rue. Un homme posa son fouet et descendit. Il souleva le mort par les bras, le gardien prit les chaussures. Ils portèrent le poids immobile au soleil comme une planche, posèrent la planche sur la carriole, sur les têtes de choux verts. L'homme couvrit le mort avec une housse de selle, prit son fouet. Il donna un coup au cheval et fit claquer sa langue, la bouche de travers.

La cabine téléphonique sent toujours l'eau-de-vie, et le vent, depuis deux jours, fait un autre bruit dans la rue. Les clématites ont poussé depuis, elles ont des fleurs tout aussi bleues, les chiffres borgnes s'alignent sur le cadran. Adina compose un numéro dans sa tête et parle jusqu'au bout de la rue où était couché le mort.

Je suis à l'autre bout, dit-il.

Tu es de la peau et des os, tu n'es qu'une planche, dit-elle.

Ça fait rien, dit-il, je suis un homme entier, moitié fou, moitié ivrogne.

Fais voir tes mains, dit-elle.

Vin dans la bouche, cognac dans l'estomac, eau-de-vie dans le cerveau, dit-il.

Elle voit ses chaussures, il boit debout.

Arrête, dit-elle, tu bois avec le front, tu n'as pas de bouche.

Au bout de la rue, un grand rouleau de fil de fer se couvre de rouille. L'herbe est jaune autour de lui. Derrière le rouleau se dresse une clôture, derrière la clôture il y a une ferme et une remise en bois. Dans la cour, un chien tire sur sa laisse en passant dans l'herbe. Le chien n'aboie jamais.

Ce que le chien garde, nul ne le sait. Tôt le matin et tard le soir, quand il fait noir, des policiers viennent. Ils parlent au chien, ils le nourrissent et ne finissent jamais leurs cigarettes. Il y a trois policiers, disent les enfants des immeubles. Comme leurs chambres ne sont éclairées qu'à la bougie, ils voient dehors, devant la remise en bois, trois cigarettes qui luisent. Les mères les entraînent loin des fenêtres. Le chien s'appelle Olga, disent les enfants, mais ce n'est pas une chienne, c'est un chien.

Le chien regarde Adina tous les jours, l'herbe se reflète dans ses yeux. Tous les jours, Adina dit OLGA pour qu'il n'aboie pas.

Sous les peupliers, dans l'herbe, il y a des feuilles jaunes. Les peupliers devant l'école sont têtus, ils deviennent verts avant tous les autres peupliers de la ville, dès le mois de mars. Parce que le champ est tout près derrière le lycée et que le lycée est à la périphérie de la ville, disent les professeurs. Et, à l'automne, les peupliers devant l'école jaunissent avant tous les autres peupliers de la ville, dès le mois d'août. Parce que les enfants pissent sur les troncs comme des chiens, dit le directeur.

Les peupliers jaunissent à cause de l'usine où les femmes font des pots de chambre rouges et des pinces à linge vertes. Les femmes se dessèchent et toussent, les peupliers jaunissent. Les femmes de l'usine portent même en été de grosses culottes qui descendent jusqu'aux genoux avec des bandes de caoutchouc. Tous les jours, elles mettent tellement de pinces à linge dans leurs culottes qu'elles capitonnent leurs jambes et leurs ventres pour que les pinces à linge ne fassent pas de bruit quand elles marchent. Dans le centre-ville, sur la place de l'Opéra, les enfants de ces femmes portent les pinces à linge avec des ficelles sur leurs épaules et les échangent contre des collants, des cigarettes ou du savon. En hiver, les femmes mettent aussi dans leurs culottes des pots de chambre qui sont pleins de pinces à linge. Sous les manteaux, on ne les voit pas.

La cloche sonne à travers les peupliers en survolant la cour de l'école. Personne ne passe dans la cour ni dans les couloirs. La leçon ne commence pas. Les enfants restent assis sur le camion devant l'école, sous les peupliers. On les emmène aux tomates mûres derrière la ville, dans des champs qui s'étendent très loin.

À leurs chaussures collent des tomates écrasées de la veille, d'avant-hier, d'il y a des semaines, du matin au soir. Des tomates écrasées collent à leurs poches, aux goulots de leurs bouteilles d'eau, à leurs vestes, leurs chemises et leurs pantalons. Avec des graines de plantain et des boulettes de chardons.

Le duvet des chardons est pour les oreillers des morts, disent les mères le soir quand les enfants reviennent tard des champs, l'huile des machines ronge la peau, disent-elles, mais le duvet de chardons ronge la raison. Elles caressent un peu les cheveux de leurs enfants. Elles les frappent au visage tout en les caressant. Puis, pendant un moment, les yeux des enfants et des mères regardent en silence la lumière des bougies. Les yeux sont coupables, on ne le voit pas à la lueur des bougies.

De la poussière colle aux cheveux des enfants, elle rend les têtes butées et décoiffe. Elle raccourcit les cils, durcit les yeux. Dans le camion, les enfants ne parlent pas beaucoup. Ils regardent les peupliers en mangeant du pain frais, celui qui est compté. Les chaînes de verrues sont adroites, elles percent un trou dans la croûte. Les enfants mangent d'abord l'intérieur. Il est blanc, pas cuit, de la pâte ramollie à la chaleur du four et qui colle aux dents. Les enfants mâchent et disent qu'ils mangent le CŒUR. Ils attendrissent la croûte avec de la salive, y modèlent des chapeaux, des nez et des oreilles. Ensuite, leurs doigts sont fatigués et leur bouche n'est pas rassasiée.

Le conducteur ferme le hayon. Un bouton manque à sa chemise, le volant touche son nombril. Quatre pains sont posés devant le pare-brise. La photo d'une chanteuse serbe blonde est collée près du volant. Le tramway passe juste à côté, les pains raclent contre le pare-brise, le chauffeur lance des jurons sur la mère de tous les tramways.

Derrière la ville, il n'y a pas de direction. De la paille sans fin, jusqu'à ce que les yeux ne voient plus cette couleur terne. Rien que les buissons et la poussière sur les feuilles.

Heureusement que c'est haut, une moissonneuse-batteuse, dit le conducteur, quand on est assis dessus, on ne voit pas les morts couchés dans le blé. Sa gorge est velue, son larynx comme une souris qui bondit entre sa chemise et son menton, le blé est haut lui aussi, dit-il, on ne voit que les yeux des chiens policiers. C'est seulement quand on s'enfuit que le blé est trop petit. Adina s'agrippe à ses genoux, un oiseau se balance au bord du champ, mange une baie d'églantier sur la plus haute branche, un milan rouge, dit le conducteur qui ajoute : on appelle le cimetière CHAMP DE DIEU. J'étais sur la moissonneuse-batteuse, j'ai passé trois étés à la frontière, seul dans le champ pour la moisson, et deux hivers à labourer, à labourer seulement la nuit. Le champ a une odeur fade, le champ de blé pourrait aussi s'appeler CHAMP DE DIEU. Et on dit qu'un homme bon est bon comme du bon pain, c'est ce que les professeurs du lycée disent aux enfants. Le milan rouge reste dans le champ comme si son ventre était transpercé par la paille, il ne bouge pas. Parce que le champ couvert de paille est dur et vide, parce que le ventre de l'oiseau est mou, le ciel fait tournoyer deux nuages blancs pendant que les pailles aspirent l'oiseau. Le conducteur a le coin de l'œil qui tremble, le prunellier a des boules vert-bleu et ne recule pas devant les roues. Il ne faut pas dire aux enfants qu'un homme est bon comme du bon pain, dit le conducteur, les enfants y croient et ne peuvent plus grandir. Et il ne faut pas le dire aux vieux, quand on ment, ils le sentent et ils deviennent petits comme des enfants parce qu'ils n'oublient rien. Son larynx bondit de son menton vers sa chemise, ma femme et moi, dit-il, nous ne parlons que la nuit, quand nous ne pouvons pas dormir. Le conducteur rit en regardant le champ : c'est parce que les ornières cognent que j'achète du pain, dit-il. On le mange et on trouve ça bon, ma femme aussi. Elle mange, elle pleure, elle vieillit et grossit. Elle est mieux que moi, mais qui est encore bien ici. Quand les yeux lui sortent de la tête, au lieu de crier, elle va dégueuler. Il rentre sa chemise dans son pantalon ; elle a des renvois silencieux pour que les voisins n'entendent pas, dit-il.

Le camion est sur le chemin du champ, les enfants sautent dans l'herbe. Le plantain est profond, les jambes des enfants s'y noient. Des mouches bourdonnent en sortant des caisses de tomates vides. Le soleil a un ventre rouge, le champ de tomates s'étend jusqu'à la vallée.

L'agronome attend près des caisses. Il se penche, vérifie qu'il n'y a pas de plantain sur le bas de son pantalon, sa cravate vole devant sa bouche. Sa main cueille les aiguilles de plantain. Les aiguilles sont accrochées à ses manches, dans son dos, elles lui montent trop vite dessus pour qu'il puisse les enlever. Il dit des jurons sur la mère de toutes les herbes. Il regarde sa montre, le cadran brûle au soleil comme le plantain. Quand ce dernier brille, il montre qu'il est avide, qu'il ne recule devant aucun chemin pour s'étendre. Il s'accroche aussi au vent. S'il n'y avait pas de champ en dessous, il pousserait en l'air, sur les nuages, et le monde serait plein de plantain.

Les enfants attrapent les caisses, les mouches se posent sur les chaînes de verrues. Elles sont ivres de tomates trop mûres, elles brillent et piquent. L'agronome lève la tête, ferme les yeux et crie : je vous le dis aujourd'hui pour la dernière fois, vous êtes ici pour travailler, tous les jours ce sont les tomates mûres qu'on laisse sur la plante et les vertes qu'on cueille en marchant sur les rouges par terre. Il a une aiguille de plantain accrochée au coin de la bouche, il la cherche avec sa main, ne la trouve pas, vous ferez plus de mal que de bien à l'agriculture, crie-t-il, c'est une honte pour votre lycée. Il trouve l'aiguille de plantain du bout de la langue et la crache, quinze caisses par jour, dit-il, c'est la norme. On ne boit pas de l'eau toute la journée, à midi on a une demi-heure de pause, on mange, on boit et on va aux toilettes. L'agronome a une boulette de chardon dans les cheveux.

Les enfants vont deux par deux dans le champ, les caisses vides se balancent entre eux. Les poignées glissent à cause des tomates écrasées, les plantes sont garnies de vert acide et de rouge. Même les plus petites branches. Les chaînes de verrues cueillent jusqu'à ce qu'elles soient en sang, les tomates rouges rendent les yeux fous, les caisses sont profondes et ne se remplissent jamais. Du jus rouge coule au coin de la bouche des enfants, des tomates volent autour des têtes, éclatent et colorent même les petites boules de chardons.

Une fille chante :

> *J'allais sur le chemin d'en haut,*
> *En bas j'ai rencontré une vierge*

La fille met une rainette dans la poche de son pantalon, je l'emporte à la maison, dit-elle, elle tient sa poche fermée avec sa main, elle va mourir, dit Adina. La fille rit, ça fait rien, ça fait rien, dit-elle. L'agronome lève les yeux vers le ciel, attrape une petite boule de chardon dans sa main et sifflote la chanson sur la vierge. Deux garçons sont assis sur une caisse à moitié pleine, des jumeaux, personne ne peut les distinguer l'un de l'autre, ils sont deux fois un garçon.

Le premier jumeau met deux grosses tomates rouges sous sa chemise, l'autre caresse les seins de tomates avec les deux mains, il crispe les doigts, écrase les tomates dans la chemise et regarde de ses prunelles vides la fille à la rainette. La chemise devient rouge, la fille à la rainette se met à rire. Le jumeau aux tomates écrasées griffe l'autre sur le visage, les jumeaux se battent corps à corps sur le sol. Adina tend la main vers eux et la rentre, lequel des deux a commencé, demande-t-elle. La fille à la rainette hausse les épaules.

Une cravate

D'une main, le cycliste pousse son vélo à côté de lui sur le trottoir, la chaîne fait un bruit de ferraille. Entre les roues, le cycliste longe le parc en direction du pont.

L'homme à la cravate à pois rouges et bleus vient du pont. Il tient sa longue cigarette blanche près de son genou, une alliance brille près du filtre. Il souffle la fumée vers les buissons, vers le parc qui rend les pas verticaux dans le souffle de la peur. Entre son oreille et le col de sa chemise, l'homme a une tache de vin grosse comme un ongle.

Le cycliste s'arrête, tire une cigarette de sa poche. Il ne dit rien, mais l'homme lève sa longue cigarette blanche et lui donne du feu. Le cycliste crache du tabac, l'incandescence ronge un col rouge au bout de sa cigarette. Le cycliste souffle la fumée par la bouche et continue de pousser son vélo.

Une branche craque dans le parc. Le cycliste tourne la tête, c'est seulement un merle dans l'ombre qui doit sautiller quand il veut marcher. Le cycliste rentre les joues et souffle la fumée vers le parc.

L'homme à la cravate à pois rouges et bleus reste debout au croisement, le feu rouge est allumé. Quand il sera vert, il se dépêchera puisque Clara a déjà traversé la rue.

Clara est à l'intérieur du magasin devant les manteaux de fourrure, les yeux de l'homme voient à travers la vitrine. Il jette sa cigarette à moitié fumée sur l'asphalte. Il souffle un lambeau de fumée dans le magasin.

Il tourne le présentoir des cravates. Les manteaux de fourrure sont en agneau blanc. Un seul est vert, comme si la prairie avait brouté le manteau cousu. La femme qui l'achètera se fera remarquer cet hiver. L'été la suivra dans la neige blanche.

L'homme à la cravate à pois rouges et bleus apporte trois cravates près de la vitrine, les couleurs ne sont pas les mêmes ici, dit-il, quelle est la mieux pour moi. Clara met son doigt sur sa bouche, pour vous ou pour votre costume, demande-t-elle. Pour moi, dit-il, elle triture dans sa main le col d'agneau vert, aucune, dit-elle, celle que vous portez est plus belle, ses chaussures brillent, son menton est lisse, une raie traverse ses cheveux comme un fil blanc, PAVEL, dit-il en lui prenant la main. Au lieu de la serrer, il lui écrase les doigts les uns contre les autres. Elle voit le cadran de sa montre, dit son nom à elle, voit l'ongle de son pouce, puis les plis repassés de son pantalon, il tient sa main trop longtemps sous son pouce, AVOCAT, dit-il. Elle a derrière sa tête une étagère vide avec des empreintes de doigts dans la poussière. Tu as un joli nom, dit Pavel, et une jolie robe. Ça ne vient pas d'ici. Je l'ai eue par une Grecque, dit Clara.

Ses yeux sont vides et sa langue brûlante, elle voit à la poussière de l'étagère qu'il fait sombre dans le magasin et clair dans la rue, que le début d'après-midi sépare la lumière entre l'intérieur et l'extérieur. Elle veut s'en aller, il lui tient la main. Elle sent dans sa gorge une petite roue brûlante qui tourne et elle sort par la porte à côté de lui. Une fois dehors, elle sait où le soleil projette une ombre légère sous le nez de l'homme, mais elle ne sait pas si la roue brûlante est le désir de l'agneau vert ou de l'homme à la cravate à pois rouges et bleus. Mais elle sent que la roue, dans sa gorge, quand elle tourne en direction du manteau vert, reste accrochée à cet homme.

Une vieille femme est assise sur les marches de la cathédrale, elle porte de gros collants de laine, une grosse jupe plissée et un chemisier en lin blanc. Elle a près d'elle un panier d'osier recouvert d'un tissu humide. Pavel soulève le tissu. Des colchiques, des bouquets de la taille d'un doigt, alignés, attachés avec du fil blanc jusqu'aux fleurs. En dessous un tissu, puis des fleurs, puis encore un tissu, plusieurs étages de fleurs, de tissus et de fil. Pavel prend dix bouquets dans le panier, un pour chaque doigt, dit-il, la vieille femme tire de son chemisier une ficelle à laquelle pend un porte-monnaie. Clara voit les aréoles de ses seins, elles pendent comme deux vis à la peau. Les fleurs, dans la main de Clara, sentent le fer et l'herbe. C'est l'odeur qu'a l'herbe après la pluie dans l'arrière-cour de l'usine.

Quand Pavel lève la tête, le trottoir tombe du miroir de ses lunettes. Il y a une pastèque écrasée sur les rails du tramway, les moineaux mangent la chair rouge. Quand les ouvriers laissent leur repas sur les tables, les moineaux mangent le pain, dit Clara, elle voit sa tempe, des arbres qui filent au loin dans les verres de ses lunettes de soleil. Il la regarde avec ces arbres qui filent au loin, chasse une guêpe et parle. Beau, dit Clara, qu'est-ce que tu en sais, qu'est-ce qu'une usine peut avoir de beau.

Dans la voiture, Pavel rattache sa chaussure, Clara sent ses colchiques. La voiture roule, la rue n'est que poussière, une poubelle brûle. Un chien est couché sur la chaussée, Pavel klaxonne, le chien s'en va lentement et se couche dans l'herbe.

Clara tient la clé, Pavel lui prend la main et sent les colchiques, elle lui montre ses fenêtres; je n'ai pas vu tes yeux, dit-elle. Il touche la monture de ses lunettes, elle voit son alliance. Il n'enlève pas ses lunettes de soleil.

Entrailles de l'été

Sur la place de l'Opéra il n'y a pas de peupliers, la rue n'est pas rayée sur la place de l'Opéra. Seulement tachée par les ombres des passants et des tramways qui roulent. Les ifs serrent bien leurs aiguilles du haut, ils ferment le bois de leur tronc au ciel et à l'horloge sur le clocher de la cathédrale. Il faut traverser l'asphalte brûlant avant de s'asseoir sur les bancs devant les ifs. Derrière les bancs, les aiguilles sont tombées ou n'ont jamais poussé, derrière les dossiers des bancs, le bois du tronc est à découvert.

Des vieux sont assis sur les bancs, ils cherchent des ombres qui tiennent. Les ifs font semblant de retenir quelque temps les ombres roulantes des tramways comme si c'étaient les leurs. Quand les vieux se sont assis, les ifs les laissent repartir. Les vieux ouvrent le journal, le soleil brille à travers leurs mains, les roses naines et rouges de la plate-bande luisent à travers le papier journal comme la boucle sur le front du dictateur. Les vieux sont assis chacun de leur côté. Ils ne lisent pas.

Quelquefois, l'un d'entre eux qui n'a pas encore trouvé de banc vide demande : qu'est-ce que tu fabriques ; celui qui est assis s'évente le visage avec son journal, pose la main sur son genou et hausse les épaules. Tu restes assis à réfléchir, demande le passant. Celui qui est assis montre deux bouteilles de lait vide et dit : rester assis, rien que rester assis. Ça fait rien, dit le passant, ça fait rien, et hoche la tête en partant ; celui qui est assis hoche la tête en le regardant s'éloigner.

Un rabot, une planche, passe parfois dans la tête des vieux et reste dans leurs tempes si près de l'if que le bois de l'instrument ne se distingue plus du tronc de l'if. Et ne se distingue pas non plus de l'attente dans le magasin où il n'y avait pas assez de lait et où le pain était compté.

Il y a cinq policiers sur la place, ils portent des gants blancs, ils sifflent pêle-mêle les pas des passants. Le soleil n'a pas de seuil, quand on regarde en l'air à midi vers le balcon blanc de l'Opéra, tout le visage tombe dans le vide. Les sifflets des policiers lancent des étincelles, les ventres des sifflets se renflent sous leurs doigts. Les renflements sont profonds, à croire que chaque policier tient dans sa bouche une cuillère sans manche. Leurs uniformes sont bleu foncé, leurs visages juvéniles et pâles. Les visages des passants sont bouffis par la chaleur, les passants sont nus dans cette lumière. Les femmes traversent la place en portant les légumes du marché dans des sacs transparents en plastique. Les hommes portent des bouteilles. Ceux qui marchent les mains vides, ceux qui ne portent ni fruits, ni légumes, ni bouteilles ont le regard qui tangue en voyant les fruits et les légumes dans les sacs transparents des autres, comme les entrailles de l'été. Des tomates, des oignons, des pommes sous les côtes des femmes. Des bouteilles sous les côtes des hommes. Et au beau milieu de tout cela le balcon blanc, les yeux sont vides.

La place est bloquée, les tramways restent derrière les ifs. Une musique de deuil rampe dans des rues étroites derrière la place, son écho reste sur la place et le ciel survole la ville. Les femmes et les hommes posent leurs sacs en plastique transparents devant leurs pieds. Venant d'une rue étroite, un camion traverse lentement la place. Les ridelles sont abaissées, recouvertes d'un drapeau rouge, les sifflets des policiers se taisent, des manchettes blanches brillent sur les manches du conducteur.

Un cercueil ouvert est posé sur le camion.

Les cheveux du mort sont blancs, son visage affaissé, sa bouche plus profonde que ses orbites. De la fougère verte tremble près de son menton.

Un homme sort sa bouteille d'eau-de-vie de son sac en plastique, il boit et regarde d'un œil l'eau-de-vie qui lui coule dans la bouche et de l'autre l'uniforme du mort. À l'armée, un lieutenant m'a expliqué que les officiers morts devenaient des monuments, dit-il. La femme qui est debout à côté de lui sort une pomme de son sac en plastique. Elle mord dedans et regarde d'un œil le visage du mort et de l'autre le grand portrait du mort derrière le cercueil. Le visage sur le portrait a vingt ans de moins que le visage qui est dans le cercueil, dit-elle ; l'homme pose sa bouteille devant ses chaussures ; un mort que l'on pleure beaucoup, dit-il, devient un arbre, et un mort que personne ne pleure devient une pierre. Mais quand quelqu'un meurt quelque part dans le monde et que d'autres gens le pleurent quelque part dans le monde, ça ne sert à rien, dit la femme, parce que tout le monde devient une pierre.

Derrière le portrait du mort, un coussin de velours rouge marche avec les médailles du mort, derrière les médailles une femme fanée marche au bras d'un jeune homme, derrière la femme fanée une fanfare militaire. Les instruments à vent reluisent, la lumière les agrandit. La famille du défunt marche derrière la fanfare, elle traîne le pas, les femmes portent des glaïeuls dans de la cellophane, les enfants de l'herbe de septembre à franges blanches qui n'est pas enveloppée.

Pavel marche avec la famille du défunt.

Au bord de la place où l'homme a bu son eau-de-vie, il y a une bouteille vide, et, à côté d'elle, une pomme à moitié mangée. Les flonflons lointains de la musique de deuil sortent des rues tortueuses. Le cimetière des héros est situé derrière la ville. La place est jonchée de glaïeuls piétinés, les tramways passent.

Les vieux passent sur la place vide, leurs bouteilles de lait vides s'entrechoquent. Ils s'arrêtent sans raison. En haut, le balcon blanc de l'Opéra a mis ses colonnes à l'ombre du mur. Et en bas, les trous de l'asphalte mou sont creusés par les talons hauts des femmes en deuil.

Jours des melons,
jours des potirons

Dans la cuvette, il y a du coton gonflé, l'eau est rouillée, elle a absorbé le sang du coton. Des graines de melon restent collées à la lunette.

Quand les femmes portent du coton entre les cuisses, elles ont le sang des melons dans le ventre. Chaque mois les jours des melons et le poids des melons, cela fait mal.

Avec le sang des melons, chaque femme peut s'attacher n'importe quel homme, dit Clara. Dans l'usine de fil de fer, les femmes se racontent comment une fois par mois, en fin d'après-midi, elles versent aux hommes le sang des melons dans leur soupe à la tomate. Ce jour-là, elles ne posent pas la soupière sur la table, elles apportent les assiettes près de la cuisinière et les remplissent. Dans une cuillère, le sang des melons attend près du feu l'assiette du mari. Elles remuent la soupe avec la cuillère jusqu'à ce que le sang se dissolve.

Pendant les jours des melons, le grillage passe au-dessus de leurs têtes avant de grimper sur le gros rouleau et d'être mesuré au mètre. Les métiers à tisser battent, leurs mains sont pleines de rouille, leurs yeux troubles.

Les femmes de l'usine s'attachent les hommes en

fin d'après-midi ou le soir, le matin elles n'ont pas le temps. Le matin, elles s'échappent du sommeil des hommes et portent à l'usine sur leur visage un lit plein de sommeil et une chambre qui sent le renfermé.

La fille de la domestique l'a dit, c'est le matin qu'on s'attache les hommes, le matin à jeun. Car les jours des melons, la femme de l'officier met dans le café de l'officier le matin, avant qu'il n'aille au cercle militaire, quatre caillots de sang des melons. Elle lui sert comme toujours le café dans la tasse, il n'y a pas encore de sucre dedans. Elle sait qu'il prend deux cuillerées de sucre et qu'il les mélange longuement dans sa tasse. Les caillots de sang se dissolvent plus vite que le sucre. Le meilleur, a dit la femme de l'officier à la fille de la domestique, c'est le sang du deuxième jour. Dans les pas de l'officier sur le pont, dans sa beuverie quotidienne au cercle, il y a le sang des melons de sa femme. Quatre caillots font un mois, chaque caillot tient une semaine.

Chaque caillot de sang doit être grand comme l'ongle du pouce de l'homme que la femme veut s'attacher, a dit la femme de l'officier. Le sang des melons se dissout dans le café et se remet à coaguler quand il est passé dans sa gorge, a-t-elle dit. Il ne dépasse pas le cœur, il ne va pas dans l'estomac. Le sang des melons ne peut pas rattraper le désir de l'officier, il n'y a rien contre le désir parce que celui-ci s'envole et se détache de tout. Il vole vers d'autres femmes, mais le sang des melons se pose autour du cœur de l'homme. Il coagule et enferme le cœur. Le cœur de l'officier ne peut pas retenir l'image d'autres femmes, a dit la fille de la domestique, l'officier peut tromper sa femme, mais il ne peut pas la quitter.

Sur le mur des toilettes, on peut lire :

Par un beau soir, en haut de la colline,
Les cloches sonnent avec mélancolie.

Ce sont deux vers d'un poème qui est dans le manuel, les enfants l'apprennent à l'école. C'est l'écriture du professeur de physique, dit la fille de la domestique, je la reconnais au D et au L. Les lignes courent à l'oblique en montant sur le mur.

Un bruit chaud court entre les cuisses d'Adina, à côté on pousse le verrou des toilettes. Adina appuie ses coudes sur ses cuisses, elle veut comprimer le bruit doucement et régulièrement. Mais son ventre ne sait pas ce que c'est que doucement et régulièrement. Au-dessus de la chasse d'eau, on voit une petite fenêtre sans vitre, simplement recouverte de toiles d'araignée. Il n'y a jamais d'araignée dedans, le bruit de la chasse d'eau les éloigne. Seule une raie de lumière éclaire le mur tous les jours et regarde tous les gens triturer du papier journal entre leurs mains jusqu'à ce que l'écriture devienne farineuse et les doigts gris. Le papier journal trituré ne gratte pas les cuisses.

La femme de ménage dit qu'il n'y a pas de papier hygiénique dans les toilettes des professeurs parce qu'il y en a eu un rouleau entier pendant trois jours et que les trois rouleaux ont tous été volés dans le quart d'heure suivant, et parce que les trois rouleaux doivent suffire pour trois semaines.

Dans le régime des bourgeois et des propriétaires, on se contentait d'épis de maïs et de feuilles de betterave, a dit le directeur pendant la réunion, à l'époque, seuls les grands propriétaires avaient du papier journal.

74

Aujourd'hui, tout le monde a un journal à la maison. Seulement voilà, le papier journal est trop dur pour ces messieurs-dames qui sont bien délicats. Le directeur a arraché un coin de journal grand comme la main, a trituré le morceau de papier entre ses mains, c'est aussi simple que de se laver les mains, dit-il, et que personne ne vienne me dire qu'il ne sait pas se laver les mains. Ceux qui ne le savent pas encore à trente ans n'ont qu'à l'apprendre. Ses sourcils se rejoignent au-dessus de son nez, fins et gris comme une queue de souris sur son front.

La femme de ménage a souri en gigotant sur sa chaise, quand elle s'est levée, le directeur regardait sous la table. Aujourd'hui tout le monde a un journal à la maison, mais vous avez déjà oublié, camarade directeur, que les feuilles de betterave étaient trop molles, dit-elle, le doigt glissait au travers, les feuilles de bardane étaient mieux. Bon, ça suffit, dit le directeur, finissons-en.

La fille de la domestique a fait du pied à Adina, la femme de ménage peut tout se permettre, dit-elle, le directeur couche avec elle. Son mari est électricien, hier il est venu à l'école, il a craché sur la table du directeur et lui a arraché deux boutons à son costume. Les boutons ont roulé sous l'armoire. Quand l'électricien est parti, le professeur de physique a dû écarter l'armoire du mur et aller chercher en plein cours une aiguille et du fil à l'atelier de couture. Il n'a pas eu le droit d'emporter la veste du directeur. C'est la femme de ménage qui doit recoudre les boutons, a dit le directeur.

La femme de ménage n'a le droit de découper que les dernières pages du journal, les reportages, la page de sport et le programme de télévision. Elle doit donner les premières pages au directeur, elles vont dans la collection du secrétaire du Parti.

Adina tire la chasse d'eau. Face au miroir des toilettes, de la lumière s'effile dans les cheveux d'Adina, les cheveux sont accrochés à la lumière, pas à la tête, elle ouvre le robinet. Le verrou de la porte des cabinets se débloque, le directeur sort des cabinets. Il se met à côté d'Adina devant le miroir. Il ouvre la bouche, je crois que j'ai mal aux dents, dit-il vers le miroir. Oui, Monsieur le Directeur, dit-elle, il a les molaires en or, CAMARADE DIRECTEUR, dit-il, ses molaires ont un éclat jaune. Les jours des melons sont les jours des potirons chez les hommes, pense Adina. Il s'essuie la bouche avec un mouchoir impeccablement repassé, venez me voir après la dernière heure de cours, dit-il en enlevant un cheveu de l'épaule d'Adina, oui, camarade directeur, dit-elle.

La boucle de cheveux brille au-dessus du tableau noir, et le noir de l'œil brille, attrape le fil de lumière qui passe par la fenêtre. Les enfants remuent les coudes en écrivant, le sujet est LA RÉCOLTE DES TOMATES. Adina se tient à la fenêtre près du fil de lumière. Dans les cahiers, le champ de tomates pousse encore une fois, il est fait de verrues et de lettres.

La fille à la rainette lit :
Depuis deux semaines, les enfants de notre école aident les paysans dans leurs tâches agricoles. Les élèves de notre classe aident à récolter les tomates. C'est agréable de travailler dans les champs de notre pays. C'est sain et utile.

Devant l'école, il y a un carré d'herbe jaune, et derrière, une maison isolée entre les immeubles. Adina voit la joubarbe sur le toit de la maison. Les immeubles pressent le jardin contre le mur. Les vignes ferment les fenêtres de leurs vrilles.

Le matin, quand je me lève, lit la fille à la rainette, je ne mets pas mon uniforme, mais mes habits de travail. Je ne prends pas de cahiers ni de livres, mais une bouteille d'eau, des tartines beurrées et une pomme.

Un des jumeaux crie BEURRE et tambourine sur le banc avec ses poings.

Une carriole s'arrête devant la maison isolée avec la joubarbe, un homme en descend, il porte jusqu'à la maison un filet plein de pains en traversant le jardin. Il passe derrière les vignes en rasant le mur.

À huit heures, les élèves se rassemblent devant l'école, lit la fille à la rainette. On nous emmène au champ en camion. Pendant la route, on rit beaucoup. Tous les matins, l'agronome attend au bord du champ. Il est grand et mince. Il porte un costume et a de belles mains propres. C'est un monsieur aimable.

Sauf qu'hier il t'a giflée, dit le jumeau; le cheval reste devant la carriole vide et ne bouge pas; pourquoi ne l'as-tu pas écrit, dit Adina.

L'autre jumeau penche la tête sous son banc et dit : on n'a pas le droit de raconter la gifle; il tient dans sa main une tranche de pain avec du lard et colle le pain au lard sur sa rédaction.

La fille à la rainette enlève un ruban blanc de sa natte, se met le bout de la natte dans la bouche et pleure.

L'homme traverse les vignes avec son filet vide, il monte sur la carriole. Un nain marche dans l'herbe devant l'école. Sa chemise rouge resplendit, il porte une pastèque.

Camarade, dit à Adina la fille à la rainette.

Une horloge murale est accrochée au-dessus de la porte du directeur, ses aiguilles mesurent les allées et venues des élèves et des professeurs. La boucle sur le front et le noir de l'œil sont accrochés au-dessus de la tête du directeur. Le tapis a une tache d'encre, les discours du dictateur sont dans la vitrine. Le directeur sent l'eau de toilette, le tabac aux tiges amères, tu sais pour quelle raison je t'ai convoquée, dit-il; près de son coude, un dahlia détourne la tête, l'eau du vase est trouble; non, dit Adina, je ne le sais pas. Ses sourcils se rejoignent, gris et fins, tu as dit aux élèves qu'ils doivent manger autant de tomates qu'ils peuvent puisqu'ils n'ont pas le droit d'en rapporter à la maison. Et tu as parlé d'exploitation de mineurs. Au-dessus du dahlia, une tache de poussière est suspendue dans la lumière; ce n'est pas vrai, camarade directeur, réplique Adina. Sa voix est douce, le directeur fait un pas au-dessus de la tache d'encre, il est debout derrière la chaise d'Adina. Il a le souffle sec et court, sa main touche le décolleté de son corsage, lui descend dans le dos; pas de CAMARADE, dit-il, il n'est pas question de ça maintenant.

Le dos d'Adina reste figé, le dégoût ne le courbe pas; je n'ai pas de verrue dans le dos, articule la bouche d'Adina. Le directeur rit, bon, ça va; elle appuie son dos contre son dossier, il retire sa main du corsage; pour cette fois je ne ferai pas de rapport, dit-il. Le dahlia lui frôle l'oreille ; qui pourrait vous croire, dit Adina. Elle voit le sang des melons dans les pétales rouges des dahlias. Je ne suis pas comme ça, dit-il. Sa transpiration sent plus fort que le tabac dans son eau de toilette. Il se peigne.

Son peigne a des dents bleues.

La chatte et le nain

Des têtes passent entre les rouleaux de fil de fer rouillé dans la cour de l'usine. Elles marchent les unes derrière les autres. Le concierge regarde le ciel. Il voit le haut-parleur près de la porte.

Le matin, entre six heures et six heures et demie, de la musique sort de ce haut-parleur, des chants ouvriers. Le concierge l'appelle la musique du matin. Elle lui sert de montre. Quiconque passe la porte quand la musique s'est tue est en retard au travail. Quiconque ne suit pas le rythme en marchant ou rejoint son métier à tisser en traversant la cour silencieuse est noté et dénoncé.

Et il ne fait pas encore jour quand ces marches résonnent. Le vent cogne sur la tôle ondulée, en haut sur le toit. Dessous, la pluie bat l'asphalte. Les femmes ont des collants pleins d'éclaboussures, les hommes des gouttières autour des chapeaux. Dehors, dans la rue, il fait déjà plus clair. Les rouleaux de fil de fer sont mouillés par la nuit, ils sont noirs. Ici, même en été, le jour met plus de temps qu'à l'extérieur pour arriver dans la cour.

Le concierge crache ses épluchures de tournesol en plein dans l'après-midi. Elles tombent par terre, sur le seuil de la porte. La concierge est assise dans la loge, elle tricote, elle a une dent en moins au beau milieu de la bouche, elle porte un tablier vert. Elle compte les mailles à voix haute par sa dent en moins. La chatte tigrée est assise près de ses chaussures.

Le téléphone sonne dans la loge. La tempe du concierge écoute la sonnerie avec attention. Il ne tourne pas la tête, il regarde les têtes qui marchent entre les rouleaux de fil de fer. La concierge lève son aiguille à tricoter jusqu'à sa bouche et met la tête de l'aiguille dans sa dent en moins, se passe l'aiguille sous le larynx, à l'intérieur de son tablier. Elle se gratte entre les seins. La chatte observe, les oreilles frémissantes. Ses yeux sont des raisins jaunes. Le nombre de mailles, quand la concierge les compte, reste suspendu à la dent en moins et aux yeux de la chatte. La sonnerie du téléphone est stridente. Elle pend au fil de laine, le fil monte dans la main de la concierge. La sonnerie monte dans le ventre de la chatte. La chatte monte sur la chaussure de la concierge et bondit dans la cour de l'usine. La concierge ne décroche pas le combiné.

Dans la cour de l'usine, la chatte est en rouille et en grillage. Sur le toit de l'usine, la chatte est en tôle ondulée, devant les bureaux, la chatte est en asphalte. Devant les toilettes, elle est en sable. Dans les salles des machines, la chatte est en barres, en roues et en huile.

Le concierge voit des cous sous les têtes qui marchent entre les rouleaux de fil. Des pépiements de moineaux sortent du fil de fer. Le concierge lève les yeux vers le ciel. Quand les moineaux s'envolent un à un au soleil, ils sont légers, seul leur essaim est lourd. L'après-midi est coupé de travers par la tôle ondulée. Les cris des moineaux sont rauques.

Les têtes se rapprochent dans la cour, quittent le fil de fer, l'usine. Le concierge voit déjà les cous. Il fait les cent pas. Il bâille, il a la langue pâteuse, elle lui ferme les yeux dans l'espace vide où le soleil mouillé est sur son menton. Quand le concierge est au soleil, une calvitie dort sous les mèches de ses cheveux. Le concierge ne voit pas encore les mains ni les poches des gens qui marchent.

Le bâillement est l'attente du concierge. Quand les ouvriers quittent le fil de fer, leurs sacs sont les siens. On les fouille. Ils se balancent sous les mains, sont légers. S'ils pendent sans bouger, c'est qu'il y a du fer dedans. Le concierge le voit. Même les sacs en bandoulière pendent sans bouger quand il y a du fer dedans. À l'usine, tout ce qu'on peut voler est en fer.

Les mains du concierge ne fouillent pas tous les sacs. Elles savent quel sac fouiller quand il s'agit de le faire. Et il s'agit de le faire quand les visages et les sacs défilent devant lui. À ce moment-là, l'air change sur le visage du concierge entre son nez et sa bouche. Le concierge respire cet air jusqu'à ce qu'il pénètre dedans. Il laisse son flair décider entre un sac et un autre.

La décision dépend aussi de l'ombre de la loge du concierge, du goût des graines de tournesol dans sa bouche. Quand quelques graines sont rances, sa langue devient amère. Ses pommettes durcissent, ses yeux se font obstinés. Le bout de ses doigts tremble. Quand il fouille dans le premier sac, ses doigts prennent de l'assurance. L'espace entre sa main et son pouce se presse sur des objets étrangers, le geste qu'il fait pour saisir est avide. Fouiller dans le sac avec la main, pour le concierge, c'est saisir chaque visage. Il peut faire passer les visages du blanc livide au rouge. Ils ne s'en remettent pas. Effondrés ou gonflés, ils passent la porte quand il a fait signe. Ils restent bouleversés alors qu'ils sont déjà depuis longtemps dans la rue. Voient et entendent si mal que le soleil leur paraît être une grande main; leur nez ne leur suffit plus et, dans le tramway, ils respirent difficilement par la bouche et les yeux d'autres visages.

Pendant la fouille, le concierge entend les gorges qui avalent à vide. Les gosiers secs comme un étau, l'angoisse qui ronge l'estomac. Le concierge sent la peur, elle monte des hommes et des femmes comme un air vicié et ne monte pas plus haut que le creux des genoux. Quand le concierge fouille longtemps dans un sac, la peur fait lâcher à beaucoup de gens un premier pet, puis un second, silencieux.

Le concierge est très croyant, a dit la concierge à Clara. C'est la raison pour laquelle il n'aime pas les gens. Il punit ceux qui ne croient pas. Et il admire ceux qui croient. Il ne les aime pas, ceux qui croient, mais il les respecte. Il respecte le secrétaire du Parti parce qu'il croit au Parti. Il respecte le directeur parce qu'il croit au pouvoir.

La concierge a retiré l'épingle à cheveux de sa tête, l'a mise dans sa dent en moins et a renoué son chignon. La plupart des gens qui croient à quelque chose, a dit Clara, sont de hauts fonctionnaires qui n'ont pas besoin du concierge.

La concierge a enfoncé profondément l'épingle dans ses cheveux, il y en a d'autres aussi, a-t-elle dit, Clara se tenait près de la porte, la concierge était assise dans la loge. Est-ce que tu crois en Dieu, demanda la concierge. Clara voyait par-dessus toute sa tête, à l'intérieur de son chignon, la courbe de l'épingle en fil de fer. Car elle n'avait plus de dents, sa courbe en haut était aussi fine que les cheveux, qu'un seul cheveu. Sauf qu'elle était un peu plus claire. Quelquefois je crois, quelquefois je ne crois pas, dit Clara, quand je n'ai pas de soucis, j'oublie. La concierge essuya la poussière du téléphone avec le coin du rideau, le concierge dit que croire est un don, dit-elle. Les ouvriers ne croient pas en Dieu et ne croient pas à leur travail. Le concierge dit que Dieu, pour les ouvriers, n'est rien d'autre qu'un jour de liberté où les ouvriers, quand Dieu le veut, ont un poulet rôti sur la table. Le concierge ne mange pas de volaille, dit-elle. En parlant, elle regardait ses yeux dans la vitre et son tablier qui était plus sombre dans la vitre, le concierge dit que les ouvriers, au lieu de croire en Dieu, mangent un poulet du dimanche farci avec son propre foie.

Le vol des moineaux se disperse. Les vitres des salles sont cassées, les moineaux trouvent les ouvertures dans le verre. Ils volent trop vite à l'intérieur de la salle pour que le concierge puisse les voir. La concierge rit et dit, ne regarde pas là-bas, sinon les moineaux vont te voler à travers le front. Le concierge regarde ses mains, les poils noirs qu'il a sur les doigts, son poignet. L'ombre de l'après-midi lui coupe le pantalon sous les genoux. Devant les rouleaux de fil de fer, la poussière tourne sur elle-même.

Un couteau, un bocal graisseux, un journal, un morceau de croûte de pain. Sous le journal, une poignée de vis. Tiens tiens, dit le concierge. L'homme ferme son sac.

Une lettre, un flacon de vernis à ongles. Un sac de plastique et un livre. La veste dans le sac à provisions. Un rouge à lèvres tombe de la poche de la veste. Le concierge se penche. Il ouvre le rouge à lèvres, trace un trait sur son poignet. Il lèche le trait avec la langue, pouah, dit-il, framboises pourries et moustiques.

L'homme a une blessure au pouce. Les fermetures de son sac sont rouillées. Le concierge sort un canif de son sac, sous le canif un bonnet, sous le bonnet un fer à repasser. Tiens donc, dit le concierge. Je n'ai fait que réparer la prise, dit l'homme. Temps de travail, dit le concierge. Il pose le fer à repasser dans sa loge, il pousse des jurons sur la mère de toutes les prises. La concierge en tablier vert met le fer à repasser sur sa main, tend les doigts, se repasse à froid la paume des mains.

Un sac à main. Une boule de coton tombe par terre. L'homme avec la blessure au pouce se penche. La femme arrange une mèche de ses cheveux derrière son oreille, elle prend le coton dans la main, près de la blessure au pouce. Dans le coton, il y a une épluchure de tournesol et une fourmi.

Clara rit, le soleil jette une étincelle blanche sur sa dent, le concierge lui fait signe de passer. La dent en moins de la concierge rit.

L'homme à la blessure au pouce sort le bonnet de son sac. Il se met le bonnet sur le poing. Il pointe l'index et fait tourner le bonnet foncé comme une roue. La concierge rit, sa dent en moins est un entonnoir, son rire s'étouffe. L'homme à la blessure au pouce regarde les cercles que décrit le bonnet, il chante :

> *Déjà en retard pour le loyer*
> *ça fait un mois qu'j'ai pas payé*

Son poing est une roue, une petite veine se gonfle à la saignée de son bras. Ses yeux sont rivés sur les aiguilles à tricoter de la concierge.

Et le propriétaire des lieux
Va nous mettre à la rue

Sa bouche chante, ses yeux sont petits, son poing vole. Et l'autre, la main vide, la main avec la blessure au pouce ne boucle pas les fermetures rouillées du sac. La chanson de l'homme attend le fer à repasser.

Par la fente de la porte, une feuille d'acacia danse, se détache, vole de-ci, de-là. La concierge la suit des yeux. La feuille est jaune comme les yeux de la chatte. L'homme à la blessure au pouce regarde l'heure.

Tous les ans, la chatte a des petits. Ils sont tigrés comme elle. Elle les mange aussitôt, pendant qu'ils sont encore glissants et aveugles. La chatte est en deuil pendant une semaine, après qu'elle a mangé ses petits. Elle traîne dans la cour. Elle a le ventre plat, les rayures si serrées qu'elle passe à travers tout et à côté de tout.

Quand la chatte est en deuil, elle ne mange pas de viande. Seulement de jeunes pousses d'herbe et la bordure salée sur les escaliers de l'arrière-cour.

Les femmes à leurs métiers disent que la chatte est venue de la banlieue. Et l'intendant de l'entrepôt dit que la chatte s'est faufilée en venant de la cour de l'usine, de ces caisses de limaille que la pluie ne transperce que lentement. Il dit qu'elle était toute mouillée, pleine de rouille et pas plus grande qu'une pomme quand il l'a trouvée sur le chemin entre l'entrepôt et les bureaux, entre les caisses de limaille. Qu'elle avait les yeux collés. L'intendant a posé la chatte sur un gant de cuir et l'a apportée chez le concierge près de la porte.

Et le concierge a mis la chatte dans un bonnet de fourrure.

Et j'ai donné du lait à la chatte pendant trente jours avec une paille, dit la concierge. Comme personne ne voulait prendre la chatte, dit la concierge, je l'ai élevée. Une semaine plus tard, dit le concierge, elle a pu ouvrir les yeux. J'ai eu peur, parce qu'à l'intérieur des yeux, des deux yeux de la chatte, il y avait l'intendant. Et aujourd'hui encore, quand la chatte ronronne, dit-il, dans ses deux yeux, il y a l'intendant.

Pour la chatte, l'usine est aussi grande que son nez. La chatte sent tout. Elle sent dans les salles, dans les coins les plus reculés, là où l'on transpire et gèle, crie, pleure et vole. Dans la cour, entre les rouleaux de fil de fer, elle sent les fentes dans lesquelles l'herbe étouffe et où l'on s'écrase, halète et s'aime debout. Ici, engrosser une femme est un acte aussi avide et dissimulé que le vol.

Près de la porte du fond, où ne passent que les camions, où le toit est en carton goudronné, la gouttière en pneus fendus et la barrière en portes d'autos cabossées et en tiges d'osier, passe une rue tortueuse, elle s'appelle la RUE DE LA VICTOIRE. La gouttière fait tomber la pluie sur la rue de la Victoire. La petite fenêtre près de la porte du fond est celle de l'entrepôt. C'est là qu'est installé l'intendant. Il s'appelle Grigore.

Dans l'entrepôt, les vêtements de protection sont une montagne de vestes grises ouatées, de tabliers de cuir gris, de gants de cuir et de bottes grises en caoutchouc. Devant cette montagne grise se dressent une grande caisse renversée, c'est une table, et une petite caisse renversée, c'est une chaise. Et sur la table, il y a une liste avec tous les noms des ouvriers. Et Grigore est assis sur la chaise.

Grigore vend de l'or, dit la concierge, des chaînes en or. Et des alliances. Il les achète à un vieux Tsigane qui a perdu une jambe à la guerre. Celui-ci habite en banlieue, près du cimetière des héros. Il achète l'or à un jeune Serbe qui habite dans un village près de la frontière, dans la tranche entre la Hongrie et la Serbie. Il a des parents en Serbie et il y va avec le petit trafic frontalier. Et il a un beau-frère à la douane de la frontière.

Quelquefois, Grigore a aussi de la marchandise russe. Les grosses chaînes en or viennent de Russie et les fines de Serbie. Les grosses sont avec des cœurs poinçonnés et les fines avec des dés poinçonnés. Les alliances viennent de Hongrie.

Quand Grigore ferme la main et ouvre lentement les doigts de la main fermée, les chaînes lui rampent entre les doigts comme du fil d'or. Il les tient par leurs extrémités à la lumière de la petite fenêtre.

Pendant six mois, le fil rouillé passe entre les mains. Puis on apporte à Grigore l'enveloppe du salaire, on se met une chaîne en or autour du cou. Quelques jours après, tard le soir, quand la chaîne resplendit déjà sur la chemise de nuit et que les pieds sont nus sur le tapis, on frappe à la porte. Devant, il y a un homme en costume, derrière, un en uniforme. La lumière est trouble dans le couloir. La matraque en caoutchouc se balance sur la jambe de pantalon. Les phrases sont courtes, la joue de l'inconnu brille, une tache de lumière unie monte et descend. La voix reste douce, presque plate, mais froide. Les chaussures de l'inconnu restent au bord du tapis. On enlève la chaîne du cou et on la confisque.

Grigore la reprend le lendemain dans le premier tramway, quand la voiture est presque vide et que la lumière s'allume et s'éteint à cause des secousses. Quand l'homme en costume monte à la station près de la brasserie et lui donne une boîte d'allumettes sans un mot.

Ces jours-là, quand l'eau est encore lourde sous le pont et que le ciel est encore bombé par l'obscurité, Grigore est le premier arrivé à l'usine. Il grelotte, il fume. Le haut-parleur est encore muet quand il passe à travers les rouleaux de fil avec ses chaînes en or, derrière sa fumée de cigarette. Quelques heures plus tard, il fait encore balancer les extrémités des chaînes et les fait couler dans sa main devant la petite fenêtre qui donne sur la rue de la Victoire. Et encore de l'argent, le même argent revient, comme d'autres images, les mêmes, reviennent dans les yeux de la chatte.

Le concierge dit que souvent, le soir, l'intendant prévient la police quand il a vendu des chaînes en or le matin. Grigore ne la prévient pas pour les alliances.

Si le concierge méprise l'intendant, c'est parce que Grigore croit à son or.

Le marché noir est noir, dit la concierge, après tout, personne n'est obligé d'acheter. Tout ce qui est noir est incertain. Le concierge dit : l'un a une chose, l'autre en a besoin, le monde tourne avec nous. Chacun fait ce qu'il peut.

Quand l'intendant couche avec les femmes dans le coin gauche, la chatte le sent aussi. À cet endroit-là, il y a un creux et un couloir dans la montagne. La fenêtre est au-dessus du couloir. Quand Grigore défait son pantalon, les femmes lèvent les jambes plus haut, près de leurs têtes. La chatte entre par le toit. Elle s'assied au sommet de la montagne, au-dessus du creux. Pour les femmes, la chatte est assise sur la tête, parce que les bottes de caoutchouc sur les jambes des femmes sont plus haut que leurs yeux. Les yeux des femmes leur montent sur le front jusqu'aux yeux de la chatte. Chasse-la d'ici, disent les femmes, chasse-la d'ici. Et Grigore dit, ça fait rien, elle voit rien, laisse-la, ça fait rien. La chatte regarde, les oreilles frémissantes.

Ensuite, les femmes restent devant la table, leur veste grise ouatée sur le bras. Elles cherchent leur nom pour signer sur la liste de l'intendant. La chatte n'attend pas que les doigts aient signé. Elle sort en grimpant sur le toit, elle s'élance dans la cour entre les rouleaux de fil de fer, vers les salles des machines.

Une image reste dans les yeux de la chatte. Tout le monde voit ce qui s'est passé. Et tout le monde en parle, du premier amour cogné à la va-vite debout ou couché à l'usine. Même les mots qui parlent de cet amour sont hâtifs. Toutes laissent leurs mains posées sur le fil de fer, là où les doigts sont tendus quand la chatte vient. Car aucune image ne vieillit. Bientôt, la prochaine image sera dans les yeux de la chatte. Et dans la prochaine, l'envie le sait, chaque tache d'huile sur le visage de chaque femme le sait, dans la prochaine image, c'est elle qui sera dans les yeux de la chatte. Au printemps ou en automne, quand la veste ouatée se râpe et se troue aux coudes, quand le vent froid ou chaud racle le carton goudronné et souffle à travers la barrière de la rue de la Victoire, les autres regardent. Car les jambes qui sont maintenant plantées devant le métier, sous le tablier, la chatte les apportera à l'usine nues, écartées, plus hautes que le visage.

Une seule semaine par an, quand la chatte porte le deuil de ses petits qu'elle a mangés, elle n'a pas d'image dans les yeux. Celle qui a de la chance, disent les femmes, et que l'amour saisit dans la hâte de cette semaine volante et aveugle, n'est vue par personne dans l'usine.

Celle qui corrompt la concierge sait de quelle semaine il s'agit. Beaucoup de femmes la corrompent. Toutes, dit la concierge, et je remplis le calendrier, dit-elle, je dis à chacune exactement ce que je veux.

Et les femmes se précipitent, se hâtent d'arriver à la fausse semaine de deuil avec de brefs cognements.

Mais dans la vraie semaine de deuil, comme l'amour embrouille ses fils entre les salles, la cour, les toilettes et les bureaux, les hommes et les femmes accouplés sont vus par les yeux du concierge, de la femme de ménage, du contremaître et du chauffagiste. Il y a une petite différence : dans la vraie semaine de deuil, chaque amour, parce qu'il ne produit pas d'image dans les yeux de la chatte, demeure un ragot.

Les enfants des femmes ressemblent à Grigore, dit la concierge. Heureusement, les femmes n'emmènent par leurs enfants à l'usine. Je n'ai jamais vu leurs enfants ensemble, je les ai toujours vus les uns après les autres. Petits ou grands, maigres ou gros, bruns ou blonds. Des filles et des garçons. Quand ils sont les uns à côté des autres, on voit qu'ils sont tous frères et sœurs. Très différents, dit la concierge, mais dans chaque visage il y a un morceau de Grigore grand comme la main.

Les enfants des femmes, dès leur naissance, souffrent d'insomnie. Les médecins disent que cela vient de l'huile des machines. Pendant quelques années, ces enfants grandissent en ignorant l'usine.

Mais à un moment donné, dit la concierge, ils viennent à la loge chercher leurs mères. C'est rarement urgent. Souvent, c'est sans raison.

Ces enfants sont là, tout près de la loge, dit la concierge, ils lui disent leur nom pour que le concierge fasse appeler leurs mères. Pendant qu'ils restent là, ils mettent le bout de leurs doigts sur leurs joues, tout intimidés. Ils ne voient ni le concierge ni la concierge. Dès qu'ils ont dit leur nom, ils n'ont d'yeux que pour ce fil de fer, cette cour retranchée. Ils ont un regard absent. Plus ces enfants restent là, plus le Grigore grand comme la main se voit nettement sur leurs visages.

Et sur leurs petites ou grandes chemises, leurs petites ou grandes robes, leurs chaussettes, la concierge voit la tache de rouille. Pendant que ces enfants petits, adolescents ou presque adultes restent tout près de la loge et attendent, la concierge voit la tache de rouille dentelée : chaque enfant porte sur un de ses vêtements une feuille de rouille brisée à force d'être sèche.

De la rouille des mains de leur mère, de ces mêmes mains qui versent le sang des melons dans la soupe des hommes avant le repas. Les bords noirs des ongles partent quand elles lavent le linge. Après la lessive, la rouille n'est pas dans l'eau, pas dans la mousse. Elle est dans le linge. Et là, rien n'y fait, aucun séchage au vent, aucun repassage, aucun sel détachant, dit la concierge.

Tous ces frères et sœurs inconscients, les enfants de Grigore, la concierge les reconnaît même dix ans après. Quand des tonnes de rouille et de grillage ont passé la porte de l'usine. Quand des tonnes de rouille et de grillage ont été tissées et empilées au même endroit, bien avant que l'herbe ne trouve le soleil pour pousser. Quand ces enfants travaillent eux aussi à l'usine. Sans en avoir jamais envie. Ils y viennent parce qu'ils ne savent pas quoi faire d'autre. Du bout de leur nez à la pointe de leurs chaussures, ils ne tombent jamais sur un chemin parce qu'il n'y en a aucun d'ouvert. Ils ne trouvent que ce caniveau de pauvreté, de désespoir et de dégoût des mères pour leurs enfants et petits-enfants. Ils se heurtent à la même contrainte inattendue : au début ils sont nerveux, bruyants. Plus tard, ils deviennent mous et silencieux, s'affairent sans mot dire. L'huile des machines a toujours la même odeur piquante, leurs mains portent depuis longtemps le bord noir. Ils se marient, se cognent dans le ventre la secousse de leur amour rétréci, dans l'intervalle entre l'équipe de jour et celle de nuit. Et ils ont des enfants. Qui ont la tache de rouille dans leurs couches. Qui grandissent, mettent des petites chemises, puis des grandes, des robes, des chaussettes. Qui restent devant la loge avec leur feuille de rouille sèche et brisée. Qui attendent. Sans savoir que plus tard ils ne trouveront jamais de chemin, qu'ils n'auront jamais d'autre idée.

La mère de Grigore était déjà ouvrière dans cette usine. La mère de la concierge aussi.

Les aiguilles à tricoter sont posées sur la table. La cour de l'usine est silencieuse. Le vent sent le malt. Derrière les toits, là-haut, se dresse le réfrigérant atmosphérique de la brasserie. Sortant du réfrigérant, le gros tuyau emballé s'étend au-dessus de la rue pour aller vers la rivière. De la vapeur s'échappe du tuyau. Le jour, elle se déchire contre les tramways qui passent. La nuit, elle fait un rideau blanc. Beaucoup de gens disent que la vapeur sent les rats, parce que dans la brasserie, dans les cuves en fer qui sont plus grandes que la loge du concierge, les rats d'eau se saoulent et se noient dans la bière.

Le huitième jour, dit le concierge, Dieu n'a gardé d'Ève et d'Adam qu'une touffe de cheveux. Il en a fait la volaille. Et le neuvième jour, Dieu, face au vide du monde, a fait un rot. Il en a fait la bière.

L'ombre de la loge s'est agrandie. Le soleil cherche un raccourci entre la rue de la Victoire et les rouleaux de la cour. Ses angles sont pointus, ses bords enfoncés. Le soleil a une tache grise au milieu.

À la fin de l'été, il y a des jours où le haut-parleur crépite en haut de la loge du concierge. Alors le concierge regarde longtemps le ciel et dit que le soleil est un robinet rouillé au-dessus de la tôle ondulée, des toits de la ville, du réfrigérant de la brasserie.

Devant la porte, il y a une ornière dans laquelle les moineaux se poudrent dans la poussière. Par terre, entre eux, une vis.

Le concierge et la concierge sont assis dans la loge. Ils jouent aux cartes. Le fer à repasser est posé au bord de la table. Le concierge a dénoncé à la direction l'homme avec la blessure au pouce. Il a confisqué le fer à repasser. Demain, l'homme avec la blessure au pouce recevra un blâme écrit.

Des moineaux sautillent dans la salle des machines. Leurs pattes et leurs becs sont noirs d'huile. Ils picorent des épluchures de graines de tournesol, des graines de melon et des miettes de pain. C'est lorsque la salle est vide que les lettres des slogans sont les plus grandes. TRAVAIL, HONNEUR et PARTI, la lumière a un long cou à la porte des vestiaires. Le nain à la chemise rouge et aux talons hauts balaie le sol huileux avec un balai huileux. Une pastèque est posée près de lui sur le métier. Elle est plus grande que sa tête. Sa peau a des rayures claires et foncées.

Et la lumière barre à l'horizontale la porte de la cour. Et la chatte est assise près de la porte et mange une couenne de lard. À la porte, le nain regarde la cour.

Et la poussière vole sans raison. Et la porte grince.

Les noix

La femme aux mains noueuses crache sur le chiffon et frotte les pommes jusqu'à ce qu'elles brillent. Elle pose les pommes brillantes côte à côte et s'arrange pour que les rondeurs rouges soient sur le devant et les marques derrière. Les pommes sont petites et irrégulières. La balance est vide. Elle pèse à l'aide de deux têtes d'oiseau en fer dont les becs montent et descendent l'un près de l'autre jusqu'à ce que les pommes et les poids pèsent autant. Puis ils s'immobilisent. Alors, la vieille femme compte à voix haute jusqu'à ce que leurs yeux soient aussi proches que leurs becs. Aussi durs et aussi silencieux, parce qu'ils savent combien cela coûte.

Les vendeurs du marché sont des vieux. Sur le sol de béton, entre des murs de béton, sous le toit de béton, derrière les tables de béton, les villages leur collent à la tête. Des jardins envahis de plantain.

Liviu parle de ces villages depuis qu'il enseigne dans la plaine du Sud, là où le Danube coupe le pays. De ces soirées d'été vers lesquelles toute la journée se dirige jusqu'à ce qu'elle soit lasse et décline entre les yeux. Là où la tête sombre dans le sommeil bien avant que le corps ne puisse trouver le repos. Et Liviu parle du sommeil lucide des jeunes, du sommeil lourd des vieux. Il dit que, dans la lucidité comme dans la lourdeur, les pas du jour cognent à travers les orteils, et que, la nuit, les doigts tremblent à cause du travail. Et que ses oreilles, dans le sommeil, confondent son propre ronflement avec la voix de l'agent de police ou du maire qui lui disent encore dans ses rêves ce qu'il faut planter dans le jardin, dans chaque plate-bande. Car l'agent de police et le maire ont leur comptabilité, leurs listes. Ils attendent leurs taxes, même si l'altise, le mildiou, le ver et l'escargot viennent tout dévorer. Même si la pluie oublie le village, même si le soleil brûle jusqu'à la dernière fibre et rend le village si plat que la nuit y entre par tous les côtés à la fois.

Trois fois par an, Liviu monte à la ville et ne trouve pas sa place dans l'appartement de Paul où il avait habité autrefois, ni dans la ville où il a vécu si long-temps. Et il demande de l'eau-de-vie dès le matin et appelle l'eau-de-vie LAIT DE PRUNES.

Paul raconte que Liviu marche dans l'appartement comme un chien enfermé, et dans la ville comme un chien errant. Et Paul dit que Liviu est attaché à un fil qui n'est pas loin de casser, que Liviu le sait et raconte des histoires jusqu'à ce que sa voix s'enroue.

Liviu parle des nuits au village où seuls deux coins de maisons sont éclairés, la maison du maire et celle de l'agent de police. Deux cours, deux escaliers, deux jardins veillés par la lumière jusque dans leur feuillage. Mis en relief, calmes. Tout le reste est enterré. Les chiens courent dans le noir, aboient seulement aux endroits où il n'y a plus d'ampoule depuis longtemps, où les arbres se pendent en devançant les maisons face à l'eau du Danube.

On ne voit pas l'eau, dit Liviu, on ne l'entend pas

dans le village. On ne l'entend que dans sa tête, on n'a pas de pieds. Elle pèse. On pourrait, dit-il, se noyer sur le sol sec dans ses propres oreilles.

Parfois, on entend des coups qui viennent de loin, dit Liviu. Pas plus fort qu'une branche qui se casse. Mais autrement, tout à fait autrement. Alors les chiens se taisent avant d'aboyer plus fort. C'est quelqu'un qui a voulu partir dans la nuit, passer la frontière, traverser le Danube à la nage. Seul avec lui-même, dit Liviu, ensuite c'est fini, on le sait. On regarde le bord de la table, on appuie la main sur le dossier et on ferme les yeux pendant un moment. Je bois, dit Liviu. Le lait de prunes brûle, les yeux deviennent tellement instables que l'ampoule est floue, et quand il n'y a pas d'électricité, la bougie. Je bois jusqu'à ce que j'oublie qu'il y a eu un coup de feu. Jusqu'à ce que le lait de prunes m'envoie des vagues dans les jambes. J'oublie, dit Liviu, jusqu'à ce que je ne pense plus à rien, jusqu'à ce que le Danube, inéluctablement, coupe le village du reste du monde.

À la campagne tu es un citadin, à la ville tu es un paysan, dit Paul à Liviu. Reviens à la ville. Elle nous connaît, toi et moi, il y a quelques milliers de policiers de village sur quelques centaines de coins d'asphalte.

Paul a commencé à chanter, et Liviu a fredonné avec lui :

> *Visage sans visage*
> *Front de sable*
> *Voix sans voix*
> *Que pourrais-je échanger avec vous*
> *Un de mes frères*
> *Contre une cigarette*

Liviu s'est assis sur la chaise, a heurté l'abat-jour de sa main. Le fil de la lampe se balançait. Et son ombre aussi.

Je n'ai qu'une pensée
Que pourrais-je vous vendre
La jupe en haillons
N'a qu'un bouton

Les yeux de Paul étaient à demi fermés, et les yeux de Liviu, parce qu'il chantait, nageaient loin de son front, peut-être n'étaient-ce pas ses yeux mais sa bouche humide.

La nuit coud un sac
D'obscurité

La main de Liviu saisit l'abat-jour. Il ne chantait plus et Paul tapait plus fort sur la table avec ses mains.

Amère est l'herbe de belle-mère
Un train de marchandises siffle dans la gare
Petit enfant sans les grands
Sur l'asphalte, une chaussure est pieds nus

Paul voyait par la fenêtre les antennes de l'immeuble voisin. Il se leva et poussa la chaise contre la table. Il redressa la tête et regarda dans la direction de Liviu. Celui-ci riait sans bruit. Aucun fil de lampe ne pend du ciel, dit Liviu en plein silence, sinon ça serait bien, on pourrait se pendre partout dehors.

Ne regarde pas comme ça, dit Liviu à Paul. Et cette phrase heurta le visage de Paul. Paul sortit de la pièce, Liviu se leva de sa chaise. Quand il fut debout, il dit à

Adina autant qu'à lui-même, pour moi, Paul n'est pas un médecin.

Paul était assis seul avec sa voix dans la cuisine et parlait tout seul à voix haute pour les deux autres. Cette nuit, dit-il, une femme et un homme sont venus à l'hôpital. L'homme avait une petite hache dans la tête. Le manche de la hache se dressait au-dessus de son crâne comme s'il avait poussé au beau milieu des cheveux. On ne voyait pas une goutte de sang sur sa tête. Les médecins se sont rassemblés autour de l'homme. La femme a dit que ça s'était passé il y a une semaine. L'homme a ri en déclarant qu'il se sentait bien. Une doctoresse a dit qu'on ne pouvait que couper le manche, qu'il était impossible d'enlever entièrement la hache, parce que le cerveau dans la tête s'y était habitué. Ensuite les médecins ont enlevé la hache. L'homme en est mort.

Adina et Liviu se sont regardés dans les yeux pendant un instant.

Les carottes sur la table sont ligneuses, les oignons rabougris. Le ferblantier est debout derrière les noix. Mais il ne porte pas son tablier de cuir, il n'a pas de corde au cou, il porte l'alliance à son annulaire. Il saisit les noix, elles crissent comme du gravier. Il a tous ses doigts à ses deux mains. L'homme aux noix n'est pas le ferblantier avec ses fruits dans du papier journal. Il ne dit pas : mange doucement pour sentir longtemps chaque bouchée.

Mais si c'était lui… ce pourrait bien être lui.

Il porte les yeux du ferblantier, regarde la balance, les becs d'oiseaux montent et descendent. Les becs restent tranquilles et les yeux savent le prix. Adina ouvre son sac, les noix roulent dedans. Deux noix tombent par terre. Adina se penche.

Un homme avec une cravate à pois rouges et bleus s'est baissé avant elle. Adina se cogne contre son épaule, il tient dans sa main les noix qui s'étaient enfuies. Adina voit une tache de vin sur son cou, elle est grande comme le bout de son doigt. Il lance les deux noix dans son sac, celles-là, elles ne veulent pas aller chez toi, dit-il, ce n'est pas pour rien qu'on dit VIEILLE NOIX, je peux en manger une ? Elle fait oui de la tête, il en prend deux dans le sac. Il ferme la main, écrase une noix contre l'autre tout en marchant. La coquille craque, il ouvre la main. Une des noix est entière, l'autre ouverte. Adina voit le cerveau blanc dans sa main. Il fait tomber la coquille, il mange. Sa tache de vin tressaute, son front brille, il met l'autre noix dans la poche de sa veste. Comment t'appelles-tu, demande-t-il, il a du lait sur les dents, les noix crissent dans sa poche à chaque pas. Adina prend son sac sous le bras, je ne vois pas le rapport avec les noix, dit-elle. Qu'est-ce qu'on fait maintenant, dit-il. Rien, dit Adina.

Elle part dans la direction opposée.

Pavel reste à la porte gauche sur le côté du marché et suit du regard Adina, et la lumière lui envoie devant les yeux des cordes de poussière qui tourbillonnent. Ses joues remuent, sa langue trouve des morceaux de noix mâchés entre ses dents, sa tache de vin ne tressaute pas. Il sort la noix de sa poche, la pose sur l'asphalte. Il pose le pied sur la noix, la pousse sous sa semelle jusqu'à son talon, tout au bord. Il met tout son poids juste sur la noix. Et la coquille craque. Pavel se penche, sort le cerveau de la coquille, il mâche et avale.

À la porte droite sur le côté du marché, il y a une voiture noire avec une plaque jaune et un numéro d'immatriculation court. Un homme est assis dans la voiture, il appuie la tête sur le volant, regarde le marché d'un air absent. Il voit une vieille femme. La table en béton lui sépare le ventre des jambes. La vieille tamise du paprika rouge qui tombe à travers le tamis comme des toiles d'araignée rouges, tombe toujours au même endroit. La montagne grandit vite sous le tamis.

La demoiselle n'est pas d'un abord facile, dit Pavel, ça fait rien, dit l'homme dans la voiture, ça fait rien. La vieille tapote le tamis. Elle lisse le sommet de la montagne avec ses mains, ses mains sont rouges comme le paprika. Ses chaussures aussi.

La langue de Pavel cherche les morceaux de noix mâchés entre ses dents ; monte, dit l'homme dans la voiture, on y va.

Le soleil donne sur les boîtes aux lettres dans la cage d'escalier. Les roses grimpantes projettent leurs ombres sur le mur. Leurs fleurs sont petites et forment des boules qui tiennent toutes seules dans le creux de la main.

L'œil de la boîte aux lettres n'est pas noir et vide, il est blanc. Et un œil blanc sur la boîte aux lettres est une lettre de soldat écrite par Ilie. Mais sur l'enveloppe, comme il y a une semaine, il n'y a toujours pas le nom d'Adina. Toujours pas de timbre, de tampon, ni d'expéditeur. Sur l'enveloppe, il y a toujours cette feuille de comptes grande comme la main et arrachée de travers, toujours la même phrase avec la même écriture JE TE LA METS DANS LA BOUCHE.

Adina froisse le papier et l'enveloppe, sent du papier sec dans sa gorge. L'ascenseur reste sombre, aucun œil vert n'est allumé, il n'y a pas d'électricité. La cage d'escalier sent le chou cuit. Les noix crissent à chaque pas. Adina, dans le noir, commence à compter à voix haute, compte au lieu des marches son pied gauche, son pied droit. Et chaque chaussure qui monte toute seule sans elle et marche toute seule. Jusqu'à ce que chaque chiffre ne soit plus que sa voix, puis une voix étrangère. Son front à elle commence dans la voix étrangère.

Le sac de noix est sur la table de la cuisine, le papier froissé est sur les noix, un plat vide est posé près du sac. Le tiroir est à moitié ouvert, couteau fourchette couteau fourchette fourchette fourchette, toutes les dents forment ensemble un peigne. Adina ouvre le tiroir en grand, de grands couteaux, entre eux le marteau.

Sa main pose une noix sur la table, le marteau tape doucement. La noix a une fêlure, le marteau tape trois coups fermes et brise la coquille. Et le cerveau dans la coquille.

Des cafards grimpent au-dessus de la cuisinière. Sept grands d'un brun-rouge, quatre moyens marron foncé, neuf petits, noirs comme des graines de pomme. Ils ne grimpent pas, ils marchent au pas. Un été de soldat pour Ilie, pas de lettre pour Adina. Dans la chambre, une photo est accrochée sur l'autre mur, une raie de lumière tombe dessus dès le matin : Ilie en uniforme, ses cheveux comme un hérisson, un brin d'herbe dans la bouche, une ombre sur la joue, de l'herbe autour des chaussures. Chaque matin, toute la journée est accrochée à ce brin d'herbe.

Ilie, comme Liviu, est enfermé dans la plaine du Sud. Aussi près, aussi loin du Danube, tous deux dans des villages différents. Près du premier village, le Danube coule droit en coupant le pays ; près de l'autre village, il coule de travers en coupant le pays. Seuls les coups de fusil résonnent de la même façon dans les deux villages, comme si une branche se cassait, mais avec un bruit différent. Très différent.

En août, dans cette ville, il y a des jours où le soleil est un potiron épluché. Ces jours-là, l'asphalte s'y chauffe en bas, et le béton de l'immeuble en haut. Alors la tête traverse la journée, la boîte crânienne détachée par la chaleur. Alors la moindre pensée se tord dans la tête sans savoir ce qu'il adviendra d'elle. Alors le souffle devient lourd dans la bouche. Alors les gens n'ont que ces mains perdues. Alors les mains collent des draps mouillés aux vitres pour se rafraîchir. Alors les draps sont déjà secs avant que les mains ne se retirent du verre.

Par une de ces journées d'août, Ilie se mit près de la cuisinière et écrasa des cafards. Peut-être n'était-ce pas lui, peut-être était-ce la violence de la chaleur dans sa tête. Sur les grands, la mort craquait, sur les petits, elle restait muette. Ilie ne comptait que les cafards d'un brun-rouge qui craquaient.

Quand ils sont entièrement développés, ils deviennent rouges, dit Ilie. Ils survivront à tout, aux villes et aux villages. Même à ce champ labouré jusqu'à l'infini sans chemin et sans arbre, à ce misérable maïs, aux Carpates et au vent sur les pierres, aux moutons, aux chiens et aux hommes. Ils mangeront ce socialisme, le traîneront jusqu'au Danube, le ventre plein. Et de l'autre côté, sur l'autre rive, il y aura des gens effrayés qui cligneront de l'œil dans la chaleur. Et qui crieront par-dessus l'eau, ce sont les Roumains, ils l'ont mérité.

Adina entraîna Ilie hors de la cuisine quand il se mit à pleurer et à porter à son visage ses mains qui sentaient l'insecte. Elle lui donna un verre d'eau, il le garda à la main sans le boire. Dégoûté d'avoir des sueurs froides, il repoussa Adina et grelotta dans la chaleur. Il était si éloigné de lui-même qu'il avala sa langue en disant, le monde a de la chance qu'il y ait le Danube.

Adina regarde par la fenêtre, elle mâche la noix. Le ciel est vide, la noix est amère sur sa langue et douce ensuite. Le ciel regarde en haut, pas en bas. Il retient son grand vide à de petites taches blanches, à des lettres qui sont toutes déjà lues quand il s'échappe de la ville, quand il s'enfuit – un fuyard pour le Danube en haut de la ville.

En bas, dans la rue, un enfant crie. La langue d'Adina cherche entre ses dents les morceaux de noix mâchés. Les coquilles sont jetées sous la table.

Un autre silence

Où sont les roulements à billes, demande le directeur. Une mite brune s'envole de son col de chemise, voltige jusqu'à la fenêtre. Elle cherche la cour derrière la vitre, elle n'est pas plus grande qu'une mouche. Mara dit que les roulements à billes sont commandés. Derrière le géranium, derrière le rideau qui est à la fenêtre du directeur, des talons claquent. Des cheveux bruns passent. D'un pas à l'autre, le pot de géranium se trouve sur les pointes des cheveux. Il ne balance pas ses fleurs rouges, il tend ses feuilles immobiles au-dessus des cheveux vers la cour retranchée de l'usine, vers le rouille qui ronge, vers le fil de fer. Le directeur ne voit pas la tête des passants, seulement la pointe de leurs cheveux. Et la mite sur la vitre; où sont les roulements à billes, s'ils sont commandés, dit le directeur. Il s'approche tellement de la vitre que le rideau lui frôle le front et le géranium le menton. Que la mite tourbillonne, vole le long de sa tempe rasée jusqu'à la table de réunions. Les roulements à billes sont en route, camarade directeur, dit Mara.

Il s'attendait à trouver la mite. Il détourne vite le visage, car il regarde machinalement en direction du fil de fer. Il ne s'attendait pas aux talons qui sont sur l'asphalte aussi durs et aussi hauts que des briques

106

cassées. Il ne s'attendait pas aux chaussures du nain qui claquent comme si c'étaient seulement les talons trop hauts qui transformaient cette tête en tête de nain. Ces jambes courtes qui ne se plient pas en marchant, il ne s'y attendait pas. Ni au dos qui se tient tout droit, comme si on avait tissé à l'intérieur du fil de fer neuf.

Ces chaussures, ces jambes, ce dos troublent le regard qui veut rester vide. Dans l'usine, même si les années passent, aucun œil n'observe le nain sans deviner sa propre présence au moment où il le fait. Sans se barrer la route à lui-même.

Le directeur rentre le cou dans ses épaules. Ce claquement derrière le nain, cette habitude rompue sont comme un grelottement.

Nain ou pas, on en a quand même fait quelqu'un, dit-il. Un autre, à sa place, serait allé mendier sur le trottoir. Il montre le portrait du dictateur, en grand au mur et en petit sur le bureau. Il montre le petit portrait. Mais les deux portraits se regardent, le noir des yeux. Entre le mur et la table, devant le rideau blanc, le portrait accroché rencontre le portrait posé. Tous les gens qui viennent de SA région, dit le directeur, ont beaucoup de volonté.

Il veut parler du Sud où le Danube coupe le pays. Où la plaine est plate, où les étés se dessèchent comme la pierre entre les maïs qui poussent, où les hivers gèlent comme la pierre entre les maïs oubliés. Où les gens comptent les coussins de duvet qui flottent et savent que le Danube, pour chaque homme abattu en pleine fuite, a pendant trois jours un coussin sur ses vagues, et pendant trois nuits une lueur sous ses vagues, comme celle des bougies. Les gens du Sud connaissent le nombre des morts. Ils ne connaissent pas les noms des morts, ni leurs visages.

Écris un avertissement, dit le directeur. Les roulements à billes sont en route, dit Mara. Son cou s'agite dans sa chemise, son col le gratte. Quelquefois, dit le directeur, on frappe à la porte. Pas fort, je l'entends à peine. Et quand j'ouvre la porte, il n'y a personne, sauf si je regarde aussitôt en bas. Le contremaître m'a envoyé le nain, le nain tient une feuille de papier dans sa main et ne dit rien. Il s'en va avant que j'aie pu dire quoi que ce soit. Et voilà le nain parti. Je ne l'appelle pas, vu que j'ai oublié son nom. Je ne peux quand même pas crier : eh, le nain. Mara sourit ; Mara, tu as de belles jambes, dit-il. Le géranium se balance. Le directeur s'accroupit sur le tapis. Sa voix est grave sous la jupe de Mara. Ses mains sont dures. Elle a les cuisses brûlantes. Il aligne ses dents une par une sur la cuisse droite, mouillées, pointues. Et le portrait sur la table, avec le noir des yeux, regarde. Et s'estompe. Ou bien c'est la mite dans l'air, à une main des yeux de Mara. Oh, ça fait mal, camarade directeur, dit-elle.

Le directeur vient à la porte de l'usine toutes les semaines, dit la concierge à Clara. Il n'entre pas dans la loge du concierge, il n'en franchit pas le seuil. Il se contente de passer la tête dans le cadre de la porte et la retire aussitôt. Il regarde le fil de fer et demande comment le nain s'appelle. Le concierge regarde aussi le fil parce que les yeux du directeur entraînent ses propres yeux, et parce que le concierge pense que le directeur a toute la tête à l'intérieur de ce fil de fer. Car celui qui regarde ce fil le regarde avec toute la tête, celui qui regarde ce fil n'entend plus. Sauf le concierge et moi, dit la concierge, nous regardons le fil tous les deux et nous ne le voyons plus. Le concierge dit chaque fois :

camarade directeur, le nain s'appelle CONSTANTIN. Il
le dit si fort que je l'entends même quand le concierge
et le directeur sont dans la cour, dit la concierge. Et
chaque fois, une mite s'échappe du col du directeur
quand il est dans la cour. Et chaque fois, le directeur
dit : je vais tâcher de retenir ce nom, mais je l'oublie
tout de suite. Je retiens tout, mais j'oublie tout de suite
le nom du nain. Là-dessus, le concierge dit : le nain
est diabolique, sinon il ne serait pas nain. Le directeur,
quand il était jeune, dirigeait une fabrique de chapeaux
derrière les Carpates, dit la concierge. C'est de là que
viennent les mites. Depuis, il a été directeur du service des eaux du Sud et directeur des constructions de
logements, ici. Mais il ne se débarrassera jamais des
mites de la fabrique de chapeaux. Le directeur sort de
sa poche un papier et un crayon. Il note le nom. Il
écrit le nom sur tout le papier, avec de grandes lettres
par-dessus sa main, dit la concierge. Quand le directeur range le papier et le crayon, il dit : maintenant,
je le sais. Et la mite s'envole loin dans la cour et se
perd dans le fil. Une semaine plus tard, le directeur
passe encore la tête dans le cadre de la porte et redit :
comment s'appelle le nain, je vais tâcher de retenir
son nom, mais je l'oublie tout de suite. Et il prend un
même papier dans la même poche, et la même mite
s'envole de son col, et il note encore le même nom.
Et la mite s'envole loin dans la cour, dans le fil de fer.
    Un jour, dit la concierge, le directeur m'a dit que le
papier subissait le même sort que le nom du nain, qu'il
se perdait tout seul.

    À l'usine, tout le monde sait comment s'appelle le
nain parce que son nom ne lui va pas, dit la concierge.
Le directeur est le seul à ne pas le savoir. Chaque fois,

il s'étonne que le nain s'appelle CONSTANTIN et il dit chaque fois que ce nom ne lui va pas. C'est comme ça que je sais que le nom de CONSTANTIN ne va pas au nain, avant, je ne l'avais pas remarqué. Mais le directeur le remarque chaque fois, dit-elle. Le directeur devrait retenir ce nom puisqu'il a remarqué que le nom de CONSTANTIN n'allait pas au nain.

Mon fils s'appelle lui aussi CONSTANTIN, dit la concierge à Clara, mais le nom de mon enfant ne me ferait jamais penser à un nom de nain, parce que mon enfant n'est pas un nain. Et parce que le même nom, porté par un nain, n'est plus le même. J'ai interdit à mon enfant de venir me chercher à l'usine, dit la concierge. Jamais je ne le laisserai venir dans ce fil de fer. Parce que je sais que mon enfant ne m'écoutera plus s'il regarde une seule fois ce fil de fer. Je ne laisserai jamais mon enfant venir travailler dans cette usine, dit-elle, jamais, au grand jamais.

Le directeur est accroupi sur le tapis devant les genoux de Mara qui se dérobent. Il scrute les pieds de la table de réunions. Il respire plus fort que ses poumons, il respire trop fort. Et il sent qu'il a le front tout salé et mouillé, comme si sa bouche était deux fois sur son visage, brûlante et perdue la deuxième fois, à l'endroit où le front touche ses cheveux.

La chatte tigrée est assise sous la table de réunions. Elle a une tête en fourrure, elle bâille. Par ses raies sombres, son dos et son ventre, le sommeil lui coule jusqu'aux pattes. Son museau est noir à cause de l'huile des machines, émoussé et vieux. Mais ses dents sont acérées, blanches et jeunes. Et ses yeux sont éveillés dans sa tête en fourrure aux raies plus fines. Dans ses yeux il y a une image, les cuisses de Mara jusqu'aux genoux. Sur la face intérieure des cuisses, grande comme la bouche, une morsure.

Le directeur se lève. La mite est posée sur le dossier du fauteuil. Le directeur est debout devant le miroir. Il ne sait pas pourquoi, mais il se peigne.

Dans la salle des machines, un ouvrier est étendu sur le sol huileux. Ses yeux sont à demi fermés, les pupilles ont glissé vers le front. À côté de la presse, il y a une flaque de sang. Elle ne se coagule pas, l'huile l'absorbe. La chatte tigrée renifle la flaque. Sa moustache frémit, elle ne lèche pas. Sous la manche huileuse de l'ouvrier pend un poignet sans main. La main est dans la presse. Le contremaître ferme la manche avec un chiffon sale.

Le nain tient la tête de l'accidenté. La tête repose dans ses mains, chaude et inconsciente. Et le nain ne bouge pas les mains. Parce que les cheveux sur sa tête ont l'air morts, comme l'occiput sous les cheveux, et le cerveau sous le crâne. Sous les pupilles détournées, la prunelle reste entre les sourcils comme le bord d'une tasse blanche. Sous les yeux il y a une ride. Et le nain regarde la ride longtemps, jusqu'à ce qu'elle barre le visage inconscient. Et le visage de la chatte, et son propre visage. Car ce qui a l'air mort au toucher, quand il ne bouge pas les mains, lui grimpe à la gorge. La chatte renifle ses mains, puis son menton immobile. Les pointes de ses moustaches sont rouges. Mais ses yeux restent tranquilles et grands, n'écrasent pas l'image de la cuisse de Mara et de la morsure grande comme une main.

Ensuite quelqu'un appelle, le directeur arrive. Puis c'est Grigore qui arrive avec un homme. Et l'homme demande comment s'appelle l'accidenté. Personne ne connaît l'étranger, ses mains sont propres et il ne travaille pas à l'usine. Et le contremaître dit CRIZU.

Et l'étranger éloigne la chatte à coups de pied, Grigore le nain avec des cris. Et le nain met ses mains vides dans sa poche. Il se bloque la route à lui-même à l'endroit où gisait l'accidenté et regarde. Les autres ouvriers font cercle autour du corps. Ils barrent la route à Grigore et à l'étranger et regardent. Car Grigore et l'étranger portent l'homme inconscient au bout de la salle, dans les vestiaires. Son corps est mou et pesant. Et son tablier pend, il est à moitié ouvert et gonflé en bas.

Alors le directeur entre dans la salle par la porte ouverte et va tout droit comme sur un fil en direction des vestiaires, sur le sol glissant. Il crie en marchant : ne restez pas là, au travail. Et une mite s'envole de son col. S'envole et se perd dans les fenêtres, là où les acacias retiennent la lumière parce que, en bas de leur tronc, ils ont déjà de petites branches et des feuilles folles. Et le directeur, dans les vestiaires, ferme la porte de l'intérieur.

Et l'étranger tient la tête de l'accidenté. Et Grigore lui ouvre la bouche. Et le directeur sort de sa veste une bouteille vide qui tient juste dans sa main et verse de l'eau-de-vie dans la bouche ouverte. Et il se lave les mains, appuie sur la poignée et ouvre d'un coup de pied la porte des vestiaires. Le directeur sort de la salle avec l'étranger par le plus court chemin glissant pour aller dans la cour, vers le fil de fer.

Grigore marche derrière lui. Et il reste à la porte et se cogne contre le nain. Et il lance en pleine salle des machines, Crizu est saoul depuis le début de la matinée, Crizu est ivre sur son lieu de travail.

Le nain s'appuie contre la porte, regarde le fil de fer et mange une poire. Ses yeux sont vides, sa tête est trop grosse. Sa bouche dit toute seule, Crizu ne boit pas. Et le jus lui coule de la bouche. Et le soleil se met un nuage transparent autour du ventre. Le nain mord un bon coup dans la poire et mâche. Mâche la peau, la chair, le trognon. Ses mains sont poisseuses, ses chaussures pleines de gouttes. Sa main est vide. Mais il n'avale pas. Ses joues sont pleines de poire mangée. Pleines jusque sous les yeux.

Ça fait rien, ça fait rien, dit quelqu'un à voix haute dans la salle. Il promène sa tête le long de la fenêtre et dit, on ne peut rien y faire.

Celui qui dit cette chose a le malheur qui lui pend à la bouche comme le feuillage pend à l'arbre devant la fenêtre. Vert en été ou jaune en automne, le malheur est une branche dans son visage. La couleur est là, mais pas le feuillage. Car le malheur est nu, toujours dégarni, comme le bois d'hiver le sera plus tard dehors. C'est qu'il doit éloigner des yeux la vie nue. C'est qu'il doit éloigner de la bouche les paroles nues avant qu'une idée ne soit dans la tête. Il doit se taire et ne se plaint pas. Et le nain doit manger et n'avale pas. Et Crizu doit avaler et ne boit pas.

Mais quand le médecin arrive, quand il sent l'eau-de-vie, Crizu est tombé sous sa coupe, inconscient et saoul.

Ensuite, un vol de moineaux vibre comme un parapluie en traversant la cour. Un oiseau s'en détache, se pose sur le fil puis sur le sol. Et sautille jusqu'à ce que ses plumes soient arrangées de façon régulière et que ses ailes, sur son dos, ne soient que plumes. Ensuite, l'oiseau entre dans la salle par la porte. Et, dans la salle, il marche tout droit sur le sol glissant comme sur un fil. Les ouvriers restent plantés là et le regardent. Et personne ne souffle mot.

Seul le contremaître se tient à côté de la presse et se penche. En quête d'un autre silence, il cherche la main écrasée.

Et le nain est debout sur ses briques cassées dans la cour et mâche une poire, perdu dans le vide.

Anca pose tous les crayons dans la boîte de Coca vide. Elle essuie la poussière sur la boîte de bière vide. Et Maria met tous les stylos-billes dans la boîte de bière vide. Eva arrose la plante grimpante à taches blanches et accroche ses feuilles tachées de blanc autour du cadre qui est au mur. Sur le tableau, il y a des coquelicots en fleur. Et David prend un crayon dans la boîte de Coca. Et Anca dit que la plante grimpante tachée de blanc s'appelle LANGUE DE BELLE-MÈRE. Et David ouvre le cahier de mots croisés. Et Clara pose le petit pinceau sur le bureau et souffle sur ses ongles fraîchement vernis. Et David dit, un sentiment après le repas en quatre lettres. Et Anca crie GÊNE. Et Eva crie PLEIN. Et Mara crie REPU.

Puis la porte s'ouvre et Grigore est dans le bureau. Et Mara met pour la troisième fois sa jambe sur la chaise, soulève sa jupe et montre aussi ses cuisses à Grigore. Et Grigore prend le genou de Mara et regarde son cou, à l'endroit où se balance la chaîne d'or de Mara. Une journée dingue, dit Mara, le directeur m'a mordue.

Inflammation du tympan

Visage sans visage
Front de sable
Voix sans voix
Qu'y a-t-il encore
Il est resté du temps

Dans la salle, Paul ne voit que des yeux. La lumière est éteinte et tous les yeux sont semblables. Et les yeux des policiers sont un peu plus de cent.

Du temps sans temps
Que peut-on changer

Les visages qui se balancent au rythme de la chanson se distinguent des visages qui surveillent. Ceux-ci remuent les mains, et dans les mains, des lampes de poche allumées. Elles éclairent les têtes des chanteurs. Retiennent les visages qui, en chantant, dérapent vers le cri. Anna est assise au premier rang et voit les cercles des lampes de poche sur le mur.

Je n'ai qu'une pensée
Que pourrais-je échanger avec vous
Un de mes frères
Contre une cigarette

La porte latérale s'ouvre de l'intérieur et une bande de lumière venant du hall d'entrée découpe la salle. Des chiens aboient.

Je suis devenu fou
Je suis tombé amoureux
D'une fille qui m'aime
Cette chère petite est idiote
Elle m'aime et ne m'aime
Pas encore vraiment

Et dans la bande de lumière, on entraîne dehors un homme au dos courbé, on l'embarque.

Je n'ai qu'une pensée
Que pourrais-je vous vendre
La jupe en haillons
N'a qu'un bouton

Le chanteur se retourne et regarde Paul. Paul regarde Sorin. Celui-ci lève la baguette du tambour et touche le bras d'Abi.

La nuit coud un sac
D'obscurité

La porte latérale s'ouvre du dehors, et des têtes avec des casquettes bleues se dressent dans la bande de lumière. Adina est assise au milieu de la salle. Sous les casquettes, elle voit les oreilles nues qui dépassent.

Amère est l'herbe de belle-mère
Un train de marchandises siffle dans la gare

Les oreilles écoutent ce qui se passe dans la salle, les chiens aboient. La bouche de Paul chante, son crâne vibre et ses orteils aussi. Les lampes de poche étincellent. Ensuite on ouvre toutes les portes, les chaussures résonnent sur le plancher. La scène s'assombrit et la salle s'éclaire. Et les visages qui crient sont nus dans la lumière. Les policiers, les chiens et un homme en costume sont entrés dans la salle. Les doigts de Paul pincent les cordes, la guitare est muette. Les baguettes du tambour de Sorin ne rendent aucun son. Car l'homme en costume est debout à côté de lui sur la scène, lève les mains et crie : fini, le concert est terminé, quittez la salle en silence.

Le chanteur, Paul, Abi et Sorin chantent et ne s'entendent plus. Parce que la chanson est abattue, elle a expiré l'angoisse, grande comme la bouche, et le regard. Grand comme la salle. Les policiers font sortir les chanteurs par les portes en leur cognant dessus à coups de pied et de matraque, en bas, dans la lumière.

Petit enfant sans les grands
Sur l'asphalte, une chaussure est pieds nus

Les matraques en caoutchouc cherchent au hasard des dos, des têtes, des jambes. Des revolvers et des pistolets automatiques sont accrochés à des courroies en cuir. Adina s'appuie contre le mur. Les rangées de fauteuils sont vides. Les policiers ont frappé jusqu'à satiété, les chiens aboyé jusqu'à satiété. Seules les chaussures des policiers font du bruit. Elles se dirigent vers la sortie. Anna est assise entre les chaises vides au premier rang. Et les chiens courent après les chaussures, ont de longues pattes perdues.

L'homme en costume est debout sur la scène. Demain

huit heures bureau 2, dit-il. Paul regarde et dit : compris. Abi demande pourquoi. Sorin tire sur un câble. Adina est debout à côté de Sorin et regarde le câble qui rampe à la saignée de son bras. Anna est assise au bord de la scène, se tient avec les deux mains et regarde la salle vide. Et l'homme en costume dit : c'est nous qui posons les questions. Et Paul dit : je travaille de nuit. Et l'homme en costume saute de la scène à côté des escaliers, traverse la salle et crie : eh bien, tout de suite après. Et claque la porte derrière lui. Anna embrasse Paul. Paul dit : rentre à la maison, je vais chez toi demain.

Elle pince les lèvres. Regarde le sol et remue nerveusement sa chaussure. Paul dit : je viens après l'interrogatoire, c'est sûr.

Anna passe près d'Adina et n'a pas de regard. Rien qu'un visage étroit. Et ses joues sont défigurées par la jalousie, parce qu'elle sait qu'Adina a vécu trois ans avec Paul. Ses bras sont si décontenancés qu'elle est obligée d'entrecroiser les doigts pour pouvoir partir. Qu'à chaque pas elle lève les jambes trop haut dans l'escalier. Ensuite, elle marche dans la salle entre les chaises vides, en traînant les pieds. Pour que ses pas ne trompent personne et montrent qu'Anna emmène son visage avant qu'il ne soit refoulé entre Adina et Paul. Adina entend les pas dans la salle et voit sur le visage de Paul un regard qui s'arrache encore une fois à l'adieu. Anna sort de la salle sans se retourner, par une porte de côté.

La bouteille d'eau-de-vie passe de main en main. Les voix s'enchevêtrent. Une belle soirée. Dans un beau pays. On pourrait tous se pendre. Mourir ensemble est interdit. Quand nous serons morts, nous quitterons la salle en silence. Je vais nous établir des certificats de décès, dit Paul. Sorin porte la bouteille à sa bouche, dit dans le goulot de la bouteille, dans l'eau-de-vie qui déborde sur ses dents, pour moi, s'il te plaît, ce sera mon diagnostic préféré, INFLAMMATION DU TYMPAN.

Paul descend les marches, Adina saute de la scène à côté des marches. Dans la salle, entre tous les chemins de chaises vides, il prend le même chemin qu'Anna. Adina lui emboîte le pas.

Elle sent ses côtes, il a une veste légère. La rue est si sombre que seul le ciel murmure, parce qu'on ne voit pas les arbres. Pas une voiture, pas un homme. L'asphalte est froid et les semelles fines. Sa gorge est transie mais le chemin est là, les chaussures claquent. Et leur claquement grimpe le long des joues. À côté de la joue de Paul il y a le stade. Silencieux et haut. Comme une montagne qui ne verrait jamais voler de ballon pendant la journée à l'endroit où, la nuit, la lune passe.

L'hôpital barre la route de sa longueur et de sa largeur toutes noires. Quelques fenêtres sont allumées, mais elles sont allumées pour elles seules, elles ne projettent pas leur lueur dans la nuit.

Regarde ça, dit Paul. Un jour, j'ai compté les fenêtres, cent cinquante-quatre. En été, quatre personnes se sont jetées par la fenêtre, ça fait rien, ça fait rien. Quand elles ne sautent pas, elles meurent dans leur lit. Ils ne racontent pas d'histoires quand ils disent : depuis des mois nous n'avons pas de coton, pas de matériel pour pansements, nous prenons les restes de l'usine de chaussettes.

Paul embrasse Adina, reste collé à sa bouche. Ses

mains sont chaudes, elle ferme les yeux et sent son membre dur contre son ventre. Elle retire la bouche, presse son front contre son cou. Garde ses chaussures entre les siennes au beau milieu du carrefour, là où les rues se coupent pendant la journée. Le col de Paul crisse près de son oreille. Mais ses oreilles sont loin de sa tête, elles sont tout là-bas, à l'endroit où les chiens aboient. Et ses yeux sont tout en haut, là où la lune passe et cherche des trous entre les nuages.

Maintenant vas-y, dit Adina.

Puis elle traverse la rue à petits pas sur l'asphalte, mais rien ne s'y trouve. Seuls le claquement des chaussures devenu dense et le front chaud pour que le chemin se tienne encore. Au bord du trottoir, elle tourne la tête. Paul n'a pas bougé, il reste comme une ombre. Cette tache plus claire est son visage. Paul reste au carrefour et la suit des yeux.

Paul va vers les fenêtres éclairées. Le vent lui soulève les cheveux, il sent la terre mouillée et l'herbe fraîchement coupée.

Derrière l'hôpital il y a une forêt. Ce n'en est pas une. C'est une pépinière abandonnée. Plus vieille que les immeubles qui s'amassent en banlieue, plus vieille que l'hôpital. Tout en bas, grâce aux racines et à quelques troncs droits, on peut encore distinguer des rangées. Mais en haut, les aiguilles et les feuilles se piquent entre elles. Se transforment tous les jours. Ce qui n'a pas changé depuis des années, c'est qu'aucun arbre ne va avec les autres, que derrière l'hôpital pousse une végétation sauvage que personne ne supporte. Les malades des étages supérieurs sont ceux qui voient le mieux cette végétation abandonnée et en sont affectés. Paul sait que les malades regardent cette végétation sauvage pendant des heures avec des jumelles. Et qu'ils deviennent taciturnes comme des gardes forestiers.

Cette manie de regarder a d'abord pris un malade qui avait été garde forestier dans les Carpates occidentales, et elle ne l'a jamais quitté. Le garde forestier était au dixième étage. Un garde forestier de la même forêt est venu lui rendre visite et lui a apporté les jumelles. Pour passer le temps, a-t-il dit. Le garde forestier malade s'est mis à observer la forêt pendant des jours avec les hommes du dixième étage. Jusqu'à ce qu'il meure. Quand le garde forestier de la même forêt arriva avec la veuve et un cercueil, il lui prit son dentier, ses lunettes, ses ciseaux à ongles et son chapeau. Il laissa les jumelles aux hommes de l'hôpital. Et lentement, en descendant jusqu'au troisième étage, de plus en plus d'hommes deviennent des gardes forestiers malades, car ils sont suspendus aux mêmes jumelles. Il y a des listes qui relient le dixième étage au troisième. Sur les listes sont écrits des noms, des jours et des heures. Qui indiquent quand et pendant combien de temps chaque malade a le droit de regarder la forêt avec les jumelles.

Un jour, Paul a regardé la forêt avec les jumelles. Il voulait savoir ce que voyaient les gardes forestiers malades. Il connaît la forêt parce qu'il se promène souvent parmi ces arbres après le travail. Et pourtant, dans les jumelles, l'immense boule d'aiguilles et de feuilles a fait peur à Paul. Les buissons aussi, qui poussent dans tous les sens. Leur bois qui a compris depuis longtemps comment pousser. Car ce qui est plus sauvage chasse tout ce qui se retient avec docilité, lui coupe la lumière en haut et la terre en bas. Et derrière les jumelles, les herbes sont plus proches que lorsque le pied est parmi elles.

Les gardes forestiers malades disent qu'on voit aussi des chiens et des chats. Et des hommes avec des femmes, qui s'accouplent en plein jour dans les endroits sombres, ou, entre chien et loup, dans les clairières. Et l'après-midi, des enfants qui se cachent pour que d'autres enfants ne les trouvent pas. Qui se bâillonnent les uns les autres avec des touffes d'herbe. Et qui oublient le jeu de cache-cache quand personne ne les cherche.

Paul entend ces enfants parce qu'à la recherche de la souffrance, ils grimpent sur la triple rangée de bar-belés dans la cour au fond de l'hôpital, vers les ambu-lances rouillées et sans fenêtres.

Le plus petit homme
a le plus grand bâton

La poussière est épaisse sur le pare-brise.

Il a le coude posé sur ses cheveux. Sa bouche halète, son ventre cogne. Elle appuie son visage contre le dossier. Elle entend le tic-tac de la montre à son poignet. Le tic-tac sent les chemins pressés, après les pauses de midi, et l'essence. Il a son slip par terre, son pantalon accroché sur le volant. Derrière la vitre, les tiges de maïs obliques et penchées en avant regardent le visage de la fille. Sa petite culotte est sous la chaussure de l'homme.

Les barbes de maïs sont rêches et ébouriffées. Les feuilles de maïs ont un crissement sec, les tiges desséchées battent les unes contre les autres. Entre leurs cimes pousse un ciel incolore.

Elle ferme les yeux. Le ciel incolore au-dessus du champ de maïs fait irruption dans son front.

Puis on entend dehors un bruit saccadé.

Elle ouvre les yeux. Une bicyclette est posée contre une tige de maïs dans le champ. L'homme porte un sac sur son dos jusqu'à la bicyclette. Quelqu'un vient, dit-elle.

Les tiges des maïs cognent dans la tête de l'homme qui marche.

Sur la petite culotte de Clara, il y a la trace d'une

semelle nervurée. Elle enfile la petite culotte. Il ne viendra pas ici, dit Pavel, il a volé du maïs. Clara regarde l'heure. L'homme pousse la bicyclette entre les tiges desséchées.

Je dois retourner à l'usine, dit Clara. Pavel tire son pantalon du volant, de sa poche tombent des graines de tournesol sur son genou nu, combien de temps peux-tu être absent du tribunal, demande Clara.

La voiture ronfle, cernée de gris par la poussière. Je ne travaille pas au tribunal, dit Pavel. La robe de Clara est froissée, le dos mouillé par la transpiration. Tu es avocat, demande Clara. Oui, dit-il, mais pas au tribunal. Le ciel s'élargit, car le maïs cherche les grandes étendues, court dans l'autre direction. Demeure un champ bas et crissant qui va vers l'horizon. Je t'ai vu dans une autre voiture, dit Clara. Il regarde dehors : où ça, demande-t-il. Elle voit les graines de tournesol par terre entre ses chaussures, à la cathédrale, dans la rue près du parc. Pavel tourne le volant très légèrement, comme si ses mains ne faisaient rien. Des voitures noires, il y en a dans chaque usine, dit-il. Elle voit l'aiguille des secondes qui tremble sur sa montre ; mais tu n'es pas dans une usine.

Il se tait et hausse les épaules. Et Clara se tait et regarde dehors.

Là-bas, il y a un coin où le ciel ferme le regard. Là-bas, une lassitude claire attend et monte tous les jours jusqu'à la ville. Vers les pauses de midi et dans les après-midi vides de l'usine. Lassitude qui ferme les yeux entre le fil de fer et la rouille. Qui bat dans la gorge parce que la main du concierge fouille dans la poche. Lassitude qui dans le tramway, entre les stations, confronte des visages semblables et vieillis. Lassitude qui entre d'abord avec le regard dans l'appartement, avant la tête. Et qui reste dans l'appartement jusqu'à ce qu'un jour s'achève entre porte et fenêtre.

Et si j'imagine le pire, dit Clara en regardant sa tempe.

La tache de vin de Pavel avance devant le pare-brise, est noire comme les taupinières fraîches dans l'herbe près de la vitre.

La voiture cherche les ornières du chemin. Pavel tire sur sa cravate à pois rouges et bleus. Un cheveu pend à son col. C'est un cheveu à elle. Elle le prend du bout des doigts. Pavel presse son cou contre sa main et demande : qu'est-ce qu'il y a. Elle dit : rien, un cheveu. Qu'est-ce que tu vas dire à ta femme. L'allée de peupliers vole en l'air le long du chemin. Il dit, rien. Quel âge a ta fille. Il dit : huit ans. Les peupliers ont sur les côtés des feuilles jaunes qui tombent. Les doigts de Clara deviennent incertains et font tomber le cheveu.

Je sais ce que je sais, dit Pavel.

Une corneille est posée sur le plantain, elle brille.

Près de la pièce où se trouve le dispositif du haut-parleur, il y a une échelle à incendie. Elle mène aux combles. Elle a de minces barreaux de fer. Clara monte sur l'échelle derrière les talons d'Eva. Mara, Anca et Maria sont déjà en haut. La petite fenêtre n'est pas fermée, elle est seulement entrebâillée. Eva ouvre les battants de la fenêtre. Tout en bas dans la cour, de l'autre côté, il y a trois escaliers et une porte ouverte. Et dans le couloir, juste derrière la porte, il y a le vestiaire à gauche et, à droite, les douches des hommes.

Les cheveux de Mara sont devant le visage d'Eva. Anca appuie son épaule sur le dos de Maria, Clara sent la barrette de Maria contre son oreille.

Comme tous les jours, les hommes montent les escaliers en bleu de travail, passent dans le couloir par la porte gauche. Quelque temps après, ils ressortent nus par la porte gauche, traversent le couloir et vont vers les douches par la porte droite. L'eau chaude envoie de la vapeur dans le couloir. Pourtant en fin d'après-midi, de mai à septembre, quand le soleil tombe à l'oblique sur le fil de fer de l'autre côté de la cour, la lumière passe dans les escaliers et éclaire le couloir. Elle est si lumineuse qu'elle transperce la vapeur, que l'on voit les hommes nus d'une porte à l'autre.

Les hommes nus recroquevillent les pieds, marchent en hésitant avec des orteils noueux, le sol de béton est toujours mouillé, froid et glissant. Ils ont de gros ventres et des dos secs, les épaules rentrées. Leurs ventres sont couverts de poils, leurs cuisses minces. Les poils de leur sexe une grosse touffe. De la fenêtre des combles, on ne voit pas leurs testicules. Rien que le membre qui se balance.

Les blonds ont des queues si blanches, dit Mara. Eva s'appuie contre son dos et dit, tous les Moldaves ont la queue blanche. Non, dit Maria, pas le vieux George. Je n'ai pas encore vu la sienne, dit Clara. Elle a les cheveux qui lui tombent sur l'œil, elle les remet en arrière, et elle a des barbes de maïs dans la main. Eva dit, George a monté les escaliers le premier, il va venir tout de suite. Mara lève la tête par-dessus les cheveux d'Eva. Elle ouvre de grands yeux. Clara laisse tomber les barbes de maïs.

Le nain, dit Maria, mon Dieu, c'est le nain qui a la plus grande. Le plus petit homme a le plus grand bâton.

Clara se met sur la pointe des pieds.

Le brin d'herbe à la bouche

À la fenêtre d'en face, une femme arrose ses pétunias. Elle n'est plus toute jeune mais pas encore vieille, a déjà dit Paul voici quelques années. À l'époque, elle avait des cheveux auburn à grosses boucles, quand Paul habitait encore chez Adina. Et, à cette époque, la vitre avait déjà cette fêlure oblique. Cinq années ont passé, elles n'ont pas touché le visage de cette femme. Ses cheveux ne sont ni plus lisses, ni plus ternes. Et les pétunias blancs sont chaque année différents mais toujours semblables.

Les pétunias blancs, à l'époque, pendaient déjà vers le bas, la femme, en les arrosant, ne voyait que des tiges penchées. Elle ne voyait pas leurs entonnoirs blancs.

Dans la rue, quand on levait la tête, ils pendaient déjà de très haut entre toutes les fenêtres ; sans savoir que les petites taches blanches étaient des pétunias, on aurait pu les prendre pour des chaussettes d'enfant ou des mouchoirs volant au vent d'été jusqu'à l'automne.

Adina est sur la peau de renard devant l'armoire entrouverte. Elle cherche sa jupe en tissu gris. Les jupes d'été légères sont pendues à l'extérieur, les jupes d'hiver sont accrochées au fond, sur le cintre. Quand la chaleur et le froid se modifient, les vêtements changent de place dans l'armoire. C'est à cela qu'Adina voit depuis combien de temps Ilie est parti. Ses vêtements à lui ne changent pas de cintre, pas de tiroir, pas de rangement. Ils restent là comme si Ilie n'était pas vivant. Sa photo est accrochée au mur, il est là, les chaussures dans l'herbe. Mais l'herbe ne lui appartient pas, et les chaussures ne lui appartiennent pas non plus. Ni le pantalon, ni la veste, ni la casquette.

Un jour, deux étés auparavant, une voix avait crié le nom d'Adina en bas. Adina était allée à la fenêtre. Ilie était tout près de l'autre immeuble, côté pétunias. Il avait levé la tête en criant : pour qui fleurissent-ils. Et Adina avait crié vers le bas : pour eux-mêmes.

Adina enfile sa jupe grise. Son pied glisse sur la peau de renard. La queue du renard se détache de la fourrure. Et reste là où les rayures de la fourrure sont claires et minces sur le dos, arrachée sous son pied. Elle pose le renard la fourrure vers le bas, observe l'intérieur, une peau blanche et ridée comme une vieille pâte. La fourrure du haut et la peau du bas sont plus chaudes que le sol et plus froides que ses mains.

Pourries, moisies, pense Adina. Elle pose la queue de renard contre la fourrure jusqu'à ce qu'elle ait l'air d'y avoir repoussé, Ilie dans son cadre regarde avec des yeux qui ne lui appartiennent pas les vêtements qui ne lui appartiennent pas, les mains d'Adina. Il a un brin d'herbe dans la bouche.

Pourrir, moisir, c'est mouillé, pense Adina, une fourrure sèche comme un brin d'herbe se racornit. Sur cette photo, le brin d'herbe est la seule chose qui appartienne à Ilie. Le brin d'herbe vieillit son visage. Adina va dans la cuisine. La femme arrose les pétunias blancs à la fenêtre de sa cuisine.

Ils s'ouvrent le matin quand la lumière arrive et se ferment le soir quand il se met à faire gris. Ils tournent chaque jour leurs entonnoirs en les ouvrant et en les fermant, et se tournent vers le mois d'octobre. Ils ont un mécanisme réglé sur le sombre et le lumineux.

Un couteau est posé sur la table de la cuisine, avec des épluchures de coings et un demi-coing. La chair découpée a séché à l'air comme la peau de renard en dessous, mais avec une couleur aussi brune que les poils du renard. Un cafard mange le serpentin de l'épluchure.

Il faudrait tenir un coing et un couteau, éplucher en faisant un serpentin, manger un coing épluché, pense Adina, manger un coing épluché qui soit dur sur les gencives. Il faudrait mordre, mâcher, avaler et fermer les yeux jusqu'à ce que le coing qui était dans la main passe dans l'estomac.

Adina pose les mains sur la table de cuisine et appuie son visage sur ses mains. Elle retient sa respiration.

Il faudrait penser à ne jamais laisser la moitié d'un coing parce qu'elle sèche comme une fourrure, se racornit comme un brin d'herbe. Quand on a mangé tout un coing, quand il est dans l'estomac après avoir été dans la main, dit Adina en direction de ses mains sur la table, on devrait pouvoir ouvrir les yeux et être quelqu'un d'autre.

Être quelqu'un qui ne mange jamais de coings.

Visage sans visage

Le magnétophone marche. Dans le haut-parleur posé sur le bureau, une voix grave dit : alors, KASCHOLI, comment ça se prononce. KARACZOLNY, dit une voix faible. Donc hongrois, dit la voix grave, ça veut dire quelque chose en hongrois. Noël, dit la voix faible. La voix grave rit.

Pavel feuillette un dossier, tient une photo penchée sous la lumière et rit. Il rit plus longtemps et plus fort que la voix grave.

Prénom, dit la voix grave. ALBERT, dit la voix faible. Et ABI, demande la voix grave. La voix faible dit : c'est comme ça que mes amis m'appellent. Et ton père, dit la voix grave. Il m'appelait aussi ABI, il n'est plus en vie, dit la voix faible. Et la voix grave devient comme la voix faible : ah bon. Quand est-ce qu'il est mort. Et la voix faible devient comme la voix grave : vous le savez très bien. La voix grave demande : comment ça. Et la voix faible dit : puisque vous me posez la question. Au contraire, reprend la voix grave, ce que nous savons, nous ne le demandons pas. Déclic d'un briquet dans le haut-parleur. Quand ça s'est passé, j'étais encore à la maternelle, dit la voix grave, comme vous. Votre père s'appelait aussi ALBERT, comme vous. Est-ce que vous vous souvenez encore de votre père. Non, dit la voix faible. Vous avez dit que votre père vous appelait aussi ABI, dit la voix grave, et ensuite vous avez dit que vous ne vous souveniez plus de lui. C'est contradictoire, non. Ce n'est pas contradictoire, dit la voix faible, ma mère m'appelle ABI. Qu'est-ce que vous me voulez.

Et tout au début vous avez dit que vos amis vous appellent ABI, dit la voix grave. Ça aussi c'est contradictoire. Voyez-vous, KASCHOLI, je ne peux pas prononcer votre nom de famille. La voix grave devient une voix faible. Voyez-vous, ALBERT, dit-elle, les contradictions se recoupent. Ou est-ce que je peux t'appeler ABI comme tes amis, dit la voix grave. Non, dit la voix faible. Ça, au moins, c'était clair, dit la voix grave. Qu'est-ce que vous me voulez, demande la voix faible.

Pavel tient une photo à la lumière de la lampe. Elle est ancienne, elle ne brille pas, seules quelques raies de lumière coulent sur le ciel où tout est vide. Car à l'endroit où le ciel s'arrête, il y a un mur, et un homme avec des joues affaissées et de grandes oreilles est adossé au mur. Pavel écrit une date derrière la photo.

La voix grave tousse. Du papier crisse dans le haut-parleur. Comme ici, dit la voix grave en devenant comme la voix faible : je suis devenu fou, je suis tombé amoureux d'une fille qui m'aime, cette chère petite est idiote, elle m'aime et ne m'aime pas encore vraiment. Ça aussi c'est une contradiction, les contradictions se recoupent. Mais enfin c'est une chanson, dit la voix faible avec force.

Pavel regarde sa montre, pose la photo du visage en bas du dossier. Il éteint le haut-parleur et ferme le tiroir. Il décroche le téléphone, un peuplier se dresse à la fenêtre. Il regarde dehors, ses yeux sont petits, son regard aussi mouillé que le peuplier. Son regard tombe entre les branches de peuplier sans les voir. Il compose un numéro et le cadran tourne deux fois, il dit : ça ne va pas, il est quatre heures.

Il se tait et regarde le peuplier, le vent souffle, les feuilles sont mouillées, déclic du briquet. La cigarette rougeoie. Il souffle la fumée devant lui et claque la porte.

Écris, dit la voix. Les yeux sur le front sont marron clair. Ils se tournent et deviennent sombres. Et la serviette sur laquelle est posée la feuille lue par les yeux a l'épaisseur d'un doigt. Et dehors, le peuplier ondule. La bouche remue entre le téléphone et la lampe du bureau. Et les yeux d'Abi sont fixés sur la vitre, dehors il pleut, on ne voit pas la pluie qui tombe sur le peuplier, comme si le peuplier n'était rien. C'est seulement quand les branches s'égouttent qu'on voit tomber des billes d'eau. Abi crispe les doigts sur le stylo-bille. Et en haut, au plafond, une ampoule nue brille si fort que les fils de lumière frémissent. Abi voit le plateau dégarni de la table. Le stylo-bille ne lui appartient pas, la feuille vide ne lui appartient pas. La voix crie et trébuche tandis que les fils de lumière frémissent. Sous la voix, au creux du menton, il y a une petite écorchure. Elle date de quelques jours.

La porte s'ouvre lentement. Les yeux près de la lampe sont à demi fermés. Ils ne lèvent pas le regard, ils savent qui entre dans la pièce.

Abi, derrière le bord de la table, détourne les yeux de la feuille vide et ne pose pas le stylo-bille. L'homme à la cravate à pois rouges et bleus s'approche de la table, tend la main et regarde la feuille vide. Et Abi voit une tache de vin entre le col et l'oreille, tend la main portant le stylo-bille entre les doigts. Et l'homme dit PAVEL MURGU et serre la main d'Abi avec le stylo-bille.

Visage sans visage, donc il a perdu son visage, dit l'écorchure en levant la main jusqu'à son front. Front de sable, donc tête sans intelligence. Voix sans voix, donc personne n'écoute, dit-elle. La tache de vin est assise à côté de l'écorchure et regarde par la vitre.

Peut-être que l'homme à la tache de vin regarde le peuplier, il peut se le permettre, il peut s'éloigner en pensée, pense Abi. Car les yeux marron clair sont grands ouverts et durs. Ils brillent et regardent Abi. Les yeux marron clair sont sur ses joues, qui ne leur appartiennent pas, sur le bout des doigts d'Abi, sur son visage, dans les courtes bouffées d'air que la bouche d'Abi happe dans la lumière aveuglante.

C'est contradictoire que quelqu'un meure et n'ait pas de tombe, pense Abi en pensant qu'il devrait le dire tout haut. Son cou palpite et sa bouche ne remue pas. Et c'est contradictoire, quand, étant le fils d'un mort, on va dans une ville qui est une prison et quand on cherche dans tous les gens qui y habitent quelque chose de coriace ou de brisé – et qu'on ne trouve que l'ordinaire. Des yeux ordinaires, des pas ordinaires, des mains ordinaires, des sacs ordinaires. Dans les vitrines, il y a des photos de mariage ordinaires, le voile de la mariée dans le parc est posé sur l'herbe comme de l'écume. Et, à côté, la chemise blanche sur le costume noir est comme de la neige sur de l'ardoise. Et des photos ordinaires de lauréats avec des infirmières. Et c'est contradictoire que des hommes et des femmes ordinaires se rencontrent dans les rues de la ville et effrayent le fils d'un mort parce

que, au lieu de COMMENT ÇA VA, ils demandent
COMMENT VA LA VIE.

Visage sans visage, c'est une allusion à qui, demande
l'homme à la tache de vin.

C'est contradictoire, pense Abi, que les prisonniers
entre la faim et les coups, à la cadence de la torture,
aient dû transformer leur culpabilité en meubles pour une
fabrique de meubles. Sans avoir de lits pour eux-mêmes,
rien que du bois noueux et des doigts noueux. Et que
des jeunes couples, en le sachant ou non, aient acheté
après leur mariage des armoires vitrées et des chaises
capitonnées par ces mains. Et la hauteur vertigineuse du
ciel, au-dessus de la prison, est contradictoire dans cette
ville. Cette hauteur était déjà là avant, elle observait et
voyait bien que la ville est dans l'axe, dans le couloir
d'un rayon de soleil tracé au cordeau et froid, où des
corneilles piquent lentement vers les toits, en silence.

Ça ne fait allusion à personne, dit Abi, c'est tout de
même une chanson, enfin. Et l'écorchure dit, pourquoi
le chantez-vous si ça ne fait allusion à personne. Parce
que c'est une chanson, dit Abi.

Elle fait allusion au président, dit la tache de vin.
Non, dit Abi.

Les murs sont pleins de prises de courant qui ont
une bouche. Au pied de la lampe, on aperçoit des
chiffres jaunes, un numéro d'inventaire.

Donc tu n'es pas informé, dit la tache de vin, ton
ami Paul a avoué, et il était bien placé pour le savoir.
C'est quand même lui qui a écrit la chanson, dit l'écorchure.

Sur le côté du bureau il y a un numéro d'inventaire
jaune, sur la porte de l'armoire aussi. Il est impossible

que Paul ait avoué ça, dit Abi, vu que c'est faux. La tache de vin rit et le téléphone sonne. L'écorchure presse le combiné contre sa joue et dit, non, oui, quoi. Bon. La bouche chuchote quelque chose à l'oreille de la tache de vin, et sur le visage de la tache de vin, il n'y a que la lumière claire et pas de mouvement.

L'écorchure dit, eh bien tu vois, ton ami Paul ne te dit pas tout.

Il fait sombre à la fenêtre, le peuplier est parti. L'ampoule s'y reflète, le plafond, l'armoire et le mur, les prises et la porte. Une pièce comme la moitié d'une fenêtre, accroupie et rétrécie jusqu'à n'être que du verre. Et il n'y a personne à l'intérieur.

Bon, alors écris à qui ça fait allusion, dit la tache de vin. Et l'écorchure dit, si nous sommes contents, tu pourras partir. Sinon, tu resteras ici à réfléchir, dit la tache de vin. L'écorchure tient le dossier sous le bras. La tache de vin se tient près de la porte et souffle de la fumée par le nez. Quand on est seul, on réfléchit mieux, dit l'écorchure. Elle se crache sur le bout des doigts et compte cinq feuilles blanches. Les yeux marron clair, ronds et satisfaits, disent : ça va, il y a assez de papier.

Ce que j'aime, dans votre chanson qui ne fait allusion à personne, c'est : la nuit se coud un sac d'obscurité, dit la tache de vin.

La porte se ferme de l'extérieur, les clés grincent. Le plancher s'étend dans la lumière. La fumée de cigarettes se dirige vers la fenêtre sombre. Sinon, rien ne bouge : le bureau vide est là, la chaise est là, l'armoire est là, les feuilles blanches sont là. La fenêtre se dresse là.

C'est contradictoire, pense Abi, que cette fenêtre dehors, dans la rue mouillée, ne soit qu'une fenêtre. Que chaque jour, chaque nuit et le monde entier soient faits de ceux qui tendent l'oreille et torturent, et de ceux qui se taisent encore et toujours. Et c'est contradictoire qu'un enfant en été, devant la baignoire complètement rouillée où poussent des géraniums, près de la ruche dans la cour, demande à sa mère où est son père. Que la mère lève le bras de l'enfant, prenne sa main dans la sienne et courbe les doigts de la petite main, tire sur l'index et le lève en l'air. Qu'elle enlève sa main et qu'elle dise : tu vois, là-haut. Et que l'enfant lève juste un instant la tête et voie seulement le ciel, et que la mère regarde les géraniums dans la baignoire. Que l'enfant mette l'index pointé dans les fentes étroites de la ruche jusqu'à ce que sa mère dise : arrête, tu vas réveiller la reine. Que l'enfant demande, pourquoi est-ce que la reine dort, jusqu'à ce que la mère dise : parce qu'elle est très fatiguée. C'est contradictoire que l'enfant retire son index pour ne pas réveiller la reine fatiguée et demande comment il s'appelle. Et que sa mère réponde : ALBERT.

Abi écrit sur la feuille blanche :
KARACZOLNY ALBERT
Mère MAGDA née FURAK
Père KARACZOLNY ALBERT
La main ne se sent pas. Dans une moitié de vitre sombre, on voit écrit Bureau 2. L'ampoule éclaire. Il n'y a personne. Rien que trois noms sur une feuille.

Pavel ouvre la porte. Derrière la table, les yeux d'une femme regardent. Elle tient le stylo-bille dans sa main. Une feuille est posée sur la table. Trois noms courts sont écrits dessus à l'oblique. Voyons ça, dit Pavel qui prend la feuille et lit.

Ses mains volent, la chaise fait un bruit énorme. La femme tombe la tête contre l'armoire. Les yeux de la femme restent grands et figés. Les cils inférieurs sont clairsemés et humides. Ceux d'en haut sont épais, secs, et recourbés en l'air comme de l'herbe. La porte se referme.

Dans les prunelles de la femme, l'armoire est bombée. Il y a tant de silence que les objets se couchent dans la lumière. La femme est étendue par terre devant l'armoire. Sa chaussure est sous la chaise.

Le bureau 9 est éclairé par une moitié de vitre sombre. Il n'y a personne dedans.

Pavel ouvre la porte du jardin. Les troncs des bouleaux luisent sur l'herbe noire. Les clés grincent dans la porte de la maison. La femme de Pavel ouvre la porte de l'intérieur avant qu'il ne tourne la clé.

Elle sent la cuisine, il l'embrasse sur la joue. Elle lui prend sa serviette et l'apporte à la cuisine. Le front de sa fille lui arrive à la ceinture, jusqu'à la pointe de sa cravate. Pavel la prend dans ses bras ; Papa, tu as les cheveux mouillés, dit-elle en glissant contre lui pour redescendre.

Pavel ouvre sa serviette, les fermetures sont froides et embuées. Il pose un paquet de café Jacobs, une boîte de margarine pour le petit déjeuner, un bocal de Nutella près du téléviseur sur l'armoire de la cuisine. Un chœur d'ouvriers chante, il baisse le son. Il compte et dit douze, et pose douze paquets de cigarettes sur le frigidaire à côté du chien de porcelaine. Le directeur de l'entrepôt frigorifique est en voyage d'affaires, il revient demain, alors j'enverrai le concierge prendre la viande de veau, dit-il. Il pose le chocolat au lait des Alpes sur les pommes dans la coupe de fruits. Une pomme roule de la coupe, Pavel la rattrape avec la main. La petite fille tend la main vers le chocolat. Le père demande : alors, comment c'était à l'école. La mère remue dans la casserole et dit : pas de chocolat, on va manger tout de suite. Elle jette un coup d'œil au père, porte la cuillère à sa bouche et dit en direction de l'œil qui s'est déchiré dans la soupe : ce n'est pas le chocolat qui va améliorer nos résultats scolaires.

Le père regarde l'écran. Une femme et un homme sont debout devant le chœur des ouvriers. Ils penchent la tête vers l'extérieur, marchent à petits pas, penchent la tête vers l'intérieur, marchent à petits pas.

Ça fait un mois que je te le dis, reprend la mère, il faut que tu ailles à l'école, que tu parles avec la maîtresse. Tout le monde lui apporte du café, dit la fille, sauf nous. Et les notes s'en ressentent, ajoute la mère.

Sa bouche aspire bruyamment l'œil de graisse. Sur l'écran, l'homme fait de petits pas vers la gauche de la scène, et la femme fait de petits pas vers la droite. Le père pose sa veste sur le dossier de la chaise.

Elle ne recevra pas de café, dit le père, sauf peut-être sur la figure. Quand je parlerai avec elle, c'est nous qui recevrons du café de sa part.

Une goutte de soupe tombe sur la table. Ce n'était pas un veau, dit la mère, ou plutôt c'en était un il y a sept ans. Ça fait maintenant des heures que la viande cuit et ne se ramollit pas. C'était une vieille vache. La fille rit, tape avec sa cuillère dans son assiette. Elle a une feuille de persil collée sur le menton. La mère enlève une feuille de laurier de la soupe et la pose sur le bord de l'assiette. Mes chaussures ne seront pas prêtes pour Noël, dit-elle. Prêtes, oui, mais pas pour moi. Aujourd'hui, l'inspecteur scolaire a été à l'usine avec sa femme. Elle en a pris deux paires. Une paire était grise, alors qu'au début elle en voulait des marron. Ensuite, les noires n'étaient pas bien, alors elle en a voulu des blanches avec des boucles. Les noires, c'étaient les miennes, en cuir verni. Finalement, elles allaient aussi.

La fille s'est fait une moustache avec un morceau de viande. Le père lèche une feuille de persil sur son doigt. Et l'inspecteur, demande-t-il à la mère. Celle-ci regarde la moustache de la fille, il a raconté à tout le monde qu'il a deux oignons, dit-elle, un sur l'orteil du milieu et un sur le petit orteil.

Sur l'écran, le président du pays traverse la salle d'une usine. Deux ouvrières lui donnent des bouquets d'œillets. Les ouvriers applaudissent, leurs lèvres s'ouvrent et se ferment au rythme des mains. Pavel s'entend dire : il y a des voitures noires dans chaque usine. Et entend Clara : mais tu n'es pas dans une usine. Il tend le bras derrière lui et éteint le téléviseur.

Pendant trois heures, dit la mère, le directeur de la fabrique est resté agenouillé près de la chaise de la femme de l'inspecteur. Il avait les yeux bouffis, la bouche de travers et ramollie. Ses mains étaient deux chausse-pieds, pendant trois heures elles ont ajusté le talon de la femme de l'inspecteur dans la chaussure. Il ne pouvait plus redresser les doigts. Et entre les essayages, il lui baisait les mains. Il aurait fallu que tu voies ses mollets. Le père retire de sa dent une fibre de viande. La fille est assise devant le frigidaire et fouille dans la serviette de son père. Elle verse trois grosses gouttes d'un flacon de parfum dans sa main. Celle-là, dit la mère, elle a des mollets comme un cochon qu'on engraisse, les escarpins vernis ne l'arrangent pas. Elle devrait porter des bottes en caoutchouc. Elle renifle la main de la fille, Chanel, dit-elle, et tient dans sa main le chien de porcelaine blanche du frigidaire. Après, les ouvriers ont joué au directeur et à Madame, dit la mère, ils ont retroussé leurs pantalons jusqu'aux genoux, ils se sont promenés partout en talons hauts en montrant comment Madame essaie des chaussures.

De la viande reste collée sur la fourchette, les yeux du père sont fatigués. Le visage de la fille est barbouillé de chocolat, une bordure comme de la terre autour de sa bouche. La fille pleure. Le père appuie sa tête dans ses mains, son front est lourd. Les jambes de pantalon bourrées avec des mouchoirs comme des mollets… montés sur la table… se sont mis des rideaux sur la tête, entend-il la mère raconter sans vraiment l'entendre. Il entend le champ de maïs qui crisse au milieu de son front. Et il entend la voix de Clara dire : et si j'imagine le pire.

Le directeur a ouvert la porte, reprend la mère, il a dit que tout le monde aurait un blâme. Même les femmes qui avaient regardé le spectacle en riant. Même moi. Pavel entend le rire de Clara au milieu de son front. Il prend la main de sa femme dans la sienne. Elle colle sa bouche contre son oreille. Le baiser inonde son cou, ses joues, son front. Il entend sa voix dire à Clara : je ne travaille pas au tribunal.

L'oreille de sa femme est près de sa bouche comme une jeune feuille enroulée. Le parfum, je voulais te le donner ce soir, dit Pavel dans l'oreille. Et il ne s'entend pas.

Il s'entend dire à Clara : je sais ce que je sais.

La lame de rasoir

Le stade est enfermé dans son remblai. L'herbe est tellement rongée par le printemps qu'on voit de la terre au milieu. Et des pierres. De l'autre côté se dressent des immeubles. Serrés les uns contre les autres derrière le parking vide, ils ne sont pas plus hauts que les buissons qui montent sur le remblai. Des lilas, du jasmin et des hibiscus, des arbustes qu'on ne coupe jamais parce qu'ils ne dépassent pas le remblai. Le dépérissement les gagne dès le printemps et le début précoce de l'été. Maintenant, ils sont dégarnis sur le remblai, secouent leurs rameaux, et ne peuvent rien cacher au vent qui attrape leur bois par à-coups.

Le coureur de fond, là-haut, n'est qu'une image peinte sur la pierre. Mais, dans les saisons dégarnies, il ne connaît pas de limites. Quand il n'y a plus de feuilles sur le bois, le coureur de fond est gagnant. Les visages qui crient et les vêtements épais font la queue pour le pain devant le magasin. Il les regarde d'en haut, il n'a pas faim. Le soleil détourné reste au-dessus du stade. Il n'a pas de chaleur, rien qu'un col laiteux. Le coureur de fond n'a pas froid. Les mollets nus, il court vers la ville au-dessus des petits hommes.

Une voiture s'arrête sur le parking. Deux hommes descendent. L'un est jeune, l'autre plus âgé. Ils portent des anoraks, jettent un coup d'œil au soleil aveugle. Ils traversent vite la place, les jambes de leurs pantalons flottent au vent, leurs chaussures brillent. Ils crachent des épluchures noires sur le chemin, mangent des graines de tournesol. Ils cherchent le chemin à peine visible, marchent l'un derrière l'autre en direction des immeubles, le vieux devant le jeune, entre des poubelles et des tas de caisses vides.

Le vieux est assis sur un banc, lève les yeux vers les fenêtres et mange des graines de tournesol. Derrière sa tête, tout en haut, se dresse le mur aux pétunias. C'est là-haut qu'est l'appartement, a dit le jeune, devant sa tête à la même hauteur. Une pièce et une cuisine. La pièce est sur le devant, c'est là qu'il y a le renard, a dit le jeune, la cuisine est sur le côté.

Le vent souffle sur le banc. L'homme se frotte les jambes, il relève son col jusqu'aux oreilles.

Le plus jeune des deux ouvre la porte. Sa clé ne grince pas. Il verrouille de l'intérieur. Il ne se cogne pas contre les chaussures, il sait où elles sont. Les sandales avec les traces noires des orteils tout près de la porte de la pièce. Le lit est défait, la chemise de nuit est posée sur l'oreiller. Il se dirige vers la fenêtre. La femme aux grosses boucles auburn est là derrière ses pétunias. Il lui fait signe de la main. Il va devant l'armoire, se met à genoux sur le plancher. Il tire une lame de rasoir de la poche intérieure de sa veste. Il la déballe, pose le papier à côté de son genou. Il coupe la patte arrière droite du renard. Il humecte son index du bout de sa langue et ramasse les poils coupés sur le plancher. Il triture ces poils entre le pouce et l'index pour en faire une boule compacte, il fait tomber cette boule de poils dans la poche de sa veste. Il emballe la lame de rasoir dans le papier et la range dans sa poche intérieure. Il pose la patte coupée contre le ventre du renard.

Il se lève, regarde d'en haut si l'on voit la coupure. Il va dans la salle de bains. Il soulève le couvercle des toilettes. Il crache dans la lunette. Il pisse, ne tire pas la chasse d'eau, referme le couvercle. Il va jusqu'à la porte de l'appartement et l'ouvre. Il passe vite la tête dans le couloir, il sort. Il ferme la porte de l'appartement.

Les pétunias sont plus blancs que le col laiteux du soleil. Ils gèleront bientôt. Du côté des pétunias, le banc est vide. Des épluchures de graines de tournesol traînent à côté.

Deux hommes avancent sur le chemin qui se cache derrière des poubelles et des tas de caisses vides. Ils marchent l'un derrière l'autre, le jeune devant le vieux. Ils traversent le parking. Sur le remblai, les buissons montent vers la saison dégarnie, de plus en plus haut.

Les renards
tombent dans le piège

Le concierge fait les cent pas à la porte de l'usine, son manteau pend sur ses épaules. Le soleil lui tombe froidement sur le visage. Il attend les sacs en mangeant des graines de tournesol. Son manteau traîne par terre.

Mara sort de la salle des machines, elle a apporté trois couteaux à David. Ils viennent d'être aiguisés. David tranche avec le premier une couenne de lard, il n'essuie pas la lame grasse pour que le concierge ne voie pas qu'elle vient d'être aiguisée, explique-t-il en posant le couteau dans son sac. Il met les deux autres couteaux dans le tiroir ; j'en prendrai un demain et l'autre après-demain, dit-il.

Eva lave les verres d'eau, ses doigts couinent sur le verre mouillé. Aujourd'hui, le nain ne doit pas balayer la salle, dit Mara, il sera l'un des premiers dans les douches, il faut qu'on se dépêche. Anca ne boutonne pas son manteau, elle se contente de prendre son sac sur son épaule.

David boutonne son manteau et prend son sac.

David va vers la porte, le couteau graisseux dans son sac. Mara, Eva et Clara passent dans l'arrière-cour entre les rouleaux, un vol de moineaux s'échappe à tire-d'aile du fil de fer. La fenêtre des combles est entrouverte sous le bord du toit.

Clara sent qu'elle a un nœud dans la gorge, sa langue lui monte jusqu'aux yeux. Elle a la nausée, son regard devient flou. Quand elle lève la tête, la fenêtre des combles est alignée en l'air à côté des autres. Mara et Eva, dans les rouleaux, ont bien avancé dans le fil de fer, elles sont peut-être déjà sur les barreaux de l'échelle en fer.

Pendant quelques jours encore, tant que le soleil tombe sur les marches, rapide et froid, les yeux des trois femmes sont tous les après-midi à quatre heures dans la fenêtre des combles. Viennent ensuite des mois durant lesquels le soleil ne touche pas cet escalier. Terne et livide, il tourne sur le mur en décrivant un cercle bien trop étroit au-dessus de l'escalier. La vapeur du couloir des douches devient épaisse et aveugle, aucun œil ne peut la transpercer. La curiosité ne s'apaise pas encore, elle monte encore à la tête pendant quelques jours, et les femmes montent encore quelques jours sur les barreaux de fer. Elles attendent la lumière qui ne vient pas. Elles attendent en vain. Chaque fois que les premiers hommes sortent des douches, le soleil a déjà quitté furtivement le mur. Les femmes se regardent dans les yeux. Elles se retournent comme si elles n'avaient pas de mains. Puis elles renoncent. Mara ferme sans bruit la fenêtre des combles et pousse même le petit loquet rouillé. Elle reste fermée pendant plusieurs mois.

Ce sont les mois pendant lesquels les femmes rient chaque jour à la même heure. Un morne rire d'hiver à propos de souvenirs, car la vapeur reste aveugle jusqu'au printemps.

Clara se penche, appuie sa tête sur le fil de fer et pose ses chaussures sur le chemin rouillé, très loin l'une de l'autre. Elle vomit du lard et du pain. Ses mains sont froides, elle s'essuie la bouche avec son mouchoir, voit les têtes de Mara et d'Eva qui restent floues à la fenêtre des combles, mais pas leurs visages. La chatte tigrée est assise deux fois entre les chaussures de Clara. Elle lèche le vomi, lèche aussi le fil de fer. Ses rayures flottent en quittant sa fourrure.

Adina s'appuie sur l'acacia dégarni, les rouleaux de fil de fer sont plus hauts que la barrière de l'usine, de la fumée sort par la cheminée dans la loge du concierge. Elle ne se déchire pas au-dessus de la rue défoncée. Elle soulève sa laine grise et retombe sur le toit. La vapeur de la brasserie sent la sueur froide dans le vent, le réfrigérant atmosphérique est coupé des nuages.

Il y a deux semaines, la femme de l'officier a donné à la fille de la domestique un manteau avec un col de fourrure. C'est une fourrure de renard. Deux pattes y pendent, on peut les nouer sous le menton. Les pattes ont de petites phalanges et des griffes brunes et brillantes. La vapeur de la brasserie a la même odeur que le col de fourrure. Cette odeur a fait éternuer Adina. La fille de la domestique a dit que c'était de la naphtaline. Quand les fourrures ne sentent pas la naphtaline, dit-elle, l'été, la semoule du renard s'y met. Elle ronge les poils. Les poils ne tombent pas dans l'armoire. Ils restent comme s'ils venaient de pousser et attendent que l'on prenne la fourrure dans sa main. Et c'est là qu'ils s'en vont par grosses touffes comme sur une calvitie. On tient dans la main une peau chauve, une membrane comme celle qui enveloppe les os. Cette peau est couverte de minuscules grains de sable, de semoule. La fille de la domestique a souri et ses doigts jouaient avec les pattes de renard sur le col.

Clara va à la porte de l'usine. La concierge a la chatte tigrée sur les genoux, elle caresse sa fourrure rayée. Le couteau de David est posé sur la table, le concierge a remarqué qu'il venait d'être aiguisé à l'usine. Le manteau du concierge glisse sur ses épaules, sa main remet vite le mouchoir poisseux dans la poche de Clara. Un camion passe par la porte avec un bruit de ferraille, ce sont les roues qui font un bruit de ferraille, le fil de fer empilé en haut et en bas. Le visage du conducteur vacille dans le rétroviseur. Le rideau de vapeur blanche de la brasserie est accroché au-dessus. Clara entend son nom au milieu du bruit de ferraille.

Adina court dans un nuage de poussière. Elle embrasse Clara sous l'œil, ses mains sont bleues à cause du vent froid, son nez est humide. On va tout de suite chez moi, dit-elle, il faut que je te montre quelque chose.

Clara se penche et soulève la peau de renard, une lumière grise entre par la fenêtre. La table vide a une lueur sombre. Le pain est dans la cuisine, dit Adina, tout ce que je dois manger, le sucre, la farine. Clara passe le bout du doigt sur la queue du renard, puis sur l'endroit de la coupure à la patte ; ils peuvent m'empoisonner à tout moment, dit Adina, Clara pose la patte sur le sol. Elle est assise avec son manteau sur le lit défait et voit le trou entre le ventre du renard et sa patte, le sol a un vide aussi large que sa main. La queue est posée tout contre la fourrure, comme si elle venait d'y pousser, on ne voit pas la trace de la coupure.

Les doigts de Clara sortent des manches de son manteau, pointus et fins, du vernis à ongles brille au bout de ses doigts, des taches rouges. Adina pose les mains sur la table, enlève ses chaussures. Quand Clara bouge la main, on voit ses doigts de l'intérieur. Là, ils sont pleins de rouille.

Je n'avais même pas dix ans, dit Adina, quand je suis allée avec ma mère au village voisin pour acheter le renard. Nous avons traversé le pont sans rivière sur lequel les ouvriers passaient le matin pour aller à l'abattoir. Ce matin-là, le ciel n'était pas rouge, il était lourd et troublé. Sur le pont, les hommes n'avaient pas de crête rouge. C'était peu de temps avant Noël, il y avait partout du givre, mais pas de neige. Seule une farine saupoudrée tournoyait au vent, sur les creux du champ. Dans mon impatience, je n'avais pas dormi de la nuit. J'avais envie du renard depuis si longtemps que la joie de l'avoir le lendemain était déjà à moitié de la peur. Le matin était si glacé qu'il n'y avait pas un seul mouton dehors dans le champ. Tout en marchant, je pensais que comme il n'y a pas de moutons dans le champ, on ne trouverait pas non plus de village. Même si le champ était tout plat avec peu d'arbustes courbés, j'ai cru que nous nous étions perdues. Car le ciel, de tous les côtés, nous arrivait dessus. Comme le ciel descendait jusqu'au foulard de ma mère, je craignais d'être perdue. Je marchais sans cesse et je n'étais pas fatiguée. J'avais peut-être envie de dormir car je sentais dans mon front un picotement de fatigue, mais la fatigue me faisait avancer. Quand nous sommes arrivées au village, il n'y avait personne dans la rue. On voyait des arbres de Noël à toutes les fenêtres. Leurs branches étaient si serrées contre les vitres qu'on voyait toutes leurs aiguilles, comme si les sapins avaient été pour les passants du dehors et non pour les gens de la maison. Puisque personne ne passait, ils étaient pour ma mère et moi. Ma mère ne s'en apercevait pas. Seule, je transportais les arbres d'une fenêtre à l'autre.

Ensuite, nous nous sommes arrêtées. Ma mère a frappé à une fenêtre. Je m'en souviens encore, il n'y avait pas d'arbre de Noël à la fenêtre. Nous sommes allées dans la cour. Dans le grand couloir ouvert, les murs disparaissaient sous toutes les peaux de renards.

Après, nous étions dans une pièce. Il y avait un poêle en fonte et un lit, pas de chaise. Le chasseur arriva du dehors et apporta ce renard. Il dit, c'est le plus grand. Il mit le renard sur ses deux poings, les pattes pendaient vers le bas, il remuait les bras. Les pattes se balançaient comme en pleine course. Et derrière les pattes, la queue, comme un autre animal plus petit. Je demandai : est-ce que je peux voir le fusil. Le chasseur posa le renard sur la table et lui lissa les poils. Il dit : on ne tire pas sur les renards, les renards tombent dans le piège. Ses cheveux, sa barbe et les poils de ses mains étaient rouges comme ceux du renard, ses joues aussi. À l'époque, le renard était déjà le chasseur.

Clara retire son manteau et sort de la pièce. Elle a la nausée dans la salle de bains, elle vomit. Adina voit le manteau sur le lit, il est posé comme s'il y avait un bras dedans, comme si une main passait sous la couverture. L'eau coule dans la salle de bains.

Clara revient dans la pièce la chemise ouverte, s'assied vite sur son manteau, je ne me sens pas bien, dit-elle, j'ai dégueulé. Son sac est sur l'oreiller. Sa bouche est à demi ouverte, sa langue sèche et blanche comme un morceau de pain dans la bouche.

Tu as peur, dit Adina, tu ressembles à la mort. Et

Clara prend peur, son regard est droit et perçant. Clara voit un visage qui est parti. Il est méconnaissable, les joues et les lèvres toutes seules, à la fois inanimées et avides. Un visage aussi vide de près et d'en face, comme une photo sur laquelle il n'y a rien.

Clara cherche dans son visage vide un enfant qui marche à côté d'une femme et qui est pourtant seul parce qu'il porte des arbres dans sa tête, d'une maison à l'autre. Un enfant comme celui qu'elle a dans le ventre, pense-t-elle, seul comme un enfant dont personne n'a entendu parler.

Adina veut être le chasseur, pense Clara.

Tu as plus peur que moi, dit Adina. Ne regarde pas là-bas, ne regarde plus le renard.

Les yeux de Clara sont torves, avec des veinules rouges à la racine du nez. Elle regarde d'un air absent la photo qui est au mur, les godillots dans l'herbe, l'uniforme de soldat, le brin d'herbe dans la bouche d'Ilie. Il ne faut pas le dire à Ilie, dit Clara, il ne le supporterait pas.

Tu ne dis rien

Dans la cage d'escalier il n'y a pas de fenêtre, dans la cage d'escalier on ne voit pas la lumière du jour. Dans la cage d'escalier il n'y a pas d'électricité. L'ascenseur reste suspendu entre les étages du haut. Le briquet vacille et n'éclaire pas. La clé trouve la serrure. La porte ne grince pas, la poignée ne craque pas. La porte de la chambre reste ouverte, la machine à coudre vibre, un rectangle clair venant de la porte ouverte tombe dans le couloir.

Pavel enlève ses chaussures, va sur la pointe des pieds à la cuisine, en chaussettes. À la porte de la cuisine, des jambes de pantalon flottent au vent. Il ne regarde pas la corde à linge. Les fermetures de son sac sont froides. Il pose sur le placard un paquet de café Jacobs, une boîte de margarine pour le petit déjeuner. Il compte douze paquets de cigarettes et les range près du café. Il ouvre le frigidaire et met la viande à l'intérieur. Il y a un parapluie à côté du placard. Il prend le parapluie.

Pavel marche sur la pointe des pieds jusqu'à la porte de la chambre. La petite roue de la machine à coudre tourne, la courroie se déplace, le fil rampe en quittant la bobine, les pieds de Clara marchent en mesure. À la porte, Pavel ouvre brusquement le parapluie. Il y a une grande tempête dehors, dit-il, est-ce que je pourrais passer la nuit chez vous. Les yeux de Clara rient, sa bouche reste sérieuse. Oui, Monsieur, dit-elle, entrez, retirez vos habits mouillés.

Ensuite, le parapluie tombe par terre et la roue de la machine à coudre reste arrêtée au milieu du point.

La main de Clara est dans le slip de Pavel. Ses cheveux retombent sur son visage, vous êtes complètement gelé, Monsieur, dit sa bouche, elle a les cuisses chaudes et le ventre profond, son membre cogne.

Le frigidaire se met à vibrer, l'électricité est revenue. Clara sent le papier, allume la lumière, ouvre le paquet de café. Ses doigts crissent, elle met un grain de café sur sa tache de vin, tu rentres du travail, demande-t-elle, le moulin à café coupe sa voix. La flamme lèche le pourtour de la casserole, l'eau fait des bulles. Elle fait tomber trois cuillères de café dans la casserole, elle ne mouille pas la cuillère. Elle fait tinter la cuillère sur la cuisinière, est-ce que tu pourrais faire du mal à Adina, demande-t-elle. Le café monte, elle pêche la mousse avec une cuillère, que veux-tu dire, demande-t-il, elle fait couler la mousse dans les deux tasses vides, que veux-tu dire, demande-t-il, la mousse reste dans la cuillère aussi claire que du sable. Est-ce que tu pourrais empoisonner Adina, demande-t-elle en enlevant la casserole du feu.

Un fil de café noir coule dans la mousse. Non, dit-il, la mousse monte jusqu'à la poignée des tasses, parce qu'elle est mon amie, dit Clara. Il apporte les tasses jusqu'à la table, les jambes de son pantalon flottent au vent devant la fenêtre, c'est pour ça aussi, dit-il en tenant un morceau de sucre dans sa main, qu'est-ce qu'elle veut celle-là, elle ne sait pas où elle vit, dit-il, elle ne veut rien du tout, elle parle sous l'effet de la colère. Le morceau de sucre plonge et déchire la mousse sur la tasse.

On ne pouvait pas se disputer avec mon père, dit Pavel, quand il était en colère, il devenait muet. Il ne disait pas un mot pendant des jours. Ma mère était en rage. Une fois, elle l'a tiré de la table, lui a appuyé le visage contre le miroir et l'a secoué par les cheveux. Regarde-toi, criait-elle, mais il ne cillait pas, je crois qu'il ne se regardait pas, il regardait à travers le miroir. Son visage devenait une pierre. Quand elle a enlevé les mains de ses cheveux, sa tête est retombée en arrière. Et là, mon père a vu que j'étais debout dans le miroir. Il a dit tout doucement : chaque homme a un morceau de braise dans la bouche, c'est pourquoi il faut regarder la langue de chacun. Un mot de colère dans une seule respiration peut écraser plus de choses que deux pieds dans toute une vie, comme il disait. La cuillère de Pavel tinte contre la tasse.

Vous les cherchez bien, vos victimes, lance Clara ; ce qu'elles disent, nous le pensons tous, toi aussi. Il remue, la mousse nage au bord, nous sommes tous des victimes, répond-il. Son briquet fait clic, il lui tend la flamme, elle pose tout près de sa main le cendrier qui est au bord de la table. Tu demandes ce que veut Adina, dit Clara, que crois-tu qu'elle veuille, elle veut vivre.

Clara tourne sa cigarette dans sa main. Lui aspire bruyamment son café, voit les yeux de Clara au-dessus de sa tasse ; qu'est-ce que vous lui faites, à celui qui tire sur Ceausescu, demande-t-elle sans souffler de fumée par la bouche, elle avale son souffle.

Pavel a un nœud dans la gorge et du marc de café sur la langue, ça dépend, dit-il. De quoi, dit-elle, il se tait.

Clara est debout à la fenêtre, voit les jambes de pantalon qui flottent et le ballon sur la branche fourchue de l'arbre dehors, le ballon vert que l'on n'a pas vu pendant tout l'été dans le feuillage mouvant. Qui y est coincé depuis deux hivers dégarnis, car aucun enfant n'ose monter sur le tronc lisse jusqu'aux petites branches d'en haut.

Qu'est-ce qui se passerait après, demande la bouche de Clara dans la vitre, il lui caresse les cheveux, ensuite je divorce et on se marie, dit-il en sentant la tempe de Clara battre dans sa main, il a un cancer, il ne vivra plus longtemps, dit-il en plongeant la main plus profond dans ses cheveux et en appuyant sur son crâne.

Il vivra plus longtemps que nous tous, dit Clara; il lui tourne la tête, il veut voir son visage. Il a un cancer, je le sais de source sûre, dit Pavel. Même avec tous les doigts de sa main, il n'arrive pas à lui détourner les yeux du ballon vert.

Il faut que tu aides Adina, dit-elle; il met la main dans la poche de son pantalon, ouvre dans sa poche le bouchon du flacon de parfum, verse du parfum sur le pli du cou de Clara, qu'est-ce que ça sent, dit-il en laissant tomber le bouchon dans sa nuque à l'intérieur de la chemise. Il pose le flacon ouvert sur la table et l'odeur plane dans la cuisine, l'odeur est d'une lourdeur étouffante sur le cou de Clara.

Elle détache le regard de la fourche, de ce jeu d'été muet qui est resté coincé, de ce ballon vert cabossé.

Ça sent les services secrets, répond Clara.

Il va dans la chambre et se cogne contre le parapluie. Il est dans le couloir et enfile ses chaussures, la clé de ton appartement est sur le lit, dit Pavel, ses doigts ne trouvent pas ses lacets.

Tu peux garder mes clés, dit Clara, comme ça vous n'aurez pas besoin d'un double ; ses chaussures le serrent, elles sont étroites et dures ; vous avez bien une clé d'Adina, sauf qu'Adina, elle, ne vous en a jamais donné.

Deux assiettes sont posées sur la table. Deux fourchettes se touchent, pas les couteaux. La margarine du petit déjeuner a des miettes de pain, deux angles sont coupés de travers si bien qu'on voit le fond. Il y a une tranche de pain dans son assiette.

Tu ne dis rien, fait-il.

Elle ouvre le frigidaire, y met la margarine. Le rectangle de lumière tombe sur ses pieds ; je m'en vais, dit-il. La viande est enveloppée dans de la cellophane, de la gelée blanche pousse sur la cellophane comme dehors dans les jardins.

Les pieds de Pavel sont troublés, sa main est sûre, elle trouve la poignée de la porte. Il claque la porte.

Le lendemain, Clara ne touche même pas le parapluie ouvert sur le sol. Le parapluie vient de Pavel. Même la robe sur la machine à coudre vient de Pavel. L'aiguille reste au milieu du point, l'aiguille vient de Pavel. Les roses dans le vase viennent de lui.

Le ballon vert sur la branche fourchue regarde dans la cuisine, l'eau du café bout. Le café vient de Pavel, le sucre en morceaux, la cigarette que fume Clara, le pull-over qu'elle porte, la petite culotte, le collant. Même les boucles d'oreilles, l'ombre à paupières, le rouge à lèvres. Même le parfum d'hier soir.

La fumée froide de la cigarette a un goût âcre sur la langue et le souffle froid a un goût âcre dans la bouche, dans l'air il vole comme de la fumée. Même les vagues de poussière froide derrière les camions ont dans les rues une autre odeur que la poussière de l'été. Même les nuages ont dans la ville une autre odeur que les nuages d'été. Clara fait les cent pas devant le bâtiment de la *securitate*.

Deux hommes descendent l'escalier, un homme, trois hommes, une femme enfile en marchant une veste de mouton.

Un calendrier est collé derrière la tête du concierge, le printemps, l'été, l'automne, tous les mois qui sont déjà passés sont entourés, presque une année entière. Le concierge est dans la loge jusqu'au ventre.

Clara a un nœud dans la gorge, elle s'allume une cigarette, vous avez un rendez-vous, demande le concierge, elle ne retire pas son briquet, lui tend le paquet de cigarettes. Il pose la main gauche sur le téléphone et tire lentement deux cigarettes avec la main droite. Il en met une dans sa bouche, l'autre dans la poche de poitrine gauche de son uniforme. Une pour la bouche et une pour le cœur, dit-il. Son briquet vacille, il la regarde, avec qui, demande-t-il en soufflant la fumée en l'air vers ses cheveux. Elle dit : PAVEL MURGU. Il appuie sur un bouton, il est là, dit-il, compose un numéro la cigarette à la main, qui dois-je annoncer, dit-il. Elle dit : CLARA. La cigarette est dans sa poche comme un doigt, et après, demande-t-il ; elle dit : le camarade MURGU est au courant.

Dehors, les camions font un bruit de ferraille, le temps est froid et couvert, il ne neige pas. Les arbres secouent leur poussière sur le chemin, connaissez-vous le camarade colonel depuis longtemps, demande le concierge ; elle acquiesce ; je ne vous ai jamais vue ici, dit-il. Il écoute avec son cou, avec son menton dans le combiné, la cendre tombe, oui oui, dit-il. La cigarette s'est entièrement glissée dans sa poche, attendez là-bas au café, dit-il, le camarade colonel vient dans un quart d'heure.

La serveuse porte une couronne de dentelle blanche au milieu de la tête. Ses cheveux sont gris, elle fredonne une chanson en marchant entre la fumée et les tables vides. Les camions vibrent à travers la vitre, on voit d'en haut ce qu'ils transportent, du bois et des sacs. La serveuse balance le plateau avec cinq verres, cinq policiers sont assis à la table. À la table d'à côté, six hommes en costume et la femme à la veste de mouton.

Au plafond, il y a une tache d'eau brune et un lustre à cinq bras, quatre douilles vides et une seule ampoule. Elle est allumée, elle n'éclaire que là où la fumée des cigarettes monte en l'air. La femme en veste de mouton crie MITZI, la serveuse pose le plateau vide sur la table, et un des hommes en costume lance : sept rhums Jamaïca. Un camion ébranle la vitrine. Il transporte de l'eau et des tuyaux. Qui sait d'où ils viennent, pense Clara, il y a de la neige sur les tonneaux et les tuyaux.

Dans le coin près de la porte sont assis deux vieux aux visages hirsutes et édentés. Ils jouent aux cartes. L'un porte une alliance vert-de-grisée. Les cartes sont cornées et usées, as de trèfle, dit celui avec l'alliance, mais sur la carte qu'il tire de sa main, il n'y a pas de trèfles, rien que des taches grises.

Camarade MURGU, dit l'homme à l'alliance vert-de-grisée.

Pavel lui serre la main, comment va la vie, demande-t-il, l'homme à l'alliance rit de sa bouche noire et vide, c'est votre tournée, camarade MURGU, dit-il. Pavel fait oui de la tête, la bouche qui rit crie MITZI.

L'autre pose les cartes avec la face contre la table, notre MITZI était autrefois une grande chanteuse, dit-il. La serveuse fredonne, deux verres de Jamaïca, dit l'homme à l'alliance vert-de-grisée. Notre MITZI est une fille d'ouvriers, dit l'autre, mais un ange. Il y avait un temps où notre MITZI était jeune et connue dans toute la ville, c'était au SCHARI NENI, c'était là qu'on chantait les plus belles chansons et qu'on distillait dans la cave l'eau-de-vie la plus claire.

Pavel regarde dans la direction de Clara qui tend l'oreille et aperçoit un camion en train de rouler dans la poussière de l'hiver. Le camion transporte du sable et des pierres.

À l'époque, les savants buvaient encore un coup avec les pauvres, dit l'homme à l'alliance vert-de-grisée, et le professeur me faisait un dessin avec une allumette carbonisée pour me montrer combien l'âme humaine était petite. Et le notaire de Sa Majesté n'avait d'yeux que pour notre MITZI. Elle avait une bouche comme une rose, dit l'homme à l'alliance vert-de-grisée, et une voix de rossignol.

L'autre ricane de ses lèvres fanées, et des seins de porcelaine blanche, dit-il, et ses tétons avaient un regard plus joli que les yeux des autres.

Les hommes en costume rient, un policier enlève sa casquette et tape avec sur la table, la femme en veste de mouton caresse une boucle de cheveux sur son col, Pavel lui fait un signe de tête, tape sur l'épaule de l'homme qui est à côté d'elle.

La serveuse apporte le plateau, elle ne fredonne pas en marchant. Son visage est tendre et ému, ses yeux transfigurés, elle pose deux rhums Jamaïca sur les cartes des deux édentés, sourit, soupire et caresse la tête de l'homme à l'alliance vert-de-grisée.

Pavel est à moitié assis sur la chaise. Je suis si content, dit-il à Clara, allez, on va boire un coup ; il regarde la tache d'eau au plafond. Puis la serveuse ; deux verres de rhum Jamaïca, dit-il en effleurant la main de Clara. Ici on se fait remarquer, dit-il, ici tout le monde est à l'écoute et tout le monde regarde.

Tu te sens bien ici, demande Clara. Pavel tire sur sa cravate ; autant que toi à l'usine, dit-il.

Ma tête est sombre

L'après-midi, Adina sort du lycée. Elle se lave les mains parce que la craie ronge les doigts. Dans la lunette des toilettes flottent deux épluchures de tournesol. Elle le sait avant même d'y penser : le renard.

La deuxième patte arrière est coupée et posée contre le ventre comme si elle venait d'y pousser. Sinon, tout est comme avant, la chambre, la table, le lit, la cuisine, le pain, le sucre, la farine. De l'air aveugle se presse dehors contre la fenêtre, des murs aveugles se regardent. Adina se demande pourquoi la chambre, la table, le lit acceptent ce qui se passe ici.

Adina règle le réveil pour le lendemain de bonne heure, l'aiguille tourne le brin d'herbe dans la bouche d'Ilie. Elle part le voir.

La lampe de poche ne suffit pas pour voir, le cercle lumineux devant les chaussures suffit pour fermer les yeux. Des vêtements vides font les cent pas à la station et portent dès le matin des sacs pleins.

Le rail couine, le tramway murmure sous les maisons. Ensuite, les fenêtres lumineuses défilent, tout le monde sait où la porte s'ouvre quand les fenêtres ne bougent plus. Les coudes se pressent. Le sommeil est aussi du voyage, la sueur de l'hiver a une odeur amère, la lumière s'allume et s'éteint deux fois dans le virage, elle est jaune et faible mais elle saute en plein visage. Deux poules d'un brun rouge, dans le panier d'une femme, regardent dehors. Elles tordent leurs cous, gardent le bec à demi ouvert comme pour chercher au fond de leur cou leur trachée-artère et respirer. Leurs yeux sont plats, d'un brun-rouge comme leurs plumes. Mais quand elles tordent le cou, une tête d'épingle brille dans leurs yeux.

Au printemps, la couturière de la banlieue avait acheté sept poussins au marché. Elle n'avait pas de poule couveuse. Je reste assise là, je couds et ils grandissent tout seuls, disait-elle. Tant qu'ils avaient du duvet, les poussins restaient chez elle dans l'atelier. Ils couraient partout ou restaient assis sur les chutes de tissu à se réchauffer. Quand ils ont grandi, ils étaient dans la cour du matin au soir. Un seul restait toujours dans l'atelier. Il sautillait sur une patte au-dessus des chutes de tissu, l'autre patte était estropiée. Il restait blotti pendant des heures et regardait la couturière qui cousait. Quand elle se levait, il sautillait en suivant ses pas. Quand il n'y avait pas de client, elle lui parlait. Le poulet avait des plumes couleur rouille et des yeux couleur rouille. Comme il se promenait très peu, il grandit plus vite que les autres et fut le premier à engraisser. Il fut tué le premier avant que l'été ne soit vraiment là. Les autres poulets grattaient dans la cour.

La couturière parla pendant tout un été du poulet estropié. Elle disait, j'ai dû le tuer, il était comme un enfant.

L'homme sur le quai a une grosse moustache noire sur le visage, un grand chapeau de velours noir sur la tête et un four en fer-blanc à trois pieds devant le ventre. Et la femme à côté de lui porte un foulard à fleurs, une jupe fleurie et un tuyau de poêle coudé sous le bras. Et l'enfant à côté d'elle a un bonnet à gros pompon et une porte de four à la main.

Un vieux est assis dans le compartiment, une mère et un père sont assis en face de lui, et, entre eux, un enfant emmitouflé.

La nuit se déchire, Adina voit en haut le viaduc au-dessus des rails, et l'escalier en bas. De grands vêtements sombres montent l'escalier, de petits vêtements sombres marchent déjà en haut dans le ciel, comme si celui qui arrivait tout en haut n'était que la moitié de lui-même. Au début de la journée, peu avant le travail, plus qu'un vieil enfant rabougri.

De l'autre côté, l'escalier descend devant la porte de l'usine. On entend l'usine même quand le train roule dans les oreilles.

Dors, dit la mère, l'enfant s'appuie contre elle. Les immeubles se serrent dans le noir. C'est derrière, dans la banlieue, que se trouve la prison de la ville, les miradors défilent devant la vitre, et dans chacun d'entre eux il y a le même soldat transi, un autre Ilie, pense Adina, un homme auquel la nuit, le gel, l'arme et le pouvoir font confiance, même s'il est tout seul.

Pendant une année, Ilie a dû aller à Bucarest chaque mois pour son service, en sortant de la ville toujours dans cette direction, le long de la prison. Les cellules sont au fond de la cour. Quand on n'a personne là-bas, on ne les voit pas, disait alors Ilie, mais quand on a quelqu'un là-bas, on sent dans sa tête ce qu'il faut regarder. Les visages dans le compartiment, disait-il, se partagent quelques centaines de mètres sur ce parcours. Ensuite on sent parmi tous les autres les yeux qui savent dans quelle direction regarder.

On devrait toujours dormir, comme ça on ne sentirait rien, dit le père à l'enfant. L'enfant fait oui de la tête. La femme aux poules brun rouge passe près du compartiment.

Autrefois, je dormais toujours dans le train, dit le vieux, dans le tramway aussi. Tous les matins, je quittais le village pour aller à la ville, et tous les soirs je revenais chez moi. À cinq heures, pendant vingt-sept ans, j'ai dû aller à la gare. Je connaissais le chemin comme le Notre-Père. Un jour, j'ai parié un mouton que je retrouverais mon chemin les yeux fermés, et j'ai gagné le mouton. J'ai retrouvé mon chemin les yeux fermés, c'était en hiver, avec de la glace et de la neige. Et le chemin est long, plus de trois mille pas. À l'époque, dit-il, je connaissais chaque fissure de la terre, je savais où il y avait un trou et où il y avait une bosse. Et je savais avec trois rues d'avance où un chien aboyait, où un coq chantait. Et quand le coq ne chantait pas le matin, je savais qu'on l'avait tué le dimanche. Au travail, je m'endormais toujours, dit-il, j'étais tailleur, je pouvais dormir même avec une épingle dans la bouche.

Je veux une pomme, dit l'enfant, et la mère dit, dors maintenant, et le père dit, donne-lui donc une pomme.

Et maintenant je suis vieux, dit l'homme, je ne peux plus dormir, même pas dans mon lit. Ça fait rien, dit-il, ça fait rien.

L'enfant mord dans une pomme, mâche lentement et enfonce le doigt dans l'endroit mordu. Elle

163

est bonne, demande la mère, et l'enfant dit, elle est froide.

En hiver, un lundi, le père d'Adina rapporta un sac plein de petites pommes en revenant de l'abattoir. Elles étaient si froides que leurs épluchures, dans la pièce, se couvraient de vapeur blanche comme des verres de lunettes. Adina mangea tout de suite une pomme. La première bouchée lui fit mal, elle était si froide que la bouchée tournait dans les tempes avant d'être avalée. Et à la seconde bouchée, le froid se mit à remplir toute sa tête. La bouchée ne faisait plus mal parce que le cerveau était déjà gelé.

Quand Adina eut mangé la pomme froide, elle porta trois pommes dans la cour et les laissa geler dehors dans la nuit. Elle posa les pommes sur les pierres en laissant entre elles une distance d'une main, pour que le gel foncé puisse mordre tout autour de leurs peaux. Le lendemain, elles dégelaient dans la cuisine. Ensuite, elles étaient molles et brunes. Les pommes gelées étaient le régal d'Adina.

Le père de l'enfant est sorti du compartiment, il est debout dans le couloir depuis longtemps et retient depuis longtemps dans son front le champ dégarni. Il a vu trois chevreuils, chaque fois il a appelé la mère, et chaque fois elle a remué l'enfant et la tête en dormant, sans y aller.

Maintenant les voyageurs se pressent dans le couloir, Adina aussi, avec une femme ronde qui porte un col de renard aux pattes nouées, et le vieil homme desséché qui a gagné le pari et le mouton.

Près du train, le Danube est aussi du voyage, on voit aussi l'autre rive et des rues minces comme un fil, des voitures qui roulent et des forêts. Pas une chaussure ne traîne dans le couloir, personne ne marche, personne ne parle. Même les yeux du vieil homme sont grands et repoussent les rides. Un soupir s'échappe de la bouche du père, une respiration interdite. Ensuite il ferme la bouche; regarde, la Yougoslavie, crie-t-il dans le compartiment. Mais la mère reste assise dans le compartiment. Son frère a traversé à la nage il y a six ans, dit-il, maintenant il est à Vienne. Il cligne des yeux, il veut voir chacune des vagues qui scintillent; vous avez des enfants, demande-t-il. Adina dit que non.

Dans la salle d'attente il n'y a pas de banc, seulement un poêle en fer tout froid. Sur le sol de béton fissuré gît un crachat vert pâle avec des épluchures de graines de tournesol. Au-dessus du poêle en fer, un journal est affiché au mur, trois fois le portrait du dictateur, le noir de l'œil est grand comme le bouton du manteau d'Adina. Il brille. Et le crachat brille par terre.

Ce qui brille voit.

Devant la gare il y a un banc, écrivait Ilie cet été, à côté de la station de bus. Le bus est seulement pour les officiers qui se rendent à l'unité en venant de la petite ville. Mais quelquefois le chauffeur prend aussi des soldats, quoiqu'il préfère prendre des jeunes femmes.

Cinq officiers sont assis dans le bus. Ils portent des bonnets verts avec des oreilles en fourrure grise, ils sont attachés sur la tête par des cordons verts. Les oreilles des officiers sont sous les oreilles de fourrure, elles ont le bord rouge à cause de la brûlure du froid. Leurs nuques sont rasées.

Le chauffeur porte un chapeau et un costume sous son manteau ouvert. Sous les manches de son manteau, des manchettes blanches avec des raies de crasse noire et de gros boutons de manchettes bleus. Une chevalière brille à la main gauche du chauffeur. Trois officiers montent.

Où, demande le chauffeur, Adina hisse son sac sur le marchepied ; à l'unité, dit-elle. Il se penche, une écharpe bleue pend au-dessus de sa main. Il porte le sac dans le couloir ; les jolies femmes, notre armée en a toujours besoin, dit-il. Les officiers rient, leurs voix sont tumultueuses.

Adina s'assied sur le premier siège à côté d'un officier aux tempes grises. Cela sent les habits d'hiver humides. La demoiselle va voir qui, demande une voix au fond, Adina tourne la tête et voit une dent en or derrière les sièges vides. Son manteau est emballé dans des manteaux verts ; un soldat, dit-elle. Le chauffeur lève la main en l'air, une usine sème des tuyaux et des clôtures dans le champ ; nous en avons beaucoup, dit-il, quand on sera arrivés, la demoiselle pourra en choisir un.

Le maïs se détourne de la vitre, brisé, oublié dans le gel ; pourquoi un seul, dit celui avec la dent en or, on a tout ce qu'il faut dans ce pays. Les rires se heurtent contre une forêt qui est noire et dégarnie. Comment s'appelle ton soldat, demande l'officier à côté de l'oreille d'Adina, sa tempe est en papier, ses yeux regardent ses mains, l'éclat vert de ses prunelles se détache sur son manteau. Elle dit, il s'appelle Dolga, des corneilles volent par-dessus le champ et l'officier dit, il y en a deux de ce nom, et l'homme à la dent d'or rit si fort que le cordon se détache de sa tête et que son oreille de fourrure gauche tombe sur sa patte d'épaule.

Il retire son bonnet, ses cheveux sont écrasés, ses tempes dégagées. Il rattache les oreilles l'une à l'autre, le cordon est trop court, son doigt gros, il ferme les lèvres sur la dent en or, la ficelle devient aussi petite que deux bouts de doigt, il met son bonnet.

Et après, il s'appelle comment, demande l'officier à côté d'Adina, elle rentre ses doigts dans les manches de son manteau et dit : Ilie.

Un fossé entouré de roseaux desséchés défile à l'extérieur ; qu'est-ce qu'elle fait comme métier, la demoiselle, demande le voisin d'Adina en tournant le bouton de son manteau, et derrière le virage il y a l'allée de peupliers qu'Ilie a décrite, un mur et la caserne, et Adina dit, professeur.

Tout est plat, a écrit Ilie, on est assis ou couché dehors dans le néant, mais les plus petites plantes cachent la vue, on peut être debout et ne voir nulle part. Le vent tire sur les rangées d'arbres, on ne l'entend pas, alors vous connaissez *La Dernière Nuit d'amour, la Première Nuit de guerre*, dit un officier derrière le chauffeur, un livre comme dans la vie, mademoiselle, un beau livre.

Ils ont tous des nuques dégarnies, des tempes dégarnies, pense Adina, ils sont tondus depuis des années, aucun d'entre eux n'est jeune. À un moment donné ils riront, et au beau milieu des rires, au beau milieu du tumulte, certains remarqueront en regardant les autres que les sacs de cheveux coupés sont bien bourrés et pèsent aussi lourd qu'eux-mêmes.

Les mains d'Ilie tremblent, ses ongles sont sales et cassés. J'ai été seule pendant une heure dans le compartiment, dit Adina, le soleil ne brillait d'aucun côté et pourtant il y avait des ombres partout, et je me suis endormie.

J'ai rêvé, dit Adina, qu'un renard passait sur un champ vide qui venait d'être labouré. Le renard se penchait en marchant et mangeait de la terre. Il mangeait sans cesse et devenait de plus en plus gros.

Un panneau mural est accroché près de la porte, une photo d'un char au bord de la forêt, des soldats sont assis sur le char et l'un d'entre eux est Ilie. Les officiers sont debout dans l'herbe.

Tu as de la chance, dit Ilie, tu as encore peur, ma tête est sombre, ça fait longtemps que je ne rêve plus. Au-dessus et en dessous du char, il y a le portrait du dictateur, le noir dans l'œil. Ici on doit s'oublier soi-même tous les jours, dit Ilie, la seule chose que je sais me concernant, c'est que je pense sans arrêt à toi. Les diplômes d'honneur de l'unité sont accrochés à côté du noir dans l'œil.

Ilie montre le char ; en octobre, dit-il, nous sommes allés avec ce char sur le terrain. Il embrasse les doigts d'Adina ; sur quel terrain, demande-t-elle, tout est tellement plat, ici. On est sortis, dit-il, ici tout est du terrain, il y a une colline là-bas au fond, près de la forêt. Nous avons tous dû monter en haut de la colline et jeter des pierres sous les chenilles par-derrière, et redescendre la colline en continuant à jeter des pierres. Quand le char est arrivé en bas au bord de la forêt, nous nous sommes couchés dans l'herbe. Nous ne nous sommes pas levés de toute la journée. Le soir, nous sommes rentrés à pied à la caserne.

Sa main est rugueuse, il rit et sa voix s'étrangle ; le char est encore dans la forêt aujourd'hui, viens dans la cour.

Son bras tire et sa bouche aussi, si les Russes nous

avaient attendus, dit-il, aujourd'hui ils ne seraient pas encore à Prague.

Ilie reste debout près d'un tas de sacs pleins de sable mouillé, on les traîne du mur jusqu'à la barrière, de la barrière jusqu'au chemin, du chemin jusqu'au mur, dit-il. Ses chaussures claquent sur le sol, si j'arrive à m'en débarrasser de celles-là, dit-il en montrant ses godillots, c'est l'été et je ne connais qu'un chemin qui soit doux, le Danube.

Un soldat passe en portant un seau d'eau fumante, Adina serre son manteau contre elle, s'entoure elle-même de ses bras ; pour que l'été d'après, dit-elle, tes os soient couchés dans le blé. L'allée de peupliers est petite, elle rampe à l'intérieur de la terre parce qu'il fera bientôt noir, et le visage d'Ilie est tendu vers l'avant ; tu viens avec moi, dit-il, son cou est long, sa nuque et ses tempes rasées. Il se penche vers elle et elle secoue la tête.

En haut dans le ciel, tu seras un ange avec une blessure par balle, dit Adina en regardant par terre, ou bien tu seras ici-bas, où il y a des pavés. Tu chevaucheras ton balai le soir, tu balaieras les rues de Vienne.

Et toi tu restes ici, dit Ilie, tu attends qu'ils découpent complètement ton renard, et après.

Le renard sur la table

Le réveil fait tic-tac tic-tac, il est trois heures.

Peut-être que les pattes, pendant la nuit, ont repoussé sur le renard, pense Adina. Elle sort le pied du lit, écarte de la fourrure les pattes de derrière. Ses orteils craignent que la queue, bien que coupée, ne reste aussi molle et touffue. Qu'elle ne rétrécisse pas.

Elle porte les deux pattes et la queue sur la table, les met côte à côte. Et cela fait un renard entier, sauf qu'il s'est un peu terré sous la table. Et il fouille avec sa tête et ses pattes antérieures sous le plateau de la table, il pose ses pattes arrière et sa queue sur le plateau de la table pour se tenir.

À la fenêtre de la cuisine, la lune est si gonflée qu'elle ne peut pas rester. Elle est entamée par le petit matin. Il est six heures et la lune est fatiguée d'avoir veillé, n'a plus que trois doigts jaunes dont un gris qui lui tient le front. Les premiers bus murmurent, ou bien est-ce en haut, à la frontière de la nuit, que la lune reste accrochée quand elle quitte la ville, parce qu'elle n'est pas ronde. Des chiens glapissent comme si l'obscurité était une grande fourrure, et le vide des rues, dans le crâne, un cerveau serein. Comme si les chiens de la nuit avaient peur du jour où la faim qui cherche rencontre la faim qui rôde, quand des hommes passent près d'eux. Quand le bâillement rencontre le bâillement, et quand, dans le même souffle de la bouche, la parole rencontre l'aboiement.

Les collants sentent la sueur d'hiver. Adina les enfile sur ses jambes nues comme le balancement du train, enfile son manteau sur sa chemise de nuit. Dans le manteau pendent encore les petits manteaux noirs du viaduc et les grands manteaux verts du bus. Dans les boutons du manteau, il y a encore la petite gare et le noir de l'œil. Dans la poche du manteau, il y a encore l'argent du voyage et la lampe de poche. La clé est sur la table de la cuisine. La boue de la cour de la caserne colle encore aux semelles. Elle se glisse dans ses chaussures.

Le cercle de la lampe de poche trébuche, le bord du trottoir est anguleux. Un chat saute de la poubelle, ses pattes sont blanches, du verre se brise derrière lui.

Le parking est vide, le stade retient son remblai dans le noir, le ciel devient gris au-dessus. Du fer bat derrière le stade, c'est là qu'est l'usine. On ne voit pas les cheminées, rien que de la fumée jaune. Le tramway couine au coin de la rue. Des fenêtres sont éclairées, réveillées, et des fenêtres à côté sont noires, posées contre les murs dans leur sommeil.

Dans les rues silencieuses du pouvoir, le matin a des temps plus tardifs. Les fenêtres sont noires, les tiges des lampes chargées d'ornements. Les lampes sont accrochées dans les jardins au-dessus des escaliers, elles donnent de la lumière aux anges et aux lions de pierre. Les cercles de lumière sont une propriété, ils ne sont pas pour les passants qui n'habitent pas ici, qui ne sont pas ici chez eux.

Les peupliers sont des couteaux, ils dissimulent leur

tranchant et dorment debout. En face, c'est le café. Les chaises blanches en fer sont rangées, l'hiver n'a pas besoin de chaise, il n'est pas assis, il marche autour de la rivière, reste accroché sous les ponts. L'eau ne brille pas et ne voit pas, elle laisse les peupliers tout seuls.

Le soir, les pêcheurs vont se coucher tôt et attendent à la porte des magasins dès le petit matin. Ils se retrouvent l'après-midi dans le café enfumé, boivent et parlent jusqu'à ce que l'eau se remette à briller. Dans le clocher de la cathédrale, l'horloge sonne sept fois dans la brume, mais les acacias d'en haut sont déjà réveillés. Maintenant, on ouvre les serrures, on repousse les loquets, on ouvre les portes de magasins. Les acacias décortiquent leur bois vers le gris, aux extrémités. Au bout du parc, des épines percent sur chaque branche, les troncs d'en bas ne les remarquent pas.

Il n'y a encore personne dans le magasin. La caissière enfile un anorak sur sa blouse bleu pâle. Son bonnet de fourrure lui mange les sourcils. Adina prend un panier. Les bocaux de confiture sont alignés par rangées. Ils sont tous de la même taille, tous aussi poussiéreux, ont les mêmes ventres avec les mêmes couvercles de fer-blanc et les mêmes étiquettes. Si un officier passe, se dit Adina, ils marcheront au pas. Seules la rouille des couvercles les distingue, et ces gouttes qui ont débordé et leur collent au ventre.

Adina pose une bouteille d'eau-de-vie dans le panier. Le café de la caissière fume sur son visage. On ne vend les boissons qu'à partir de dix heures, dit-elle en aspirant une petite gorgée, puis une longue, et en essuyant la goutte de café sur son menton. Elle lève à moitié les yeux sous son bonnet et pose sa tasse de café. Elle met la main dans le panier, le vernis rouge écaillé, sur ses doigts, fait comme si des bouts de doigts lui poussaient encore par-dessus les doigts. Elle range la bouteille d'eau-de-vie sous la caisse.

Adina met le billet de banque à côté de la tasse. Je n'ai jamais été saoule, dit-elle doucement, il est sept heures et je n'ai jamais été saoule, il fait presque jour, dit-elle à voix haute, il est sept heures, tous les jours il était sept heures, et tous les jours il faisait presque jour et je n'ai jamais été saoule ; sa voix se décompose, ses joues sont brûlantes et mouillées : il est sept heures, voilà mon eau-de-vie, voilà mon argent et un jour derrière la porte, et je n'ai jamais été saoule et je ne veux plus attendre, je veux me saouler maintenant, sans attendre qu'il soit dix heures. La caissière lui remet le billet dans la main ; ça, vous n'êtes pas la seule à le vouloir, dit-elle.

Un homme en blouse bleu pâle pousse Adina par les épaules jusqu'à la porte, lui lance derrière la tête loi, eau-de-vie et police. Ses chaussures traînent, la boue sale de la caserne s'effrite de ses chaussures par petits morceaux et la boue mouillée du parc par grands morceaux. Sa chemise de nuit pend sur ses collants, elle dépasse du manteau, large comme la main. La caissière tient la porte ouverte. Qui êtes-vous, crie Adina, ne me touchez pas, vous entendez, ne me touchez pas.

Adina sonne trois fois. La porte de l'appartement s'ouvre, un rectangle éblouissant aveugle son visage. Elle passe dans le couloir, elle tient dans sa main une branche dégarnie. Va dans la cuisine, dit Paul, Anna dort encore dans la chambre. Adina fait oui de la tête une fois, deux fois, trois fois, il la suit des yeux, sa chemise de nuit dépasse de son manteau. Elle lui donne la branche dégarnie et rit, rit aux éclats, ça deviendra du lilas, dit-elle. Elle est assise à la table de la cuisine, une tasse de café sur laquelle des gouttes ont dégoulliné est posée devant elle près d'une clé. Adina regarde l'horloge sur le mur, elle pose un billet de banque sur la table et porte la main à son visage. Voici mes yeux, dit-elle, voici mon front, voici ma bouche. Elle déboutonne son manteau, et voici ma chemise de nuit, dit-elle. Et voici une horloge accrochée au mur, et voici une clé sur la table, et dehors il y a un jour derrière la porte, je ne suis pas folle, il est maintenant huit heures, il est huit heures tous les jours, je n'ai jamais été saoule, je veux me saouler maintenant, pas seulement à dix heures. Elle repousse la tasse de café au bord de la table.

Paul fourre l'argent dans la poche du manteau d'Adina, lui met un verre devant le menton, puis une bouteille. Il verse de l'eau-de-vie dans le verre, il lui met le verre dans la main. Elle ne boit pas, elle ne pleure pas, ses yeux coulent et sa bouche est muette. Il lui tient la tête. Anna est à la porte. Elle n'est pas lavée ni peignée, seulement habillée. Elle prend la clé sur la table, elle enfile ses chaussures. Elle traverse le couloir sur la pointe des pieds. La porte claque bruyamment.

Tu peux rester, dit Paul, il faut que j'aille au travail maintenant. La porte claque bruyamment.

Voilà les chaussures d'Adina dans le couloir. Voilà son manteau sur la chaise dans la chambre, voilà son collant par terre. La branche dégarnie qui deviendra du lilas est dans le vase à côté du lit. Le lit est encore chaud du corps d'Anna.

Le baisemain

Adina enfile son collant, ses jambes ne sont pas dans le collant. Elle enfile son manteau, ses bras ne sont pas dans le manteau. Seule la chemise de nuit dépasse du manteau. Elle rentre sa chemise de nuit dans son collant. La clé, l'argent, la lampe de poche sont dans la poche du manteau. Dans la cuisine, le soleil donne sur la table, sous la table il y a la boue de ses chaussures, l'horloge fait tic-tac sur le mur et s'écoute elle-même. Il est presque midi. Adina se glisse dans ses chaussures, ses orteils ne sont pas dans les chaussures, ils sont dans l'horloge. Adina sort de la cuisine sur la pointe des pieds avant que les deux aiguilles ne se rencontrent au milieu de la tête du jour, là où il est midi. La porte s'ouvre, la porte claque.

La respiration d'Adina marche devant elle, elle veut la saisir dans sa main, elle ne peut plus la rattraper. Une poubelle se dresse au bord du chemin. Une vieille femme avec une canne et un cabas en tissu s'appuie contre la poubelle. Le cabas est à moitié plein. La canne gratte sur l'asphalte, elle a un clou à son extrémité inférieure. Elle penche la tête et, la canne dans la poubelle, elle embroche du pain sec sur le clou.

Le coin de la rue est une vitrine. Un homme est assis

derrière sous un tissu blanc. L'homme est jeune et mince, son sac de cheveux ne sera pas lourd, pense Adina, pas plus lourd que le sac rempli de pain, quand il mourra. Les ciseaux s'ouvrent et se ferment, des petites pointes de cheveux tombent sur le tissu. Le coiffeur coupe et parle. Il allonge le temps au-delà de l'hiver, comme Adina allonge le chemin pour rentrer chez elle parce que le renard creuse sous la table, parce qu'un arbre pousse ici au beau milieu de l'asphalte face à la vitre où l'on coupe les cheveux, et que l'arbre lui-même est dégarni.

Le deuxième bus plie son accordéon noir. Les plis s'ouvrent et se ferment. Les cornes cherchent leur chemin, le chauffeur mange une pomme. Un homme saute avant que l'escalier ne reste sur place. Les jambes de son pantalon flottent au vent, ses chaussures brillent. Il porte un anorak. L'accordéon couine, des troncs d'arbres défilent à travers la vitre, des manteaux marchent lentement, et le roulement du bus se presse en montant contre la vitre. Pendant quelque temps, seul le bus emmène le cercueil attaché par des cordes sur le toit d'une voiture rouge. Car le chemin tient les troncs d'arbres à distance et pousse le cercueil avant tout le reste, à travers l'accordéon, d'une vitre à l'autre. Puis des immeubles défilent, le trottoir est déjà un mur en face d'eux. Le cercueil traverse la vitre du fond et l'homme en anorak le suit des yeux. Adina va vers la porte arrière. La porte s'ouvre, l'homme en anorak pince les fesses d'Adina. Elle reste sur les marches, le repousse, trébuche, la porte se referme, de la poussière vole.
   Le visage de l'homme continue sa route. Il lui montre le poing à travers la vitre, il ouvre les doigts et lui envoie un baisemain.

Le renard ne creuse pas sous la table. Toute la fourrure est étendue par terre devant l'armoire. Adina met la clé sur la table. Elle est dans la chambre, mais la chambre est seule avec elle-même. Les pattes arrière et la queue sont posées si près de la fourrure qu'on ne voit pas la coupure. La pointe du pied d'Adina déplace la patte arrière gauche, la patte arrière droite, la queue. La patte avant droite entraîne le ventre et la tête, elle a poussé sur le corps. La patte avant gauche abandonne le ventre et la tête. Elle est coupée. Le lit est défait.

La cuisine, les pommes, le pain.

Adina est dans la salle de bains, et la salle de bains est seule avec elle-même. Un mégot flotte dans la lunette des toilettes. Cela fait plusieurs heures qu'il est dans l'eau, il a éclaté.

Adina pose le billet de banque et la lampe de poche sur la table. Elle enlève son manteau et son collant. Elle se met au lit. Ses orteils sont froids, sa chemise de nuit aussi, le lit est froid. Ses yeux sont froids. Elle écoute son cœur battre sur l'oreiller. Elle fait défiler dans ses yeux la table, le billet de banque, la lampe de poche, la chaise. Le réveil fait tic-tac tic-tac jusqu'à ce que la lumière disparaisse à la fenêtre.

On sonne, ce n'est pas le réveil. Adina trouve ses orteils et le plancher au bord du lit. Elle allume la lumière, ouvre la porte. Un rectangle clair tombe dans la cage d'escalier, elle rit et tend la joue. Paul a la bouche froide. Il tient une branche dégarnie ; ça deviendra du lilas, dit-il. Elle pointe l'index, la branche à la main, montre le renard du bout de la branche. Il soulève les pattes coupées les unes après les autres, elle dit : ça en fait trois jusqu'à aujourd'hui, elle le regarde et lui retire son écharpe. Il a la nuque rasée et dit : j'ai été chez le coiffeur.

Elle pose l'écharpe sur le lit. Dans toutes les chambres où j'ai habité jusqu'ici, le renard était devant l'armoire, même au foyer des étudiants où la chambre était petite, dit-elle, nous habitions à trois. Au foyer, il y avait un chat qui était gras et presque aveugle, il n'attrapait plus de souris. Il traînait dans toutes les chambres, puis dans les escaliers du devant jusqu'au couloir du fond. Il reniflait tous les morceaux de lard et les mangeait. Il n'allait jamais dans notre chambre, il sentait le renard.

Elle met la branche dégarnie dans sa bouche ; ne fais pas cette tête, dit-il, sinon ça ne deviendra pas du lilas. Elle va dans la cuisine, le vase a un bord brun à cause des derniers chrysanthèmes. Hier j'ai vu Clara à l'hôpital, dit-il, elle renifle la branche, Clara attendait aux avortements, dit-il, le robinet couine, il est debout dans la cuisine, il y a des bulles dans l'eau, elle remplit le vase jusqu'au bord brun. Elle passe près de lui en portant le vase, il la suit.

Encore une patte, dit Paul, c'est un renard qui vous fait perdre la raison. Il met la branche dans l'eau ; ici on n'a pas besoin de jumelles, c'est un renard, dit-il, là on est en pleine forêt entre le lit et la chaise, la branche dégarnie projette une ombre dégarnie sur sa joue. Les jumelles, dit-il, étaient chez le concierge ce matin. Lui ne regardait pas la forêt par-derrière, il regardait vers l'entrée sur le devant. Quand je me suis trouvé devant lui, il n'a pas baissé ses jumelles, il m'a regardé et m'a dit, Monsieur, votre œil est grand comme une porte. L'ombre dégarnie sur la joue de Paul pourrait être une ride. Un homme est venu ensuite, dit-il, il a donné de l'argent au concierge parce que ce n'était pas le jour des visites aujourd'hui. Le concierge a laissé l'homme regarder dans ses jumelles, j'ai retiré mon manteau et j'ai pris ma blouse blanche sur le bras. Paul pose les doigts sur le bout des doigts d'Adina et demande : comment peut-on dire à un homme qui donne de l'argent au concierge et monte l'escalier dès le matin avec dans son filet pain sortant du four que sa femme est morte la nuit dernière pendant la coupure d'électricité. Il attire Adina contre lui ; on marche lentement, dit-il, parce que ça sent le pain frais ; elle sent son menton qui remue contre sa tête, il a des cheveux coupés dans l'oreille. On espère pour cet homme, dit-il, que ces jumelles avec leur agrandissement lui auront enlevé sa frayeur pour toute une journée. Elle rentre ses jambes contre sa chemise de nuit et met les pieds sur les genoux de Paul. On espère pour rien, dit-il, parce qu'on entend aux pas de cet homme qu'il va perdre la raison dans quelques minutes.

Adina tient son visage dans sa main. Elle voit entre ses doigts comme les branches sont claires, comme la tige est sombre dans l'eau.

Paul allume et éteint la lampe de poche. Il prend le billet de banque sur la table, c'est celui que tu voulais me donner ce matin, dit-il en le lissant de la main. Dessus il y a un visage sale, chiffonné et mou. Il perce un trou dans le visage avec la pointe du rameau le plus long, il embroche le billet sur la branche dégarnie. Encore une patte, dit-il, et après.

La pelle perdue

Le genou gauche monte, le genou droit descend. L'herbe est piétinée, le sol tendre. La boue glisse, les godillots pèsent sur les chevilles. Les lacets sont tout crottés, défaits deux fois du matin jusqu'à midi, deux fois renoués. Les chaussettes sont mouillées, le vent souffle et sèche la boue sur les mains. Le bonnet est tombé dans la boue.

La cigarette, interrompue par des ordres, se salit dans chaque main, la même cigarette est rallumée quatre fois du matin jusqu'à midi, on souffle la fumée par petites bouffées, d'une bouche à l'autre, et la cigarette est écrasée trois fois, le dernier la jette encore incandescente.

La tranchée est assez profonde, elle arrive jusqu'au cou, et la lumière est aussi basse au-dessus de l'herbe que le char dans la forêt, que le front au-dessus des yeux. Le jour est entraîné dans la terre entre la forêt et la colline.

C'est le soir, le coin de l'œil des soldats est aux aguets, l'officier à la dent en or est allé pisser après son dernier ordre en passant près du char, trois arbres à l'intérieur de la forêt. Les soldats ne remuent ni les chaussures ni les pelles, ils se taisent et écoutent le jet de l'officier qui touche le sol. Mais les branches craquent et les corneilles volent dans leurs nids et crient, elles sentent le brouillard qui voile lentement les arbres. Peut-être sentent-elles la neige derrière le paysage, dans le dos plat des jours à venir. De la neige rude au toucher, sèche, et qui tient bien. De la neige si blanche que leurs becs noirs sont toujours ouverts et se refroidissent à force de trouver pour toute pitance du maïs gelé.

On n'entend pas le jet sur le sol de la forêt.

L'officier reboutonne son pantalon, enfonce son bonnet plus profond sur sa tête, serre son écharpe autour de son cou. Il enlève la boue de ses bottes qu'il gratte avec une branche desséchée.

En rangs, comptez, chaque voix est fatiguée à sa manière, chaque respiration de chaque bouche est un autre animal brumeux. Deux rangées, les grands, les petits.

Pelle sur l'épaule, crie l'officier, il passe les rangs en revue, DOLGA, où est ta pelle. Ilie porte la main à son bonnet, claque une chaussure contre l'autre, à vos ordres, camarade officier, ma pelle a disparu. L'officier lève l'index et sa dent en or est plus lumineuse que son visage, cherche-la, dit-il, sans pelle, tu ne reviens pas à l'unité.

Droite, au pas, marche, gauche droite. Les soldats montent la colline au pas en suivant les empreintes du char. Le haut de la colline les avale d'en bas, le ciel d'en haut.

Ilie n'entend plus leur pas cadencé, il marche le long de la tranchée. Ses yeux inspectent le fossé, il est plus sombre que le sol. Ses mains ont mal à cause de la pelle parce que la pelle n'appuie plus, parce que ses mains ne creusent plus, parce que ses callosités se transforment en peau et le brûlent. Ses chaussures ne trouvent que de l'herbe et de la boue, ses yeux la colline. Celle-ci s'est mise dans la nuit, et la forêt est un coin noir, il n'y a pas d'arbres dedans.

La plaine toute plate est derrière la colline, pense Ilie, la nuit elle est peut-être de l'eau, de l'eau égale et lisse, il pourrait s'enfuir, il serait noir comme le rivage et l'endroit où il sauterait ne le verrait pas, et l'eau le porterait. Quand on nage longtemps, pense-t-il, les yeux s'habituent à la nuit et traversent beaucoup, et quand on a tout traversé, les mains se cognent à un autre rivage, un autre pays. Mais avant d'arriver en haut de la colline, il devrait, pense-t-il, enlever ses grosses chaussures. Il serait débarrassé d'elles avant même de sauter à l'eau, il est débarrassé d'elles, au bord de l'eau il ne perdra pas de temps à les défaire, avec leurs lacets noués. Et demain, si le jour commence aussi tôt et de manière aussi sinistre par un ordre, par une dent en or qui sera déjà réveillée depuis longtemps, quand la colonne montera au pas le monticule sur les empreintes du char, ces chaussures seront là, les arbres seront encore dans la forêt et les corneilles aussi.

Mais très loin, dans une boîte aux lettres, il y a une lettre pour Adina. Il y a une photo de lui à l'intérieur, des cheveux noirs sans bonnet, un front blanc et un faible sourire sans brin d'herbe dans la bouche.

En haut de la colline, Ilie a peur de marcher à côté de ses plantes de pieds. La plaine est noire, pourtant le sol n'est pas de l'eau. Il longe les traces du char et a peur de se retourner sur lui-même. La tranchée a tout vu et demain, l'officier à la dent en or saura que c'est une désertion. Sa bouche criera, sa dent brillera. Le sommet de la colline restera muet et ne saura plus qu'il a passé la nuit dans un front, que c'est lui qui a fait fuir de peur un crâne transparent.

Ensuite, chaque pas enfonce un trou dans le ventre, chaque respiration une pierre dans la gorge. Des feuilles de maïs brisées grattent le creux du genou, de l'herbe se dresse contre les fesses nues. Ilie a envie de chier. Il lève la tête, il pousse. Il arrache une feuille de la tige, une feuille de maïs étroite et longue. La feuille de maïs se casse et son doigt pue. Et le champ de maïs pue, la forêt aussi. La nuit et la lune absente puent.

Ilie pleure et lance des jurons sur la mère des soldats, des officiers, des chars et des tranchées. Sur les dieux et toutes les naissances du monde.

Ses jurons sont froids, ses jurons ne sont faits ni pour manger ni pour dormir. Ils sont faits pour tourner en rond et geler, ils montent entre les tiges de maïs et s'étranglent. Ses jurons sont à faire tournoyer et à plaquer au sol, à déchaîner peu de temps et à retenir longtemps.

Quand les jurons sont rompus, ils n'ont jamais existé.

Quand il fait froid, je ne peux pas regarder dans l'eau

Je sais ce que je sais, dit Clara à voix haute, le tram-way murmure, passe près de la rampe, Ilie est sensible, dit-elle, le pont tremble, les arbres se pressent vers le parc. Je savais, dit-elle doucement, qu'il ne supporte-rait pas le renard, ses ongles rouges s'enfoncent d'abord dans ses cheveux et ne réapparaissent qu'après une main blanche et recourbée. Je sais aussi qu'il ne s'enfuira pas, dit-elle. Et ses cheveux volent et s'offrent au vent comme un éventail sur son front. Ça, tu ne le sais pas, dit Adina, comment peux-tu le savoir. Elle voit la joue de Clara, ses yeux aux coins effilés, soulignés de noir.

Sans pêcheurs, la rivière est une raie d'eau dans la ville, seule son arthrite putride reste au milieu entre la surface et le fond, on la sent.

Les chaussures de Clara claquent sur les dalles de pierre. Adina s'arrête et Clara fait encore trois pas sans la voir en marchant toujours juste au milieu des dalles. Viens, dit-elle, quand il fait froid, je ne peux pas regar-der dans l'eau. Puis elle s'arrête et ses cheveux restent sombres comme les herbes dans l'eau de la rivière. Ici, on est tout nu à cause du froid, dit Adina. Clara la tire par le bras, j'ai la tête qui tourne, c'est affreux, dit-elle. Et elle s'éloigne de l'eau, fait quelques pas à l'intérieur du chemin. Adina jette une feuille sèche dans l'eau, mais il ne faut pas que tu vomisses à cause de la rivière, dit-elle en suivant des yeux la feuille déjà lourde et si mouillée que les petites vagues ne la saisissent pas, Paul t'a vue à l'hôpital, dit-elle.

Je sais, dit Clara, je savais aussi qu'il te dirait tout. Ses ongles rouges s'enfoncent dans les poches de son manteau, ses deux mains font saillir un ventre de son manteau, j'étais enceinte, dit-elle. Les poignets blancs et recourbés ressortent sans les ongles. Comment t'es-tu débrouillée pour avorter, demande Adina. Une feuille mouillée colle au petit talon de Clara, Pavel connaît le médecin, dit-elle.

L'herbe est gelée dans le parc, elle est posée par petits paquets au bord des chemins, épaisse et vide. Mais en haut, les branches, même sans feuilles, tendent l'oreille.

Clara prend un brin d'herbe, elle n'a pas besoin de tirer, il est simplement posé là, il ne pousse pas. Il est plié, il ne reste pas entre ses doigts. Adina se retourne, mais ce craquement n'est pas une autre personne qui marche, c'est seulement une branche sous sa chaussure à elle, est-ce qu'il est médecin, demande Adina, et Clara répond : il est avocat. Elle se retourne, mais le bruit n'est pas une autre personne qui marche, c'est un gland qui est tombé sur le chemin. Pourquoi ne m'as-tu rien dit, demande Adina, Clara jette le brin d'herbe, il ne vole pas, il est trop léger, il tombe sur sa chaussure, parce qu'il est marié, dit-elle. Puis ses chaussures claquent, et le sable frotte sur le chemin. Une femme passe en poussant une bicyclette, pourquoi me le caches-tu, demande Adina, un sac est posé sur la bicyclette, parce qu'il est marié, dit Clara ; la femme regarde autour d'elle ; on se voit rarement, ajoute Clara. Tu le connais depuis combien de temps, demande Adina.

Neuf soldats et un officier sont devant le cinéma. L'officier distribue les tickets. Les soldats comparent les rangées et les places. Sur l'affiche, on voit un soldat qui rit et une barrière fermée d'une joue à l'autre. Au-dessus du bonnet du soldat il y a le ciel bleu, et sous son visage le titre du film PERSONNE NE PASSE.

Clara donne un coup de coude, son menton désigne les soldats, et ces types qui sont là, dit-elle, les yeux d'Adina se perdent dans les ifs vert foncé, je les ai vus, dit-elle, Ilie n'y est pas.

Une voix dit bonjour, c'est le nain sur ses hauts talons, sur ses briques cassées.

Clara sourit, il fait froid en ville, dit le nain. Clara acquiesce. Sa tête est trop grande, ses cheveux serrés et si clairs devant les ifs vert foncé, comme l'herbe gelée du parc. Il est refroidi maintenant, dit le nain, quand je l'ai acheté, il était chaud. Il porte un pain sous le bras.

Autrefois
et pas maintenant

Un vieil homme traîne une bouteille de gaz sur un petit chariot. Sur le robinet de la bouteille de gaz il y a un bouchon, un sac avec du pain est accroché à ce bouchon. La poignée du chariot est un manche à balai, ses roues viennent d'un tricycle pour enfants. Les roues sont minces, restent coincées dans les interstices des dalles de pierre. L'homme tire, il a pendant quelques pas l'allure d'un cheval efflanqué. Le bouchon de la bouteille de gaz fait du bruit. L'homme s'arrête, laisse le manche à balai heurter les dalles de pierre. Il s'assied sur la bouteille de gaz, arrache un morceau de la croûte de pain. Tout en mâchant, il observe les troncs des peupliers, puis son regard monte vers les branches.

Des chaussures marchent derrière la tête, des pas claquent sur la nuque. Adina tourne la tête, les mains de l'homme mettent des graines de tournesol dans sa bouche, ses chaussures brillent, les jambes de son pantalon flottent au vent, son anorak crisse. Ses chaussures claquent contre la joue d'Adina. C'est l'homme du bus, celui qui poussait le cercueil en marche d'une fenêtre à l'autre. Tu me plais, dit-il en crachant sur la pierre une épluchure de tournesol, tu es bonne au lit. Ici il y a un banc, sur le banc une bouteille vide, tu dois être une bonne baiseuse, dit-il, des clous nus sortent du fer sur le banc suivant, là où y avait une planche pour s'asseoir. Elle dit, va-t'en, et s'assied sur le troisième banc vide. Elle s'installe au milieu, il crache une épluchure de tournesol sur le banc, elle s'adosse. Il s'assied. Il y a pourtant assez de bancs ici, dit-elle en se mettant à l'autre bout du banc, il s'appuie en arrière et la regarde dans les yeux. Elle ne s'appuie plus sur le dossier, va-t'en ou je crie, dit-elle. Il se lève; ça fait rien, dit-il, ça fait rien. Il rit à l'intérieur de lui-même, ouvre son pantalon, il tient son membre dans la main. Alors au revoir, dit-il en pissant dans la rivière. Elle se lève, le dégoût lui fait monter la langue jusqu'aux yeux, au premier pas qu'elle fait, elle ne voit pas les dalles de pierre. Elle sent que sa tête se remplit d'eau froide par les deux oreilles. Il secoue les gouttes de son membre. Je te paie, crie-t-il derrière elle, je te donne cent lei, je te pisse dans la bouche.

Adina est sur le pont, il marche lentement dans la direction opposée par laquelle il est venu. Les jambes de son pantalon flottent au vent, ses jambes sont minces. Il porte souvent la main à son visage en marchant, il mange des graines de tournesol. Son dos est étroit.

Il marche comme un homme tranquille.

Qu'est-ce que c'est, déjà, l'histoire du petit Roumain qui arrive en enfer, a-t-il demandé, j'ai dit, je ne sais pas. Il a dit que je le savais encore il y a trois semaines. Ensuite il a dit que moi, comme tout le prouvait, je voulais dire que les petits allaient au ciel et pas en enfer. C'est quand même contradictoire, a-t-il dit. J'ai ouvert le tiroir parce que j'étais enrhumé, j'ai cherché mon mouchoir et il a dit que je devais fermer le tiroir. J'ai demandé pourquoi, et il a dit qu'il pouvait y avoir dans le tiroir une chose qu'il ne devait pas voir. J'ai dit, c'est un bureau, et il a dit : au bout de quatre ans et demi, chaque tiroir devient intime. J'ai ri en disant que je ne le savais pas si discret. Ensuite il a dit qu'il était avocat de son métier et bien élevé. Alors, que voit le petit Roumain en enfer, a-t-il demandé. Puis il a raconté lui-même toute l'histoire : un petit Roumain meurt et va en enfer, il y a foule et tout le monde est jusqu'au menton dans la boue brûlante. Le diable attribue au petit Roumain la dernière place libre dans un coin, et le petit Roumain prend la place libre et s'enfonce jusqu'au menton. Au milieu, près du siège du diable, un homme n'a de la boue que jusqu'aux genoux. Alors le petit Roumain tend le cou et reconnaît Ceausescu. Et il demande au diable, mais où est la justice, il a plus de péchés que moi, celui-là. Oui, dit le diable, mais lui, il est debout sur la tête de sa femme.

Il n'en pouvait plus de rire. Ensuite, il s'est rendu compte qu'il riait et son regard s'est aigri, il a rentré les épaules et sa tache de vin a tremblé sur la veine de son cou. Il m'a détesté parce qu'il ne pouvait pas s'empêcher de rire. Ses gestes se sont précipités, ses mains étaient comme des couteaux et des fourchettes, il a pris une feuille de papier dans sa serviette et a posé un stylo-bille sur la table. Écris, a-t-il dit. J'ai saisi le stylo, il regardait la cour de l'usine par la fenêtre et dictait, JE, et j'ai demandé, JE ou VOUS, et il a dit, écris JE et ton nom. Mon nom suffit, ai-je dit, c'est ce que JE suis. Il a crié, écris ce que je te dis, et ensuite il s'est rendu compte qu'il criait, il a pris son menton et a pressé les coins de sa bouche entre le pouce et l'index en disant lentement, écris JE et ton nom. J'ai écrit. NE DIRAI À AUCUNE PERSONNE QUE JE COLLABORE, QUEL QUE SOIT NOTRE DEGRÉ D'INTIMITÉ. J'ai posé le stylo et j'ai dit, je ne peux pas écrire ça. Il a demandé pourquoi, j'ai dit, je ne peux pas vivre avec ça. Tiens donc, a-t-il dit, ses tempes ruminaient nerveusement mais sa voix restait très calme. Je me suis levé et je me suis éloigné de la table, je me suis mis près de la fenêtre et j'ai regardé dans la cour, je voudrais ne plus avoir d'ennuis à l'usine, ai-je dit. Ah bon, a-t-il dit, j'ai cru que tu avais besoin d'avoir tes après-midi libres. Il a mis le stylo dans sa veste, a froissé la feuille et a mis la boule dans sa serviette. Il a ouvert en grand sa serviette, j'ai vu une photo à l'intérieur. Je ne pouvais pas voir distinctement la photo, seulement un mur. Je savais que je connaissais ce mur. Tu crois que nous te courons après, a-t-il dit, mais tu viendras à nous de toi-même. Il a fermé sa serviette et il a claqué la porte. Quand il est parti, j'ai vu sur ce mur mon père avec des joues creuses et de grandes oreilles. C'était la dernière photo que ma mère avait reçue de mon père.

Comment s'appelle-t-il, demande Adina, et Paul dit, MURGU, et Abi dit, PAVEL MURGU. Quel âge a-t-il, demande Adina, et Paul dit, trente-cinq ans, quarante-cinq. Il n'a pas encore quarante-cinq ans, dit Abi.

Le café est sombre, les rideaux rouge foncé aux fenêtres, les nappes sont rouge foncé et absorbent le peu de lumière. Et les manteaux et les bonnets sont noirs. Les ampoules éclairent pour elles-mêmes, la fumée est plus lumineuse, elle reste suspendue comme un sommeil traversé de paroles. Dans les fentes des voilages, dehors près de la rivière, sur les dalles de pierre vides, le jour va vers le soir. Les troncs des peupliers se marchent eux-mêmes sur les pieds, le vent tourbillonne

190

sur le chemin près de la rive, rassemble des feuilles sèches pour les chasser à nouveau. Les pêcheurs sont au café. Ils se saoulent. Ils boivent jusqu'à ce que le soir ne puisse plus se distinguer de l'ivrognerie dans leurs têtes. Quand par hasard leurs yeux regardent par la vitre, une feuille qui était en l'air tombe çà et là. Et ils savent qu'elle vient de loin, car les peupliers au bord de l'eau sont dégarnis, leurs branches sont des cannes à pêche. Les pêcheurs ne font pas confiance aux peupliers dégarnis. Ils savent que les cannes à pêche restent en haut ce que les têtes des pêcheurs sont en bas. Les peupliers interdisent la chance en hiver, disent les pêcheurs, les peupliers dégarnis dévorent la chance quand ils boivent.

À qui as-tu raconté l'histoire drôle, demande Paul. Si seulement je m'en souvenais, dit Abi.

Le pêcheur qui a peur des melons se met sur la tête une bouteille d'eau-de-vie à moitié pleine. Il tend les bras comme des ailes, fait le tour de la table avec la bouteille sur la tête.

MURGU m'a lu une déclaration, dit Paul, comme quoi visage sans visage est une allusion à Ceausescu. Il a dit qu'elle était de toi. Je ne l'ai pas cru. Ensuite il m'a montré la feuille, c'était ton écriture. Il a dicté, dit Abi, un homme criait dans la pièce à côté, j'ai entendu les coups et j'ai tout écrit. C'était un magnétophone, dit Paul en regardant Adina. Elle regarde dans le vide entre les deux visages. Et dans le vide, le visage d'Abi a des joues creuses et de grandes oreilles. Ce n'était pas un magnétophone, dit Abi, je ne peux pas le croire. Quand on m'a laissé sortir, il était plus de minuit. J'ai descendu les escaliers. Dans la loge du concierge, un miroir grand comme la main était appuyé sur le téléphone, et, à côté, il y avait un cendrier avec de l'eau et un blaireau dedans. Le concierge avait de la mousse blanche sur le visage et un rasoir à la main. Je n'en croyais pas mes yeux. Je cherchais la tache de vin sur son cou. C'est seulement quand je me suis trouvé près du concierge et qu'il a enlevé le rasoir de sa joue en criant, y'a des courants d'air, ferme la porte, que j'ai compris qu'il se rasait. Plus personne ne marchait dans la rue, il faisait noir comme dans un four, dit Abi, je voyais toujours de la mousse blanche devant mes chaussures. Ensuite, un tramway vide est passé avec un wagon et des fenêtres éclairées. Le receveur voyageait seul et avait de la mousse blanche sur le visage. Je n'ai pas pu monter.

Le pêcheur qui a peur des melons lève la bouteille d'eau-de-vie jusqu'à sa bouche, il ne boit pas, il ferme les yeux et embrasse le goulot de la bouteille. Ensuite il chante une chanson, les yeux des pêcheurs nagent dans la boisson, et la boisson nage dans la fumée. Dehors, l'horloge de la cathédrale sonne, qui sait combien de fois, plus courte qu'une chanson fredonnée, personne ne compte les coups, pas même Adina.

À qui as-tu raconté l'histoire, demande Paul.

Et la nuit, j'ai rêvé, dit Abi, que je cherchais la tombe dans une ville étrangère. On m'amenait dans une cour de pierre. Le mur du fond était le mur contre lequel mon père était adossé sur la dernière photo. Je devais couper un ruban blanc. Un homme grand et gros m'a donné des ciseaux et un homme petit et gros en blouse blanche qui se tenait près de moi s'est mis sur la pointe des pieds. Il m'a dit à l'oreille, on inaugure la cour. Ensuite, des hommes ont défilé près de nous les uns derrière les autres. Ils étaient tous décharnés et avaient des yeux comme des billes de verre, sans regard. L'homme petit et gros a demandé : tu le vois. J'ai dit : il ne peut pas être là. L'homme petit et gros a dit : on ne peut pas le savoir, ils sont tous déjà morts.

Paul et Abi se taisent, tiennent leurs têtes dans leurs mains, leurs crânes à l'intelligence embrumée. Tira-tira tirata, fredonne le pêcheur, et sa bouche est sur chaque visage. La bouteille d'eau-de-vie fait le tour de la table, passe de main en main. Chaque pêcheur ferme les yeux et boit.

C'est un soir au café, qui prend son heure en pleine ville, de même que çà et là, de même qu'à côté, une ombre grande comme un homme met fin à ses jours dans la rivière. Un hiver est là dans la ville, lent et sénescent, qui étend son froid sur les hommes. Un hiver est là dans la ville, dans lequel la bouche se refroidit, dans lequel les mains tiennent machinalement la même chose et la font tomber parce que le bout des doigts, sur la main, devient comme du cuir. Un hiver est là dans la ville, pendant lequel l'eau ne se change même pas en glace et les vieux portent leurs vies passées comme des manteaux. Un hiver où les jeunes doivent se haïr comme le malheur, quand un soupçon de bonheur apparaît entre leurs tempes. Pourtant, leurs prunelles dégarnies cherchent leur vie. Un hiver fait là le tour de la rivière, où seul le rire gèle, à la place de l'eau. Où balbutier est déjà parler, où le hurlement est déjà le mot à demi prononcé. Où chaque phrase s'éteint dans la gorge et bat sans cesse avec la langue contre les dents, muette, de plus en plus muette.

Le pêcheur qui a peur des melons embrasse le goulot de la bouteille et chante :

Autrefois et pas maintenant,
Je dormais et ma queue n'dormait pas,
Mais maintenant, maintenant, maintenant,
Ma queue dort et c'est moi qui n'dors pas.
Tiratira tirata.

La tache de vin

L'obscurité est enfermée dans la cage d'escalier, elle sent le chou cuit. Elle ne trouve pas de courant d'air, et pourtant la porte de l'immeuble est ouverte. Sur les premières marches, elle pèse lourd aux jambes quand elle s'y suspend. Si lourd que même le cercle blafard de la lampe de poche reste accroché à la rampe et saute sans bruit de la rampe jusqu'au mur. Les chaussures claquent dans la tête. Au premier étage, il y a une pièce pour sécher le linge, une poignée de lumière venue du dehors tombe sur des couches blanches. La poubelle d'à côté est grise comme l'étoffe d'une manche. Au deuxième étage, un géranium dégarni se dresse dans un seau en plastique. Il sent la terre moisie et le chou cuit. Adina ne veut pas le frôler, elle l'évite en se serrant contre la rampe. Des chaussures couinent au troisième étage. Des jambes de pantalon descendent les escaliers, une chemise a un éclat plus lumineux. Adina lève sa lampe de poche. Le cercle blafard saute sur l'épaule de l'homme. La moitié de son visage, son œil, son oreille, la pointe blanche de son col. Entre son col de chemise et son oreille, une tache de vin est éclairée. L'arête de son nez, le cercle de la lampe de poche se brisent sur son menton.

Les deux noix, pense Adina, et cet homme qui

broie une noix contre l'autre dans sa main, comment t'appelles-tu, a demandé sa voix, il est déjà en bas au deuxième étage, il s'en va et reste dans la tête d'Adina. C'était l'été ; qu'est-ce qu'on fait maintenant, avait-il demandé. Et il avait raconté l'histoire du petit Roumain. Sa tache de vin tremblait sur la veine de son cou, disait Abi.

La sonnerie retentit au quatrième étage, Adina rentre l'index, la sonnerie se tait, je sais ce que je sais, a dit Clara ; la porte grince, les cheveux de Clara sont dans l'embrasure, tout ébouriffés.

Ensuite, Adina appuie le battant de la porte sur la joue de Clara, et ses cheveux font un pas en arrière, restent derrière la porte ouverte. Comme si les cheveux appartenaient à la porte, Adina continue son chemin tout droit dans le couloir. La porte de la cuisine reste ouverte, cela sent le café.

Deux tasses sur le plateau, deux cuillères, des grains de sucre éparpillés sur la table de chevet. Le lit est ouvert, le motif damassé de l'oreiller ressemble à des murmures soufflés par la bouche.

Il était chez toi, dit Adina, l'homme qui vient de descendre l'escalier, c'était Pavel. Clara relève ses cheveux, oui, dit-elle, son oreille est écarlate près de sa joue sous ses doigts fins, et ses cheveux lui pendent sur les yeux, tout ébouriffés, vous vous voyez si rarement, dit Adina, et rarement c'est tous les jours. Sa respiration expulse tous les mots, je sais pourquoi tu le caches, dit-elle, ne me raconte pas d'histoires, ton avocat est de la *securitate*. Une serviette est accrochée au dossier du fauteuil, sous le bras de Clara qui boutonne son chemisier de ses doigts fins, les boutons blancs et ronds ; tu mens même quand tu te tais, dit Adina. Dans

196

le vase il y a des œillets rouges tuméfiés, leurs tiges se touchent, l'eau est trouble autour des feuilles.

Je ne pourrais jamais te faire de mal, dit Clara, lui non plus. Un collant est posé sur la machine à coudre, Adina se tient le menton dans la main et va à la cuisine.

Clara s'appuie contre le réfrigérateur, met son index sur sa bouche, Pavel est quelqu'un de gentil, dit-elle les lèvres fermées. La cafetière est posée de guingois sur la rouille, la cuisinière est pleine de crasse ; Pavel l'a promis, dit Clara, il sait que je ne peux l'aimer que s'il ne t'arrive rien de mal. Le torchon est en boule sur la table. Et le renard, dit Adina, ils t'ont dit pourquoi ils découpent le renard. Ce type, il te baise comme il baiserait n'importe qui, il nous voulait toutes les deux, dit-elle, une pour l'été, l'autre pour l'hiver, lui, quand il se réveille le matin, il a deux désirs dans la tête comme deux yeux – son poing est dur pour les hommes, sa queue l'est pour les femmes.

Dehors, à la fenêtre de l'immeuble, pend une jupe de velours ; en haut, elle est rouge et sèche, en bas elle est noire d'eau et son ourlet ne cesse de goutter. Et les autres, dit Adina, est-ce qu'il a promis de les protéger, ton mec qui est si gentil. Clara se mord les lèvres, regarde droit par la vitre de la fenêtre en évitant Adina, tu ne le connais pas, dit-elle en lissant ses cheveux sur sa tête du plat de la main.

C'est avec un type comme ça que tu couches, dit Adina. La boîte de sucre est ouverte, le sucre est dur comme de la pierre sur les taches brunes de café. Du vent souffle dans l'arbre dehors, mais tu ne le connais pas, dit Clara, le ballon vert cabossé reste coincé sur la branche fourchue. C'est toi que je ne connais pas, dit Adina, le ballon vert cabossé supportera un deuxième hiver, celle que je connais, ce n'est pas toi, dit-elle, je croyais te connaître. Les orteils de Clara sont recroquevillés. Le froid des carreaux lui monte au ventre en couvrant son genou de dés bleus, tu couches avec un criminel, crie Adina, tu es comme lui, tu le portes sur ta tête, tu entends, tu es exactement comme lui. Clara réchauffe un pied froid contre l'autre, je ne veux plus te voir, crie Adina, plus jamais. Ses mains battent autour d'elle, elle a les yeux exorbités, son regard est le chasseur, il sort de ses yeux et touche. Ce que la bouche mouillée crie est de la braise sur la langue. Sa colère est de la haine, aussi noire que son manteau.

Reste ici, dit Clara. Adina fait tomber de son manteau les doigts fins qui cherchent à le saisir, tire sa manche pour la dégager. Ne me touche pas, crie-t-elle, je ne peux pas voir tes mains. Les cheveux de Clara restent à la porte de la cuisine. Le couloir ne permet aucun pas aux orteils. La porte claque.

Les escaliers montent le long du mur, la lampe de poche projette sa lumière. Au troisième, au deuxième étage, Adina se tient à la rampe avec sa main qui glisse. Le vide-ordures gronde, elle entend quelque chose qui tombe dans le tuyau, quelque chose qui tombe la tête la première. Deux étages plus bas, du verre se casse.

Dehors, quand on lève le menton sous l'arbre et qu'on regarde en l'air, le ballon vert et cabossé est si petit et foncé sur la branche fourchue qu'on pourrait le prendre pour un autre œil, là-haut. Des manteaux passent, le mois de novembre est dans ces manteaux à la place des gens. Dans sa seconde semaine, il est si mélancolique et vieux que le soir tombe dès le matin.

Ma mère a toujours été ma grand-mère, a dit Clara, pas à cause de son âge, mais à cause de sa façon de prendre son âge. Quand elle a commencé à vieillir, dit Clara, j'étais encore toute petite. Elle m'a serrée fort contre elle et elle m'a dit à l'oreillle, mais où es-tu donc, ma petite, où t'en vas-tu si loin. Quand elle a commencé à vieillir, son mari a commencé à rester jeune, dit Clara, il n'arrêtait pas de rajeunir à côté d'elle. Comme s'il l'avait espionnée, comme s'il avait pris soin de sa peau au détriment de celle de sa femme. À croire que ma mère s'était laissée faner pour lui aussi. Je ne veux pas devenir comme ça, dit Clara, il ne faut pas être comme ça. Ensuite, il l'a rattrapée. Ce qui faisait sa force avec elle est devenu sa faiblesse. Il y a eu un été dans la ville, un été qui avait l'air d'être le premier pour lui. Sans elle, il n'arrivait pas à tenir le coup pendant ce premier été, et il l'a suivie dans la mort.

La porte du stade est ouverte. Des policiers et des chiens attendent sur le parking. Des hommes se pressent à la porte de sortie, ils chantent et ils crient. Dans le stade, en pleine lumière, le ballon roumain volait contre les Danois. Le match est gagné. Sortant du remblai du stade, une lumière s'échappe vers le ciel comme si la lune s'était perdue. Les Danois, qui c'est ceux-là, les mains des hommes portent le drapeau tricolore, trois raies bien à eux. La pièce rouge famine, la pièce jaune silence, la pièce bleu espion dans le pays coupé du monde. Les Danois, après tout, qui les connaît, les lèvres des hommes parlent du monde et de champion-nat du monde, leurs chansons grimpent sur leur gorge comme les buissons sur le remblai du stade. Qu'est-ce qu'ils viennent chercher dans notre pays, les Danois; le coureur de fond reste là, impassible. Quand la joie se déchaîne, il est seul avec lui-même. Dans ces moments, il est un étranger.

Réveille-toi Roumain de ton sommeil éternel, chante un vieil homme. L'hymne est interdit, il se met au bord du caniveau, il voit la gueule d'un chien et la chaussure d'un policier, il chante pour échapper à la peur, il lève le menton très haut. Sa main serre son bonnet de fourrure. Il l'enlève de sa tête, le balance en l'air, le jette sur le sol et monte dessus avec ses chaussures. Il piétine inlassablement en chantant, et on entend dans sa chanson les semelles de ses chaussures. Et la chanson est interdite, elle sent l'eau-de-vie. En haut, les drapeaux sont fous, les têtes des hommes sont ivres dessous, les chaussures en pleine confusion. Les drapeaux marchent vers la nuit avec les hommes, dans la rue d'en face.

La voix du vieil homme s'étrangle. Mon Dieu, dit-il contre l'acacia dégarni, ce que nous pourrions être dans le monde, et dire que nous n'avons pas de pain. Un policier s'approche de lui avec un chien, et un autre policier. Alors il lève les bras et crie vers le ciel, Dieu, pardonne-nous d'être roumains. Ses yeux brillent dans la faible lumière, l'éclat se hâte au coin de l'œil. Le chien jappe et lui saute au cou. Deux, trois, cinq policiers l'emmènent.

Le parking monte et descend avec l'acacia dégarni. La rue jette ses pas sur son visage. Le parking a la tête en bas. Le ciel en bas est le Danube, l'asphalte en haut est la nuit. Dans le regard retourné, là-bas sous le remblai, là-haut dans le ciel du pays coupé du monde, une lumière blanche se pose autour de la ville.

La tête du vieil homme pend vers le bas.

Le jeu des guêpes

Sur le visage de l'enfant aux yeux très écartés et aux tempes étroites, il y a dès le matin la tache de la solitude. L'enfant est assis entre d'autres enfants sur le banc, et il est assis seul. Ses prunelles sont rouges, leurs cercles bruns sont décolorés.

Deux fois par heure, Adina est tentée de faire venir l'enfant au tableau. Dans ses yeux qui passent par la fenêtre, elle voit que les pensées ne s'arrêtent pas derrière la vitre. C'est un regard qui doit réfléchir à beaucoup de choses. Alors Adina interroge un enfant assis devant l'enfant absent. Puis un enfant assis à côté de l'enfant absent. Sur les tempes étroites de l'enfant, les yeux sont partis si loin qu'ils ne le remarquent pas.

À la fin du cours, l'enfant s'assied sur le rebord de la fenêtre et bâille. Cette nuit, il était derrière la cathédrale avec sa mère, dit l'enfant. C'est là qu'habite le pasteur hongrois, beaucoup de gens y venaient pour prier et pour chanter. Il y avait aussi des policiers et des soldats à cet endroit, ils ne priaient pas, ne chantaient pas, ils se contentaient d'observer. Il faisait froid et sombre, dit l'enfant. Quand on prie et qu'on chante, on n'a pas froid, a dit ma mère. C'est pour ça que les gens n'avaient pas froid. Et parce que leurs visages et leurs mains étaient éclairés par les bougies qui brûlaient. Mes mains aussi, dit l'enfant. Quand on tient une bougie devant son menton, elle éclaire à travers le cou et la main. L'enfant appuie sa main gauche sur la vitre, les doigts tendus. Les policiers et les soldats avaient froid, dit l'enfant. Adina voit les chaînes de verrues grises qu'il a sur les doigts. Les peupliers pointus et dégarnis se dressent dans le ciel. Ma mère a dit que partout où il n'y a personne, il peut y avoir quelqu'un, de même que l'été il y a parfois des ombres là où il n'y a plus rien ni personne, dit l'enfant. Ma mère a dit : ce sont des tiroirs qu'on ne voit pas et qu'on ne peut pas ouvrir. Les tiroirs sont dans les troncs d'arbres, dans l'herbe, dans la barrière, dans les murs, a dit ma mère. La craie dans la main droite, l'enfant dessine sa main gauche sur le verre de la fenêtre, il y a toujours une oreille dans ces tiroirs, a dit ma mère. À l'endroit où l'enfant enlève sa main de la vitre, se trouve le contour vert d'une main transparente. L'oreille est aux aguets, a dit ma mère. Quand quelqu'un nous rend visite, ma mère met toujours le téléphone dans le frigidaire, dit l'enfant. Il rit, le rire s'échappe de son visage. Il penche la tête et l'appuie sur sa main qui tient la craie. Moi je ne mets jamais le téléphone dans le frigidaire, dit l'enfant.

L'enfant dessine des ongles verts sur les doigts transparents. Là où le contour des doigts tremblote, la craie peint des verrues vertes sous les ongles.

Le ciel est gris, ce n'est pas une couleur parce que tout est gris. Les immeubles d'en face sont gris, d'un autre gris que le jour, autrement incolores.

Vous n'avez pas de verrues, camarade, dit l'enfant à Adina. Quand on est grand, les verrues s'en vont, on les passe aux enfants. Ma mère disait : quand les verrues s'en vont, les soucis arrivent.

Une vapeur chaude sort de la bouche de l'enfant. On ne la voit pas. Dehors, sous les peupliers pointus, on la verrait. Peu après, elle serait suspendue en l'air sans un bruit. Et elle se transporterait toute seule. On verrait dans l'air ce que la bouche a dit. Cela n'y changerait rien. D'ailleurs, ce qu'on verrait dans l'air serait seulement pour soi et n'existerait pas. De même que dans les rues tout est seulement pour soi et n'existe pas, la ville est seulement pour soi, les gens dans la ville sont seulement pour eux-mêmes. Seul ce froid découvert est pour tout le monde, pas la ville.

Sur la vitre, des baies vertes pendent aux doigts transparents.

Le cortège du mariage est minuscule. Il avance derrière le tracteur, derrière les musiciens. Dans la première rue, derrière le remblai du stade, il y a la Maison de la Jeunesse, c'est la mairie. Six policiers marchent à côté du cortège. Ils se sont invités eux-mêmes, ils ont dit que les mariages étaient interdits puisque les réunions l'étaient aussi.

La porte du stade est ouverte, les Danois sont revenus chez eux, mais la chanson, la chanson interdite, a gagné du terrain, elle n'a cessé de retentir dans la ville.

La nuit, des chiens ont aboyé partout dans les rues et plus près que d'habitude dans l'hiver sans neige, quand la nuit s'étend face à elle-même. Alors que la nuit était achevée depuis longtemps et que seul le froid demeurait encore dans la ville, il y avait encore des gens en route. Il était trop tard pour rentrer chez soi, même pour rentrer très tard. Ils traversaient les rues avec des lampes de poche. Et quand ils s'arrêtaient, les lampes de poche s'éteignaient et des flammes d'allumettes se posaient sur leurs doigts. Puis des bougies brûlaient.

En rentrant chez elle, Adina marche derrière elle-même. Au coin, près du gros rouleau de fil de fer rouillé, une coulée de rouille traverse le chemin en rampant. Avec le gel et le dégel, quand il ne tombe pas de neige, le fil de fer s'écoule lentement. Le chien OLGA aboie devant la baraque en bois, des baies vertes luisent dans ses yeux. OLGA, dit Adina à voix haute. Dans la tête du chien il y a un tiroir qui ne veut pas s'ouvrir. Le jour est enfermé dans ce crâne. Il est renversé dans cet aboiement nocturne. Le chemin se connaît lui-même, n'a pas de distance. Les pas tanguent et se ressemblent tous.

Ensuite les chaussures se hâtent, la tête est vide, même s'il y a le renard dans la tête. Le renard est toujours dans la tête.

Chaque fois qu'Adina entre dans son appartement en venant de la rue, le froid tourne autour du bout de ses doigts et brûle parce qu'elle regarde dans la salle de bains. Après, sa chaussure écarte de la fourrure la queue et deux pattes. Tous les jours.

Un mégot de cigarette flotte dans la lunette des toilettes. Il n'est pas encore gonflé d'eau. Adina pose le pied sur la patte avant. La patte avant droite s'écarte avec la pointe de la chaussure. Elle laisse le cou en place.

Pendant que les battements de son cœur cognent dans sa bouche, ses doigts posent les traces des coutures juste contre le ventre.

Pavel pourrait être témoin au mariage, mais, depuis les Danois, les gens n'ont pas posé leurs drapeaux, ils ne rentrent pas chez eux la nuit. Pavel est de permanence jour et nuit, a-t-il dit. Où habitent les Danois avec leur maudit ballon et leur peau fine sans soleil. Ils habitent tout en haut, là où le globe terrestre se resserre. C'est à ça qu'ils ressemblent, a dit Pavel.

Les clarinettes déchirent la chanson du mariage, les violons ne retiennent le fil ténu qu'entre les immeubles, dans l'écho des passages étroits. L'accordéon s'ouvre et se ferme au rythme de la marche. Clara retire son talon étroit d'une crevasse dans l'asphalte. L'œillet est brisé, sa tige reste dans la boutonnière.

Devant le tracteur, la pelleteuse jaune est suspendue en l'air. Sur le devant, les dents argileuses. Le voile voltige, les œillets blancs de la mariée tremblent dans les ornières. Ses manches blanches sont pleines d'argile. Le nain porte un costume noir, une chemise blanche et un nœud papillon noir. Les talons de ses chaussures neuves sont hauts comme deux briques cassées. Grigore porte un grand chapeau, la concierge un foulard à franges de soie rouge. Le concierge tient dans sa main un gâteau en couronne. Ses yeux sont humides, il chante :

> *C'en est fini de notre jeunesse*
> *Pour toujours maintenant le joli mai.*

C'est Mara la mariée. Elle a attendu ce jour pendant deux ans, et voilà que les réunions sont interdites.

Nous nous marions, nous ne faisons pas de politique, a dit le marié.

La morsure à la jambe de Mara est guérie depuis longtemps. Elle l'a montrée au bureau pendant des semaines, tous les matins. D'abord elle était rouge, puis elle s'est agrandie et a bleui. C'est quand elle était verte qu'elle était la plus grande. Les dents poussaient et entraient dans la peau. Ensuite elle est devenue jaune, s'est effilochée, a rétréci et a disparu.

Mara a eu des ennuis avec son fiancé. Il voulait rompre les fiançailles. Elle devait lui montrer la tache tous les soirs, et il s'y est habitué. Mais il ne voulait pas croire que c'était la morsure du directeur. Il disait, si seulement je pouvais être sûr que ce ne sont pas les dents de GRIGORE.

Les oies de neige vivent de la neige qui ne vient pas. Pas ici. Elles tournent leurs cous et ouvrent leurs becs. Elles crient. Elles tanguent sur le sol plat. Le gel de la nuit a fondu, elles ouvrent les ailes, ont du mal à prendre leur élan. Quand elles tendent leurs palmes, elles décollent. L'air volette juste au-dessus de l'herbe, puis passe au-dessus des arbres comme si un murmure de feuilles soufflait sur la forêt dégarnie. En haut, en volant dans le ciel, les oies de neige s'orientent, font tomber de leurs ailes la plaine, le champ et le maïs qui sont tout petits. Il n'y a pas de neige, mais là où elles sont passées, la terre reste encerclée par leurs tracés telle une boule blanche. Et en bas, par terre, la colline vert-noir pousse juste à côté. Des plumes volent loin derrière.

Les corneilles restent dans la forêt parce qu'elle est noire. Les branches font les mortes.

Les soldats jouent au jeu des guêpes. Ils sont en cercle. Au milieu du cercle se tient le moustique, la main appuyée sur la tempe avec le pouce, les doigts serrés et bien droits. Le visage détourné, les doigts ne doivent laisser aucun espace. Ils cachent la vue. Toutes les guêpes bourdonnent autour du moustique, l'une d'elles pique. Le moustique doit deviner quelle guêpe l'a piqué. Si le moustique met trop de temps à deviner, il se fait piquer de partout. Le moustique se creuse la tête, le moustique a peur. Sa main s'enfonce dans sa tempe, le coup sur la main fait mal. À chaque piqûre, le moustique tombe par terre. Tant de fois qu'à la fin il ne peut plus se tenir debout. Longtemps, de plus en plus longtemps. Les lèvres des guêpes vibrent et bourdonnent. Le moustique doit regarder toutes les guêpes, doit deviner en restant debout.

Quand le moustique ne peut plus se tenir debout, il a le droit de devenir une guêpe.

Mais chaque fois, après la dernière piqûre, le moustique reste immobile dans la boue. L'officier à la dent en or le touche de la pointe de sa botte. Quand il se lève, il a des taches bleues autour des yeux, et mal partout, une fois qu'il est une guêpe.

Ilie a de la chance, aujourd'hui ce n'est pas à lui d'être le moustique.

En été, tous les dimanches après-midi, je donne dix lei à mon fils, dit l'officier. Ses yeux fixent le ciel, il suit des yeux les oies de neige, il y a de la neige dans les montagnes, dit-il, elles changent de direction.

Il avale sa salive. Mon fils met ses sandales blanches sans lâcher son billet, dit-il. Ensuite, nous allons en ville avec la voiture. Je vais à la terrasse de la brasserie, je prends une bière et mon fils court avec mes papiers au buffet du Parti qui est au coin de la rue, il adore les gâteaux. Il fait claquer un baiser sur sa dent en or, les gâteaux sont dans la vitrine et la vitrine est si haute que, l'été dernier, ils arrivaient à peine à la hauteur des yeux de mon fils. Il a beaucoup grandi, l'été prochain, dit l'officier, il les verra déjà mieux. Ce qu'il préfère, ce sont les tartes avec un glaçage vert clair, dit-il. Ce sont les abeilles qui sucrent le gâteau, dit chaque fois le cuisinier à mon fils, parce que mon fils a peur, il se cache les yeux.

Il souffle, sa respiration est toute grise en l'air, elles sont presque toutes sur le glaçage à la framboise, dit-il. Chaque été, la main du cuisinier est enflée à cause des piqûres de guêpes. D'un bleu à vous faire froid dans le dos. Quand il sert, le cuisinier doit se mettre un tissu blanc sur les mains. C'est ça, dit l'officier, les abeilles volent à la terrasse de la brasserie autour de la bière, elles ne piquent pas. Sa dent en or brille. Au buffet du Parti, dit-il, seules les guêpes vont sur les gâteaux.

Ilie lève les yeux jusqu'à la colline d'un vert noir et sent, le temps d'un regard, que ce visage est très pâle et que la dent en or est un bec jaune. Le bec d'une oie des neiges.

Quand le char est dans la forêt depuis des semaines, quand la tranchée est prête depuis des jours, quand l'officier à la dent en or est désolé à cause de la demi-saison et dégoûté par les sacs de sable dans la cour, la colonne en marche s'en va jouer au jeu des guêpes en traversant le maïs brisé vers le chemin, au-delà de la colline.

Les oies des neiges tanguent sur le sol. Elles apportent avec elles du froid, on ne sait d'où il vient, elles crient et rentrent les ailes. Elles s'envolent toujours très loin. Là-bas, elles mangent de la neige, reviennent toujours, ne mangent pas d'herbe ni de maïs. Quand elles ne volent pas, elles restent sur place, lèvent les yeux vers le ciel et évitent la forêt.

Le jeu des guêpes est un bon défoulement, un beau combat, dit l'officier. Il ne joue pas avec les autres, il surveille le jeu. Les règles du jeu brillent sur sa dent en or. Tourne-toi, dit-il au moustique. Allez-y, bourdonnez, dit-il aux guêpes. Il les fait bourdonner aussi longtemps qu'il veut. Piquez, piquez, piquez, crie-t-il, vas-y, fonce-lui dessus, mais pas comme un pou.

La ville qui se vide

La femme à grosses boucles auburn lave les vitres. Elle a près d'elle un seau d'eau fumante. Elle en tire un chiffon gris dégoulinant, prend un chiffon gris humide sur le bord de la fenêtre, puis un chiffon blanc sec sur son épaule. Ensuite, elle se penche et tient du papier journal froissé dans sa main. La vitre brille, ses cheveux sont séparés en deux battants, sont ouverts dans la vitre. Elle referme les battants de la fenêtre et ses cheveux.

Les pétunias sont noirs à cause du gel, les tiges et les feuilles font une pelote noire. Quand le temps se réchauffera, les pétunias gelés seront collés les uns aux autres.

Pour acheter de nouveaux pétunias blancs au marché, la femme attend que le soleil reste pendant deux semaines avec ses dents tièdes au-dessus du stade. Ils sont emballés dans un journal quand ils sont posés sur le rebord de la fenêtre à côté de la main de la femme. La femme arrache les plantes noires de la terre. Elle extirpe les racines profondes avec un grand couteau, elle allège la terre avec un grand clou. Quand elle sort un à un du journal les nouveaux pétunias, leurs racines sont courtes et chevelues. Elle creuse les trous dans la terre avec le clou et met les cheveux dans les trous.

Elle rebouche les trous avec ses doigts. Ensuite, elle arrose les nouveaux pétunias blancs, et l'eau dégouline des jardinières pendant deux jours.

La première nuit arrange des tiges et des feuilles sur les pétunias fraîchement plantés, si bien qu'on ne les voit plus à l'endroit où les grosses boucles se mettent le matin. Le jour chauffe, les pétunias fleurissent pour eux-mêmes. Les taches de l'hiver rampent tous les jours plus bas sous les fleurs blanches. Elles rampent sous la ville.

Les peupliers et les acacias laissent leurs écorces dégarnies prendre un reflet vert avant l'arrivée des feuilles. Ensuite le froid est parti, et rien n'est couvert. C'est là que le dictateur monte dans son hélicoptère et survole le pays. Les plaines, les Carpates. Les jambes du vieil homme s'élèvent à la hauteur où souffle le vent qui dessèche l'hiver dans les champs.

Quand un lac glaciaire brille sur sa tempe, a dit la fille de la domestique à Adina, il tend la main. Il replie ses vieilles jambes et dit, le lac doit être asséché parce que le maïs ne pousse pas dans l'eau.

Il possède une maison dans chaque ville. La ville se resserre sur sa tempe avant l'atterrissage. Il passe la nuit là où il atterrit. À l'endroit où il atterrit, un bus passe lentement dans les rues, ses fenêtres sont fermées par des planches clouées. Dans le bus, il y a des cages en fil de fer. Le bus s'arrête devant chaque maison parce qu'on ramasse les coqs et les chiens de chaque maison et qu'on les emporte. Seule la lumière a le droit de réveiller le dictateur, dit la fille de la domestique, les cocoricos et les aboiements lui donnent des réactions imprévisibles. Il peut arriver, dit-elle, que les jambes du vieil homme s'arrêtent en pleine ville, en allant vers le balcon de l'Opéra où il doit faire son discours. Qu'il ferme un instant les yeux parce qu'un coq a chanté à l'aube pendant son sommeil ou qu'un chien a aboyé. Qu'il tende la main en ouvrant le noir de son œil et en voyant à nouveau l'Opéra, et qu'il dise : il faut le démolir parce qu'on ne peut pas mettre d'immeubles près d'un Opéra.

Il déteste l'opéra, a dit la fille de la domestique. La femme de l'officier a entendu dire par la femme d'un officier de la capitale qu'il a été une fois à l'Opéra. Il a dit : une scène pleine de monde, une scène pleine d'instruments, et on n'entend presque rien. Il y en a un qui joue, et les autres restent assis autour de lui, voilà ce qu'il a dit. Et il a tendu la main. Le lendemain, on a supprimé l'orchestre.

Le dictateur met des sous-vêtements neufs tous les matins, dit la fille de la domestique. Un nouveau costume, une nouvelle chemise, une nouvelle cravate, de nouvelles chaussettes, de nouvelles chaussures. Tout est fermé hermétiquement dans des sacs transparents, a dit la femme de l'officier qui vient de la capitale, pour que personne ne puisse l'empoisonner. En hiver, il a tous les matins de nouvelles batteries de chauffage, un nouveau manteau, dit la fille de la domestique, une nouvelle écharpe, un nouveau bonnet de fourrure ou un nouveau chapeau. Comme si tout ce qu'il avait porté la veille était devenu trop petit, parce que le pouvoir grandit dans le silence de la nuit.

Son visage qui se rétrécit grandit sur les photos, la boucle grise noircit sur son front.

Ce qu'il a porté la veille traverse le pays comme l'obscurité quand les jambes du vieil homme dorment. Il y a autant de nuits avec une lune blanche que de bonnets de fourrure noire le jour, a dit la fille de la domestique.

Car quand il a eu son bonnet sur ses cheveux pendant la journée, la lune jaune ne brille pas la nuit. Tout au plus une demi-lune blanche à la bouche grande ouverte, avec un coin de lèvres qui ne peut pas se fermer et qui suinte dans le ciel. Une lune qui fait japper les chiens et qui enfonce profondément son regard de braise dans la tête quand la cloche de la cathédrale se ressaisit pour sonner douze coups. Une lune avec sur le visage une joue qui s'appuie sur le chemin du retour en le serrant contre elle. Un brigand de la nuit, une brèche dans l'obscurité derrière le dernier tramway.

La nuit, quand un homme descend du wagon et n'arrive jamais chez lui, le lendemain on retrouve des pierres.

À la fenêtre, le chemin dérobé qui est celui du soir reste pendant un temps comme une lumière tardive. Le plancher est sombre, le renard est plus clair, il étire loin de lui ses pattes coupées. On pourrait ouvrir la fenêtre en grand. Si le vent se levait, le mur flotterait au vent, on pourrait l'enfoncer du doigt comme un rideau, comme de l'eau dormante. Ilie le sait et pense tous les jours à sa plaine d'eau, à son chemin moelleux. Il a mâchonné et avalé son brin d'herbe, il l'a mangé. Il a retiré sa bouche de la photo, a posé sur sa joue une tache morte qu'Adina ne peut toucher du doigt.

Adina retire les mains de la table. La table sur laquelle les mains se sont posées est chaude. Et en bas, par terre, là où le renard est le chasseur, les doigts mettent des pattes coupées contre la fourrure. Et ensuite, quand les mains ont réchauffé la table en haut, elles touchent le front. Les mains sentent que le front est tout aussi chaud, mais qu'à la différence de la table il ne sait plus ce que c'est que d'habiter.

La cloche sonne plusieurs petits coups pendant long-temps. L'appartement sursaute. Adina regarde par le judas de la porte. Clara est dans l'escalier, dans le chas de l'aiguille. Je vois ton œil, dit-elle, ouvre. Adina retire son visage, le judas est libre, puis rempli par l'œil de Clara. Celle-ci frappe du poing à la porte, je sais, dit-elle, que tu es à la maison. Adina s'appuie contre le mur. Dans l'escalier, les boucles du sac à main de Clara résonnent par terre. Puis un bruissement de papier.

Une feuille se glisse dans l'entrée par la fente de la porte.

Adina lit :

ON ARRÊTE DES GENS IL Y A DES LISTES IL FAUT QUE TU TE CACHES, CHEZ MOI PER-SONNE NE VIENDRA TE CHERCHER.

La porte du voisin s'ouvre et se referme. Les chaus-sures à talons de Clara claquent dans l'escalier. Adina enlève le papier de dessous la porte avec la pointe du pied. Elle se penche, le relit, les genoux sous le men-ton. Elle froisse le papier, le jette dans les toilettes. Il flotte, l'eau tourbillonne et ne l'avale pas. Alors la main d'Adina touche l'eau, prend le papier, le lisse, le plie et le met dans la poche de son manteau.

Les portes de l'armoire sont ouvertes. Le sac de voyage est ouvert sur le tapis. Une chemise de nuit vole, tombe à côté du sac sur le renard. Un pull, un pantalon tombent dans le sac. Un mouchoir, un tas de collants et de culottes, une brosse à dents, une pince à ongles, un peigne.

L'hôpital obstrue le bout de la rue, offre ses petites fenêtres éclairées, une chaîne de lunes. Les fenêtres sont sans toit, le ciel est cousu sans transition au-dessus d'elles, sans une étoile. Une voiture s'arrête, deux hommes sont assis dedans. Une chaussure d'enfant se balance près du pare-brise. Le phare courbe sa lumière vers le sol. Adina détourne le visage. Quand le moteur se tait, on devrait entendre les battements de son cœur à travers son manteau. Les rayons lui arrachent des mains son sac de voyage. Les hommes entrent dans l'hôpital.

Devant l'entrée il y a un escalier, le sol s'enfonce à gauche et à droite, des buissons y poussent. Adina fourre son sac de voyage dans les buissons. Ils sont dégarnis. Sa main tremble à deux reprises, ensuite ce n'est plus qu'une feuille oubliée, humide et sèche. Le sac est enfoncé, l'escalier est haut, le vent est sombre et plus lourd que les feuilles.

Adina attend sans mains. Elle ne dit pas son nom au concierge, il me verra quand il viendra, dit-elle. Le concierge téléphone. De la main droite, Adina sent le papier mouillé dans la poche de son manteau.

Le concierge fait les cent pas. Ses yeux voient à travers la paroi vitrée ; un morceau d'escalier, un morceau de nuit et un bruit assourdi se posent dans son regard. Son œil supporte tout parce qu'il connaît les jumelles. Ses chaussures grincent. Aux commissures de ses lèvres, deux plis courent et entrent dans la bouche. La lampe du plafond regarde au lieu d'éclairer. Dans les yeux du concierge il y a les buissons, plus clairs que dehors. Car deux noyaux de braise percent dans les yeux du concierge, il a une ampoule au milieu de chaque œil.

Paul descend l'escalier, son bonnet blanc est un grand pétunia qui lui avale l'oreille gauche. Adina lui met le papier mouillé dans la main. Le papier est froissé, il a plus de plis que son pouce tendu.

Paul lit, le concierge tend machinalement l'oreille vers la nuit, son regard est furtif, dehors le vent claque contre le panneau de fer-blanc. Attends dans la voiture, dit Paul, ses chaussures en tissu blanc sont posées sur le sol de granit, il lui met deux clés dans la main, il dit que les clés, pour qu'elles ne tintent pas, sont attachées entre elles par une ficelle de gaze blanche, compte les fenêtres du bas, dit-il, la voiture est à droite sous la dixième. Enlève tes chaussures blanches, dit Adina, on les voit partout, il regarde par terre, je sais que dehors je ne suis pas médecin, dit-il. Fraîchement amidonnée et repassée, sa blouse blanche est en calcaire.

Les mains n'ont plus peur du buisson. Même si les feuilles à l'intérieur sont mouillées et racornies. Adina porte son sac de voyage devant son ventre avec ses deux mains pour que, devant son manteau, il ne soit rien d'autre que le manteau. Mais sur le chemin qu'on ne voit pas à cause de l'obscurité se dressent le bonnet en pétunia blanc de Paul, ses chaussures blanches en tissu, sa blouse blanche. Elle compte les fenêtres du bas, là où s'étendent les buissons, elle voit d'une fenêtre à l'autre chacune des branches dans le vent : Paul est un confiseur qui apprend son métier sur la chair des gens. Son œil agrandit les entrailles sous la peau jusqu'à ce qu'elles soient froides.

La porte de la voiture claque. Le sac est posé sur le siège arrière. Adina se demande où la petite lime à ongles s'est glissée dans le grand sac entre les vêtements épais. À côté du sac l'écharpe d'Anna. Une voiture se gare devant l'entrée. Deux policiers sortent par les portes de devant, deux chiens par les portes arrière. Ils reniflent l'asphalte, ils sentent les pas. Maintenant Adina voudrait être dans la voiture aussi petite que la lime à ongles dans le sac.

Paul sort par la porte claire, il descend l'escalier, ses chaussures sont foncées. Il passe à côté des buissons comme un veilleur de nuit, il compte les fenêtres. Il a un pantalon qui est comme un trottoir.

Il frappe à la vitre, la porte s'ouvre, il a ses jambes pour tout bagage. Que cherchent les policiers, que cherchent les chiens, demande Adina, il tourne la clé et la voiture ronfle. Ils apportent toutes les nuits les blessés de la frontière, dit-il, la plupart d'entre eux sont morts ; on va chez Abi, dit-il, et ensuite chez Liviu à la campagne.

La rue court, la ville est un dé à coudre abrupt et noir, les immeubles aussi étroits que les tempes. Près de la morgue il y a un atelier, dit Paul, c'est là qu'on scelle les cercueils et qu'on les envoie chez eux accompagnés par des policiers. Comme ça, plus personne ne regarde ce qu'il y a dedans, dit Paul.

La fenêtre d'en haut est éclairée. Paul ne sonne pas, il frappe une seule fois à la porte, Abi ouvre, rit et lève les sourcils, il sent l'eau-de-vie. Adina lui pose le papier dans la main, Paul le prend par le bras, viens, dit-il, on part à la campagne. Les yeux d'Abi sont figés, trop grands et trop petits pour son visage, il hoche la tête. Ensuite il dégage son bras, je ne veux pas savoir où, dit-il, je ne viens pas avec vous, bonne chance, ça veut dire quoi, bonne chance, les villages sont petits.

Des gens marchent au bout des rues noires, ils portent des lampes de poche, la nuit leur prend leurs vêtements. Paul roule lentement, Paul roule silencieusement.

L'espace d'un instant, Adina songe que la ville ne s'arrêtera jamais parce que la chanson interdite s'est propagée. Que les routes vont de plus en plus loin dans la campagne et sont partout la ville. Que quelque part dans le champ sombre, quand le chemin tourne, les cloches sonnent parce que la forêt est un parc derrière le maïs gelé, le clocher de la cathédrale se dresse là derrière et que le champ vide n'est pas du tout vide puisque la rivière serpente en son milieu.

Que, dans les airs, le dictateur a vu d'en haut la ville qui se vide, qu'il a posté tous les soldats autour de la ville qui se vide. Qu'ils creusent avec leurs pelles un fossé entre la ville qui se vide et la campagne. Qu'il n'y a aucun pont. Ilie lui aussi creuse sans cesse et lui fait un signe, lève et baisse les doigts comme des vagues, enfonce le bout de sa pelle avec ses chaussures à la périphérie de la ville et pense au Danube.

Que Paul monte avec ses chaussures blanches, qu'il ne cesse de rouler sans dire un mot quand la ville s'est terminée et que la dernière lumière s'est éteinte dans la banlieue. Que lui, tandis qu'il erre autour du bord d'un champ, regarde en l'air dans le ciel et cherche une lune blanche. Et pense soudain qu'il est médecin et qu'il a près de lui un être humain avec des entrailles chaudes dans le ventre.

Le pot de chambre

La main de Paul caresse le visage d'Adina.

Elle sursaute; on est arrivés, dit Paul, elle a une rigole de sable dans la tête, elle écarte de sa joue la lourde main de Paul, est-ce que j'ai dormi, demande-t-elle, son visage est défait, ses joues sont affaissées quand elle ouvre les yeux.

Le banc qui se trouve devant la maison de Liviu a une extrémité plus basse que l'autre. Dans la flaque, les pieds s'enfoncent dans la boue. Sombres, les fenêtres restent derrière la barrière. Le verrou du portail est fermé.

Dans le Sud, là où le Danube coupe le pays, les maisons sont des villages au bord de la route. L'étendue n'existe plus, les clôtures s'accrochent les unes aux autres, il y a un jardin derrière chaque maison et une bordure au fond de chaque jardin. Les chiens n'ont pas de place pour vagabonder ni pour aboyer. Ce n'est pas à cause des voleurs, a dit Liviu cet été, ici on ne vole rien, les gens ont des quantités de chiens pour ne pas entendre les coups de feu, et des oies au lieu de poules, parce qu'elles cacardent toute la nuit. Les gens s'y sont habitués, ils n'entendent plus les aboiements et les criaillements, ils entendent les coups de feu.

Adina tend l'oreille, les oies ont des criaillements

brefs et graves dans la cour, comme dans la ferme du voisin et celle d'en face. Elles sont enfermées entre des planches. On entend leurs pattes qui marchent, leurs ailes appuient sur le bois. Elles se cognent, n'arrivent pas à dormir profondément. Chaque nuit, un village au bord d'une route est une chaussette semblable à leurs cous.

Cet été, c'est Liviu qui a été le marié. Il a épousé une institutrice du village parce qu'il était étranger et livré à lui-même. Sa femme est si jeune que son âge ne la touche presque pas. Il a son silence et sa façon d'écouter dans son coin, car elle a l'habitude que les femmes parlent et que les hommes, à côté d'elles, restent assis dans leur coin. Elle a grandi avec les coups de feu, les chiens et les oies.

Cet été, quand Adina était avec Paul au mariage de Liviu, cette jeune femme avec son voile blanc et sa robe longue avait l'air d'une agnelle. D'une agnelle qui n'a encore jamais mangé d'herbe, avait dit Paul. Tout le monde l'enlaçait, l'embrassait, et Liviu se contentait de donner des poignées de main en détournant le visage. Elle mangeait beaucoup et Liviu mastiquait d'un air absent. Liviu dansait comme s'il avait eu des pierres dans les poches, et elle, comme si tout le blanc qu'elle portait avait été une plume en train de voler. Elle ne parlait pas beaucoup, et quand elle disait quelque chose, elle souriait. Le policier du village était saoul, il racontait des blagues à table et riait tout seul parce que son ivresse tournait autour d'une seule et même phrase que personne ne comprenait. Le pope avait flanqué son bonnet noir sur le goulot d'une bouteille, les nouilles de la soupe pendaient à sa barbe grise. Après le repas, il releva sa soutane jusqu'aux genoux pour danser avec le policier. Liviu regardait Adina et Paul ; à quand la noce, demanda-t-il. Paul dit : bientôt. Adina sentit le mensonge lui courir sur le visage. Elle demanda à l'agnelle, est-ce qu'il est de la famille, en montrant le policier. Liviu se tut, l'agnelle sourit et dit : c'est comme ça à la campagne, le policier est de la fête.

Paul tient des graviers dans sa main. Il les lance contre les fenêtres, ils crissent sur le verre, puis ils bruissent parce que le sol est couvert de feuilles mortes. Ceux-là, ils ont le sommeil profond, dit Paul. Les chiens aboient plus fort, les oies sont muettes. Paul monte sur la barrière et frappe aux carreaux. La lumière s'allume à la dernière fenêtre.

La tête de Liviu est chiffonnée par le sommeil. Le battant de la porte grince : c'est moi, dit Paul. Il lève le menton, son visage reste dans l'obscurité, il faut qu'on se cache, dit-il. Liviu reconnaît sa voix.

Ils poussent la voiture dans la grange. Liviu la recouvre de paille et pose des sacs devant les roues. Les ailes blanches des oies brillent entre les interstices des planches, elles cacardent, leurs becs tapent sur le bois.

L'agnelle est en chemise de nuit dans l'escalier, pieds nus dans des chaussures trop grandes, et fait avec sa lampe de poche un cercle lumineux dans la grange. Mais le cercle n'arrive pas, il s'arrête à une flaque parce qu'il se voit lui-même dans l'eau.

Dans la cuisine, l'agnelle sourit à la lumière, hier nous parlions de vous, dit Liviu, on parle de vous et vous voilà à notre porte, dit l'agnelle. Adina pose son sac près du poêle, Paul fouille dans sa veste et pose une brosse à dents sur la table, voilà mes bagages, dit-il.

L'agnelle conduit Adina jusqu'à la pièce sombre, tire les rideaux, les gros bouquets de roses. Les fleurs se retrouvent sur la nappe de la table. Voici la lampe de poche, dit-elle, n'allumez pas la lumière, ça se voit du dehors. Elle pousse les vêtements dans le placard, ici tout le monde sait dans quelle chambre nous dormons, il y a encore de la place pour vos vêtements, dit-elle.

C'est la même chambre, le même lit. Au petit matin, après le mariage, Adina, couchée à côté de Paul, lui avait demandé : pourquoi est-ce que tu mens ; des moustiques volaient dans la lumière, pourquoi Liviu croit-il encore que nous sommes ensemble. Paul avait dit en bâillant, est-ce que c'est vraiment si important que ça. Le matin du mariage, il avait plu. Puis une chaleur brûlante était venue, la nuit ne rafraîchissait rien, on ne pouvait pas fermer la fenêtre. Paul s'endormit avant de pouvoir fermer la bouche. Il recouvrit ses jambes en dormant, il ronflait jusqu'aux orteils. Adina éteignit la lumière, les grillons chantaient des notes vacillantes dans tout le village. La musique folklorique leur tournait encore dans la tête. Les moustiques sentaient l'eau-de-vie et s'approchaient seulement de leurs visages, Paul avait beaucoup bu avec Liviu et parlé avec un comptable édenté de la baisse du pourcentage de protéines dans le lait des vaches de l'État.

Dans cette nuit à moustiques, Adina avait rêvé qu'elle dansait avec le comptable édenté. Sur le sol de la cour il y avait une cuillère, et le comptable marchait dessus à chaque pas. Elle l'entraîna plus loin, tout près de la clôture du jardin. Mais alors qu'il continuait de danser avec elle près de la clôture, il y avait encore une cuillère par terre, et il marchait dessus à chaque pas. Et une femme fanée, encore plus vieille que lui, tournait le dos à la table et le regardait. Elle disait : danse correctement, la dame vient de la ville.

La lampe de poche fouille dans le sac sombre, le peigne est tout en haut, la lime à ongles au fond, la brosse à dents entre les collants. La chemise de nuit est froide sur la peau. Les aisselles sentent la sueur, les pieds aussi. Paul tient sa brosse à dents par le manche dans la bouche. Liviu pose un pot de chambre blanc près du lit; n'allez pas dans la cour, dit-il, même pas dans la journée.

Paul fait tomber la brosse à dents qu'il a dans la bouche sur la table, fait le tour de la table, éclaire un bouquet de roses avec la lampe de poche. Dehors, les chiens aboient, il sent les roses des rideaux; est-ce que je peux poser mes chaussures à côté des tiennes, demande-t-il en éclairant les chaussures d'Adina et en posant les siennes à côté. Il se couche tout habillé sur le lit et rit.

Je ne peux pas me retenir, dit Adina, elle prend le pot de chambre, sur le lit il n'y a pas de visage, rien que les vêtements de Paul, j'irais bien dans la grange, dit-elle. Oui, mais la peur m'a déjà fait pisser trois fois en chemin, dit Paul, elle éclaire le pot de chambre, il est tout neuf, le pire avec ce truc, c'est le bruit qu'on fait, dit-elle. Mais tu oublies que je suis musicien, dit Paul, elle met le pot de chambre entre ses jambes, je vais siffler, dit-il, mon grand-père était fâché contre son beau-frère, il arrêtait toujours ses chevaux devant sa maison et sifflait pendant qu'ils pissaient, puis il continuait sa route. Le murmure se fait entendre, et Adina sent une vapeur chaude sur ses cuisses. Un journal est posé sur la chaise. Adina en recouvre le pot de chambre et tend l'oreille. Le vent est suspendu derrière les rideaux, il secoue les branches dégarnies. Je m'imaginais autrement ce murmure, dit Paul.

Nous avions des toilettes pour l'été, des toilettes pour l'hiver et quatre pots de chambre, dit Adina. Les toilettes pour l'été se trouvaient derrière les vignes dans un jardin desséché, les toilettes pour l'hiver étaient au fond du couloir. Les toilettes pour l'été étaient en planches, les toilettes pour l'hiver en pierre. J'avais un pot de chambre rouge, ma mère un vert, mon père un bleu. Le quatrième était en verre, c'était le plus beau, mais on ne l'utilisait jamais. Celui-là, il est pour les invités, disait ma mère. Nous n'avions jamais d'invités, rien que de petites visites. La couturière venait deux ou trois fois par an apporter une robe à ma mère, elle mangeait deux biscuits en restant debout et s'en allait. Et en automne, quand mon père avait de l'eau-de-vie du village grâce aux moutons, le coiffeur venait quelquefois. Il buvait trois verres d'affilée en restant debout et s'en allait. Mon père disait quelquefois, tu pourrais me couper les cheveux en vitesse. Le coiffeur disait, ça, je ne peux le faire que dans ma boutique, j'ai besoin d'un miroir aussi, quand je coupe les cheveux, je dois me voir comme je te vois.

Les gens qui venaient chez nous habitaient dans cette banlieue crasseuse. Personne n'était invité ici, personne ne restait pour la nuit, dit Adina. Paul ne souffle mot. Il s'est endormi dans ses vêtements, sans visage.

Les ongles poussent

J'y ai pensé, et après j'ai encore oublié, dit une voix de femme à la fenêtre. Sur les rideaux, les bouquets de roses sont plus grands le jour. Des oies criaillent dehors, leurs voix sont autres que pendant la nuit, plus claires. Adina voit la rangée blanche des oies serrées les unes contre les autres dans une file aussi longue que le village au bord de la rue, débordant même un peu sur le champ où le maïs gelé ne les laisse plus partir et les mange à la queue leu leu jusqu'à l'intérieur du village, pendant que leurs plumes sont encore chaudes. Les gens restent assis à leurs fenêtres dans une rangée aussi longue que le village, regardent le maïs qui mange les oies et n'ont pas peur parce qu'ils sont habitués aux coups de feu de la frontière, pense Adina. Et la seule chose qui les étonne, pense-t-elle, c'est de voir les tiges de maïs gelées marcher vers le village, serrées les unes contre les autres, et former au milieu de la rue une file aussi longue que le village.

Le visage de Paul, tout gris, repose sur l'oreiller, il est plus vieux qu'à la ville. Ses vêtements sont froissés, ils sont la journée d'hier. Une rangée de conserves trône en haut de l'armoire, elles sont fermées avec de la cellophane et du fil vert. Dans les bocaux, des abricots entiers, comme des pierres. Elle a la tête froide à l'intérieur, elle se tapote le front du bout des doigts. Sa brosse à dents est posée près de celle de Paul, à côté de la pince à ongles. Elle prend sa brosse à dents dans sa bouche par le manche.

Devant l'armoire, Adina sent le renard à ses orteils, il n'y a que des franges blanches au bord du tapis, elle ferme les yeux et se glisse pieds nus dans ses chaussures. Elle sent l'odeur de sa serviette de toilette. Le pot de chambre à la main, elle va à la cuisine.

Il y a de la braise dans le poêle. Sur la table de la cuisine, du lard, une miche de pain et un petit mot : NOUS RENTRONS À 12 HEURES.

Comme les oies dans la tête d'Adina, les jours restent ainsi pressés les uns contre les autres sans village, cachés comme une épine dorsale et infiniment longs. Des jours qui vont de la nuque jusqu'au bout des doigts, faits d'un lit, de rideaux, d'un pot de chambre et d'une cuisine. Les jours sont courts et longs, à tel point que l'écoute attentive de chaque bruit confond la peur et l'absence. Et que les oreilles sont plus éveillées que les yeux qui connaissent tout ici dans la maison.

La radio et la télévision seulement quand nous sommes à la maison, a dit Liviu, les voisins pourraient entendre.

Quand une voix appelle au portail et que l'homme qui tire sur le loquet est en uniforme dans la fente des rideaux, Adina et Paul cherchent la porte de derrière. Ils restent serrés l'un contre l'autre dans le garde-manger jusqu'à ce qu'on n'entende plus rien. Ensuite, un journal traîne sur l'escalier de la cour, c'était le facteur. Quand Liviu et l'agnelle rentrent de l'école, le journal est posé sur la table de la cuisine. Et sur la première page, il y a la boucle de cheveux et le noir de l'œil. Et on peut lire en dessous que le fils le plus aimé du peuple s'est envolé vers l'Iran et, quelques jours après, qu'il a quitté l'Iran pour revenir dans son pays.

Et Adina pense que les oreilles sur la tête, à force d'écouter, devraient lisser leurs pavillons et leurs volutes, elles devraient être lisses comme la paume des mains, des doigts devraient y pousser, qui trembleraient aussi vite que la peur. Seul le murmure dans le pot de chambre est différent chaque fois qu'on l'écoute, chez Paul il est toujours plus long que chez elle, et Paul joue avec le jet et peut rire de la mousse jaune avec une voix fausse. Mais quand il doit faire caca, il pousse des jurons, se plaint d'être constipé et dit qu'il se sent comme un pou qui se cache au bord d'un lit.

Le journal sur le pot de chambre est toujours celui de la veille, et Paul le pose toujours avec la boucle de cheveux vers le bas. Tout de suite après, il met dans le poêle du petit bois et des épis de maïs secs et regarde beaucoup trop longtemps la braise du coin de l'œil, par-dessous son bras. Car les seins d'Adina sont nus au-dessus de la bassine, et le savon mousse, et Adina sait qu'il lui touche les seins avec son visage brûlant et ses mains froides. Elle attend cela et ne peut le supporter. Ensuite, il reste au-dessus de son infusion de tilleul avec son visage vieilli, elle avec son visage vide, séparés par les manches de leurs cuillères, chacun dans sa tasse. Et les deux cuillères remuent jusqu'à ce que le sucre fonde. Je n'ai pas encore entendu de coups de feu, dit Paul, j'ai entendu les chiens qui aboyaient, les oies qui criaient, le facteur qui appelait à la porte. J'essaie d'entendre ce qui fait du bruit, mais Liviu m'a appris que les coups de feu sont silencieux, comme une branche qui se casse, mais autrement.

À un moment donné, la clé a tourné dans la porte et Liviu a posé un long sac dans la cuisine, un arbre de Noël qu'on n'avait pas le droit de voir dans le village au bord de la route, un maigre sapin argenté que le père d'un élève, un chauffeur de camion, avait volé dans un sentier forestier des Carpates. C'était hier, dit Paul, et Adina dit, non, c'était ce matin. Liviu a posé le sac contre le mur et a dû s'en aller tout de suite, à une réunion, comme il l'a dit. Il a verrouillé de l'extérieur, et Paul a enlevé le sapin du sac, les aiguilles regardaient dans la cuisine, dures et grises. Remets le sapin dans le sac, a dit Adina, je ne peux pas le voir.

Hier, il y a eu autre chose, quand la pince à ongles faisait clic-clac. Adina voyait le bord recourbé des ongles, au bout des doigts, tomber sur la table. Depuis qu'on découpe le renard, mes ongles poussent plus vite, dit-elle. Paul eut un rire qui sonnait faux ; elle se mit l'index dans la bouche et cassa son ongle avec ses dents, le broya en petits morceaux et le mangea. Tous les jours, à l'école, je vois que les ongles et les che-veux des enfants abandonnés poussent plus vite que ceux des enfants dont on s'occupe, dit-elle. Quand on vit dans la peur, les cheveux et les ongles poussent plus vite, ça se voit aux nuques rasées des enfants. Paul coupait du lard, découpait des tranches transpa-rentes et les roulait sur ses lèvres avant de les avaler. En tant que médecin, je suis obligé de te contredire, dit-il en montrant la boucle de cheveux sur le journal, si c'était vrai, ces cheveux-là pousseraient en un seul jour du front jusqu'aux doigts de pied. Il se frotta les ongles avec de minces tranches de lard et ils se mirent à briller ; qu'est-ce que tu sais des gens, dit Adina, qu'est-ce que tu vois quand tu les ouvres parce qu'ils sont malades ou morts. Rien. Est-ce que la médecine peut expliquer un dictateur, est-ce qu'il est dans le cerveau, dans l'estomac, dans le foie ou dans le poumon. Paul se boucha les oreilles avec ses ongles brillants, le dictateur sommeille dans le cœur comme dans tes romans, cria-t-il.

Tous les jours, la boucle de cheveux pousse jusqu'aux doigts de pied, pense Adina, le sac de cheveux est bientôt plein, bourré à ras bord et plus lourd que lui. Il trompe tout le monde, même son coiffeur.

Avant-hier, la soupe était dans les assiettes et Paul voulait appeler Adina à table, et il a crié ABI au lieu d'Adina. Ensuite, la soupe est restée dans l'assiette et a formé, pendant que tous deux restaient silencieux, une fine peau qui restait accrochée à la cuillère. Et Paul a dit : tu sais à qui Abi a raconté l'histoire du petit Roumain. À qui, a-t-elle demandé, et Paul dit : à Ilie.

Adina a regardé dans son assiette, les yeux de la soupe restaient ronds et ne se répartissaient pas, même avec la cuillère. Pour la première fois, Adina a entendu un bruit. Ce n'était ni un chien ni une oie, c'était comme une branche qui se casse, mais autrement. C'était à l'intérieur de sa tête.

Et le même jour, le soir même ou le soir d'après, l'agnelle apporta pour le sapin de Noël un sac plein de chocolat. Les morceaux étaient emballés dans du papier d'aluminium rouge, et un fil de soie pendait sur chacun d'eux. Ça vient d'une infirmière, dit l'agnelle, j'ai son fils comme élève. Elle en mangea un, le mit entièrement dans sa bouche et le fit fondre sans bruit sur sa langue, Liviu veut quelquefois revenir à la ville, dit-elle, maintenant c'est bien que nous soyons là, que nous soyons, comme dit Liviu, au bout du monde. Ici, chacun sait ce que son voisin a mangé l'avant-veille, dit l'agnelle, ce qu'il achète, ce qu'il vend et combien il a d'argent. Et combien d'eau-de-vie chacun a dans sa cave, dit Liviu. Elle mangea encore un morceau de chocolat, ensuite elle découpa une oie, sépara les cuisses du ventre, les ailes de la cage thoracique. Je ne me fais pas remarquer, dit Liviu, même pas à l'école. J'écoute et je pense ce que je veux. L'agnelle souleva la cage thoracique de l'oie jusqu'au long cou et enleva l'estomac. Il était plein de petites pierres ; je sais que je suis un opportuniste, dit Liviu, sinon vous ne seriez pas ici à l'heure qu'il est. Combien de temps pouvez-vous vous cacher, dit l'agnelle en posant une feuille de laurier sur la table.

Où pourriez-vous encore vivre dans ce pays, demanda Liviu. Adina épluchait des pommes de terre et Paul regardait la peau qui se roulait en spirale entre le pouce et le couteau.

Faut-il qu'on aille jusqu'au Danube au bout du champ, demanda Adina, faut-il qu'on s'enfuie, tu veux entendre les coups de feu et calculer dans ta tête que c'est nous. Ça nous prendrait moins d'une demi-heure et on resterait couchés là-bas dans le blé jusqu'à l'arrivée des moissonneuses-batteuses en été. Paul tira Adina en arrière par l'épaule, et elle lui lança en pleine figure : le comptable expliquera l'augmentation du pourcentage de protéines dans la farine. Paul lui ferma la bouche avec la main. Elle repoussa cette main et regarda les pommes de terre qui se noyaient dans l'eau. Quelquefois, en mangeant, dit-elle, vous aurez un cheveu coincé entre les dents, un que le boulanger n'aura pas fait tomber dans la pâte.

Sommeil transparent

Le soir où on a tué l'oie, tout le monde est allé se coucher sans rien dire et a dormi très profondément. Car tout le monde a emporté dans son sommeil le cheveu trouvé dans le pain. Cette nuit, le sommeil s'est terré tout au fond d'eux parce qu'il avait honte de cette soirée.

Ce soir-là, Adina a posé sa chemise de nuit sur la table et a dit : je ne me déshabille pas, j'ai froid. Elle a retiré le manteau de l'armoire et l'a posé sur la couverture. Paul était abattu et avait la tête ailleurs. Adina ne pensait pas à dormir, elle était si éveillée que ses yeux remplissaient toute la pièce. Elle ne bougeait pas, elle attendait. Paul respirait calmement en dormant.

Ensuite, elle s'est glissée dans ses chaussures et a mis son manteau. Elle voulait s'en aller, le long de la route, pas jusqu'à la frontière, mais dans les champs, dans le maïs. Peut-être qu'on peut se coucher dedans, pensa-t-elle, et y mourir de froid. Ilie avait dit que le gel entrait par les doigts de pied et qu'il ne faisait mal que lorsqu'il arrivait au ventre. Que ça allait vite ensuite. Et que quand il était arrivé au cou, la peau commençait à brûler. On mourait au chaud.

Dehors, les chiens aboyaient, aucun bruissement dans la pièce, aucun craquement.

La main de Paul l'attrapa et l'entraîna près de la fenêtre. Il tira le rideau en tenant au-dessus de ses cheveux le voilage de dentelle blanche qui était derrière. Tu ne peux pas faire ça, dit-il, regarde, il y a de l'eau dans l'étang, pas de la glace, les traces des oies sont molles dans la boue, il n'a pas gelé. Il ne la regardait pas ; avec ces dentelles blanches sur la tête, tu es comme l'agnelle, dit-il.

Il lui retira son manteau. Adina ne se défendit pas, elle pensait seulement, pendant qu'il lui retirait ses vêtements et ses chaussures, que son sommeil était transparent, un long couloir si vide que rien ne pouvait lui échapper, même pas ce que pensait quelqu'un à côté de lui dans le noir.

Et ensuite, elle n'eut pas la force de refuser quand il lui prit les seins, et les années passées lui revinrent dans le corps, les années avec Paul. Son membre était chaud et obstiné, et sa peau brûlait autrement que cette envie de mourir de froid dans le maïs. Mais elle savait que ce n'était pas elle qui brûlait. C'était la cachette. Maintenant, le renard était aussi chez eux dans cette maison, Liviu et l'agnelle ne pourraient pas faire grand-chose contre le danger du renard.

Adina était assise dans le noir à côté de Paul dont la cigarette rougeoyait, il lui caressait le front. Celle qui avait gémi n'était plus dans la pièce. Tu t'en veux, demandat-il, elle voyait les abricots suspendus en l'air sous le plafond dans leurs bocaux, elle ne voyait pas l'armoire, oui, dit-elle, mais ça fait rien. Elle ne voyait même pas les abricots dans les bocaux, elle savait seulement qu'ils étaient dedans.

Car à chaque geste, à chaque pas, en dormant, derrière tout ce qu'elle faisait, elle savait que Liviu et l'agnelle habitaient dans un village au bord d'une route, qu'un

Noël avec un sapin rabougri les attendait, qu'ils colle-
raient contre les fenêtres les aiguilles de sapin décorées
pour les passants, comme autrefois. Et que personne ne
passerait dehors, tout au plus deux étrangers qui avaient
marché dans le champ toute la matinée – une femme
avec un enfant qui voulait un renard.

Pour toi, la séparation, dit Paul, c'est que je sois toujours là pour toi, mais sans jamais coucher avec toi. La
cigarette brûlait et se consumait vite dans sa bouche.

Tais-toi, dit Adina, j'ai la tête qui va exploser.

Cette nuit-là, elle rêva que Clara, dans une robe avec
des bouquets de roses jaunes, était debout dans le maïs
gelé. Le vent bruissait comme des feuilles sèches et
Clara portait un grand sac. Elle dit : il n'y a personne
ici, ils ne te cherchent pas. Elle ouvrit son sac. Dans le
sac, il y avait des coings. Clara dit : mange, celui-ci,
c'est pour toi que je l'ai lavé. Adina prit un coing et
dit : non, tu ne l'as pas lavé, il a de la fourrure sur la
peau.

Ciel noir et blanc

Tous les matins, quand Adina jette dans l'eau bouillante les fleurs de tilleul sèches, elles gonflent, leurs tiges et les feuilles membraneuses qui poussent dessus deviennent vert pâle. Pour distinguer les jours, elle compte les fois où elle prépare cette infusion. C'est toujours pareil, c'est toujours le matin, les oies et les chiens sont dans la rue. Sur la table, il y a toujours un papier : NOUS REVENONS À 12 HEURES ou À 13 HEURES ou DANS LA SOIRÉE. L'infusion a toujours le goût du sommeil. Le pot de chambre pue à côté de la porte de la cuisine.

Elle regarde rarement par la fente du rideau de la cuisine parce que les clôtures de la cour sont en fil de fer et que les buissons de lilas sont dégarnis. On voit à travers les cours et les jardins.

Paul est le seul à regarder souvent dehors et à dire machinalement quelle est la couleur du ciel et de la boue ou s'il fait froid.

Ce matin, des voix se sont fait entendre dans le village, Paul est assis devant la fente du rideau depuis qu'il est réveillé. Ici, la route est vide, dit-il, mais au milieu du village on hurle et on crie.

Adina regarde par la fente du rideau de la cuisine. Le soleil éblouit, le lilas dégarni projette son ombre sur le sable. La voisine pose trois chaises dans la cour. Son visage menu est ridé. Au soleil, elle a une moustache et n'a pas d'yeux. Elle porte deux oreillers et deux édredons dans la cour, les secoue et les suspend sur les chaises.

L'infusion de Paul a refroidi parce que ses yeux sont fous derrière les bouquets de roses du rideau.

La veste ouverte et sans manteau, Liviu court près de la fente du rideau. Liviu arrive à la maison complètement affolé, dit Paul qui s'assied vite à la table de la cuisine et boit son infusion froide. Adina voit par la fente du rideau que Liviu ne referme pas le portail, il passe en courant près du lilas dégarni. Il tient son écharpe à la main. Adina ferme le rideau, s'assied vite à côté de Paul et se tient la tête dans les mains. La clé tourne dans la porte. Le visage de Liviu est tout rouge de sueur, il jette son écharpe sur la table de la cuisine. Vous n'entendez pas ce qui se passe dans la rue, fait-il à bout de souffle, venez dans le séjour.

D'une main tremblante, il allume la télévision ; Ceausescu n'a pas pu faire son discours, dit-il, il s'est fait huer, un garde du corps l'a entraîné derrière le rideau. Adina pleure, des dés de pierre et des fenêtres s'estompent sur l'écran, le comité central et devant, des manteaux pressés les uns contre les autres, des milliers de manteaux s'estompent comme un champ, on crie au-dessus d'eux. Les joues d'Adina brûlent, son menton se relâche, elle a les mains moites, les petits visages qui crient forment une chaîne d'yeux, ils regardent en l'air. Il s'enfuit, crie Liviu, il prend la fuite, il est mort, crie Paul, s'il s'enfuit, il est mort.

Au-dessus du balcon du comité central, un hélicoptère est suspendu en l'air. Il rapetisse, il est une pointe d'aiguille grise qui flotte et disparaît.

On voit sur l'écran un ciel vide, noir et blanc.

Liviu embrasse l'écran, je vais te croquer, dit-il. Ses baisers mouillés restent suspendus dans le ciel noir et blanc. Adina voit dans le ciel des jambes de vieux, deux genoux pointus et des mollets blancs, et la boucle de cheveux tout en haut, plus haut que jamais. Paul ouvre les rideaux de toutes les fenêtres. Il fait si clair dans la maison que les murs vacillent parce que chaque mur est plus grand que toute la pièce.

L'agnelle est debout à la porte, encore essoufflée par sa course, le rire lui fait venir deux larmes rondes dans les yeux et elle dit : devant l'église on bat le policier qui est en slip. C'est le comptable qui lui a retiré son pantalon et c'est le pope qui a accroché à un arbre sa casquette d'uniforme.

La vieille d'à côté sait tout, déclare l'agnelle, il y a deux jours, elle a dit que cet hiver était trop chaud.

Éclair d'hiver, tonnerre d'hiver
Si en décembre le ciel est en éclats
Le roi en mourra.

C'est ce qu'elle a dit. Je suis vieille, ça a toujours été comme ça, a-t-elle dit. Et ce matin, elle m'a demandé si j'avais entendu quelque chose hier pendant la nuit. Ce n'étaient pas des coups de feu, a-t-elle dit, c'était un orage, pas ici, il était plus loin vers le haut du pays.

Liviu et Paul boivent de l'eau-de-vie, la bouteille glougloute, les verres tintent. Paul, nu-pieds dans le peignoir de Liviu, son verre d'eau-de-vie à la main, fait le tour de la table de la cuisine et chante d'une voix grave et vibrante la chanson interdite :

Réveille-toi Roumain de ton sommeil éternel

Liviu lui met sur l'épaule un torchon froissé, danse avec la bouteille et chante avec des notes aiguës et chevrotantes :

Aujourd'hui de bonne humeur, demain de bonne humeur,
L'affaire commence à prendre de l'ampleur.

Les casseroles s'entrechoquent dans le placard, Paul laisse tomber en pleine musique les Roumains qui se réveillent, danse autour de Liviu et chante avec lui :

Tire encore un coup, coup, coup
Tire encore un coup, coup, coup
Toujours vers l'avant, pas à reculons.

L'agnelle s'appuie sur le poêle, derrière son épaule pendent les oreillers et les édredons de la vieille de la ferme voisine. Ils sont lumineux comme s'ils étaient en train de dormir sur les chaises.

Où va atterrir l'hélicoptère, demande l'agnelle, et Paul répond : dans le ciel, dans la boue près des petits Roumains.

Quand j'étais petite, il y avait un manège près de la place du marché, avec des sièges suspendus à des chaînes, dit l'agnelle. Quand il a neigé pour la première fois, on l'a retiré parce que Mihai n'avait pas le droit de rester assis dans le froid. Mihai avait un pied paralysé. Quand on voulait faire un tour de manège, il fallait acheter les billets au conseil du peuple. Les enfants recevaient trois billets pour un tour et les adultes cinq. L'argent devait servir à construire une route en asphalte qui traverserait tout le village. Mihai demandait les billets, arrachait un coin à chacun d'entre eux et jetait les coins dans un chapeau. En été, il offrait un tour gratuit aux grandes filles parce que, avant d'y aller, elles le laissaient mettre la main dans leur culotte, derrière une grande caisse. Certaines se sont plaintes au maire, mais celui-là disait, ça fait rien, après tout, ça fait pas mal. C'était Mihai qui mettait le moteur en marche et qui l'arrêtait. Tous les tours avaient la même longueur parce qu'il regardait toujours l'horloge de l'église. À midi il faisait la pause, mangeait et versait un bidon de gas-oil dans le moteur. Il réparait le moteur seulement la nuit, pour ne perdre aucun tour pendant la journée. Il s'y connaissait, il avait construit lui-même le moteur à partir de deux vieux tracteurs. Quand il n'y avait que des filles, je faisais un tour aussi, dit l'agnelle. Je n'y allais pas avec les garçons parce qu'ils attrapaient les sièges des filles qui volaient et tournaient les chaînes dans tous les sens jusqu'à ce que les filles vomissent. C'était Mihai qui montrait aux garçons comment attraper les sièges des filles.

Un soir d'hiver, deux voitures noires ont traversé le village. Elles revenaient d'une inspection à la frontière. On disait qu'il y avait à l'intérieur trois hauts fonctionnaires du Parti, un officier des douanes et trois gardes du corps. Ils étaient complètement saouls. L'un d'eux a frappé à la fenêtre du facteur et a demandé qui avait la clé. Le facteur a montré au bout du village où habitait Mihai.

Mihai dormait déjà quand on frappa à sa fenêtre. Il ne voulait pas ouvrir, mais on n'arrêtait pas de frapper. Oui, dit Mihai, j'ai la clé, mais il n'y a pas d'essence dans le moteur. Je n'ai pas d'essence, dit-il, elle est au conseil du peuple. Quand Mihai arriva avec le garde du corps et la clé, il regarda dans le moteur et dit : ça suffira pour un tour. Et ensuite, demanda le garde du corps. Ensuite le moteur s'arrête tout seul, dit Mihai.

Le garde du corps fit un signe de la main, tous descendirent de la voiture et s'assirent sur les sièges, les gardes du corps entre les fonctionnaires, l'officier des douanes derrière eux. Mihai attendait près du moteur que tous attachent les chaînes à leurs sièges. Démarre, dit le garde du corps, quand ça tournera, tu pourras rentrer chez toi.

Le moteur marchait, les sièges volaient, les chaînes se tendaient en l'air à l'horizontale. Mihai rentra chez lui, la lune brillait et il faisait très froid. Mais le moteur vibrait, les sièges ont volé pendant toute la nuit.

Le lendemain matin, le manège était là, dit l'agnelle, et les sièges pendaient en dessous avec les sept hommes dedans. Ils étaient morts de froid.

L'agnelle essuie deux larmes sur ses yeux, sa bouche s'ouvre et se ferme. Le lendemain, une commission est venue au village. Le manège a été interdit, il a été démonté et emporté. On n'a jamais construit de route d'asphalte dans le village. Mihai et le facteur ont été déportés comme ennemis de la lutte des classes. Au cours du procès, Mihai a dit que c'était la nuit et que le gas-oil était noir. Il s'était trompé, le moteur était sans doute plein. Et le facteur a dit qu'il avait entendu le moteur toute la nuit, dehors le bruit ne s'était arrêté qu'au matin. Il avait regardé une fois par la fenêtre et avait vu les camarades voler en l'air. Oui, il les avait entendus glapir, disait-il, mais il ne s'en était pas inquiété, les camarades avaient l'air de s'amuser.

Des framboises gelées

Le ciel noir et blanc est resté vide, la chanson interdite s'est propagée dans les trains, les bus et les carrioles de tout le pays. Dans les poches déchirées des manteaux et les chaussures défoncées. Même dans la voiture entre Adina et Paul. Ils reviennent à la ville.

Le ciel du village au bord de la rue est bleu et vidé par les hurlements de la chanson interdite. Et le policier du village a remis son pantalon et laissé sa casquette suspendue à l'arbre. Il n'a pas rangé ses tiroirs, il a seulement mis la photo de sa femme et de ses deux enfants dans sa veste. À la sortie du village, il a cherché le chemin le plus long en traversant le champ.

La vieille voisine portera ses oreillers et ses édredons à la maison, car le soir se tient derrière le village comme chaque jour, mais plus bruyamment.

À la frontière, à l'autre bout du pays, là où la plaine atteint la Hongrie comme un bout de nez et où la barrière reste sombre, il y a un petit passage. Une voiture attend devant la barrière. Un homme avec un gros pullover tend son passeport par la fenêtre. L'officier de la frontière lit :

KARACZOLNY ALBERT
Mère MAGDA Née FURAK
Père KARACZOLNY ALBERT

Quand il remet son passeport dans la boîte à gants, une tache de vin s'échappe de son col contre sa gorge, grosse comme le bout du doigt. La barrière mobile s'ouvre.

Le rideau est fermé à la fenêtre d'en haut. L'appartement n'est pas verrouillé, la clé est sur la porte à l'intérieur. Abi n'est pas dans l'appartement, pas de lettre non plus. L'armoire est ouverte, une boîte d'allumettes gît sur le tapis. Sur le sol de la cuisine, une chaise renversée. Sur la table de la cuisine, une bouteille d'eau-de-vie à moitié pleine et un verre plein. Sur la cuisinière, il y a une casserole avec une soupe qui commence à moisir.

Ce n'est pas comme ça qu'on part de chez soi, dit Paul, sauf quand on y est forcé.

Au café derrière les rues silencieuses du pouvoir, les vitres sont brisées. Les rideaux rouges ont été arrachés. Des soldats sont assis aux tables. Les peupliers s'élancent, hauts et pointus, et regardent dans l'eau. Là où se tenaient des pêcheurs, pendant l'été rayé, il y a des soldats jour et nuit. Ils n'ont pas besoin d'heure, la cloche sonne dans le clocher de la cathédrale et ne s'entend pas elle-même.

Les ifs d'un vert noir entre l'Opéra et la cathédrale sont cassés, les vitrines des magasins réduites en éclats et vides. Les coups de feu sur les murs aussi denses que des pierres noires en plein vol.

Les marches de la cathédrale sont couvertes de fines

bougies jaunes. Elles vacillent de travers comme le vent. Les grands œillets rouges et les petits cyclamens blancs, piétinés par toutes les chaussures, ne sont pas encore fanés. Les escaliers sont gardés par des chars et des soldats. Le nain est assis au bord du trottoir à côté d'une croix de bois. Il a un crêpe noir sur le bras. Il tend les jambes, ses briques cassées regardent le trottoir. Il vend des bougies jaunes. La photo d'un mort est accrochée à la croix, un visage jeune avec un bouton sur le menton. La bouche n'arrête pas de sourire. Adina ferme les yeux, un ange avec une blessure par balle sourit sur la photo. Le visage de Paul se colle contre la photo. Une femme emmitouflée est assise à côté de ses chaussures. Les bougies sont posées devant elle sur un bout de tissu. Elle mange un œuf à la coque. Elle enfonce les doigts dans le jaune d'œuf et les lèche. Ses doigts, les coins de sa bouche et le jaune d'œuf sont jaunes comme les bougies. Elle s'essuie les doigts sur son manteau et tend deux bougies à Adina et à Paul.

Je ne peux pas prier, dit Adina, Paul allume une bougie.

Des photos sont affichées sur la lourde porte de bois de l'Opéra. Paul lève la main par-dessus le bonnet de fourrure d'un vieil homme. Son doigt touche une photo. C'est le visage de Pavel, sa bouche sourit, il a une tache de vin au-dessus du col de sa chemise. Plus bas, le doigt d'Adina touche un visage, c'est l'homme qui a pissé dans la rivière et qui pouvait marcher tout de suite après au bord de l'eau, en toute tranquillité. On peut lire sous les photos : ILS ONT TIRÉ.

Ils ont tous tiré en l'air, dit le vieux au bonnet de fourrure, sauf que l'air était dans les poumons.

Le rideau de la fenêtre est fermé. Ils ont été ici, dit Paul. La porte de l'appartement est verrouillée. Les portes de l'armoire sont ouvertes, les vêtements sont étalés sur le sol, les livres, les draps de lit, l'oreiller, la couverture. Les disques gisent sur les carreaux de la cuisine. Ils sont cassés, piétinés à coups de chaussures.

Adina ouvre la porte de l'appartement. La baignoire est ouverte, le lavabo est vide, aucune épluchure de tournesol ne flotte dans les toilettes. L'armoire est fermée.

Sous la pointe du pied d'Adina, la queue du renard se détache de la fourrure. Puis la première patte, la deuxième, la troisième.

Puis la quatrième.

Du bout des doigts, Adina remet la queue contre la fourrure. Puis la patte arrière droite, la gauche, la patte avant droite et la gauche. C'est dans cet ordre-là, dit-elle. Paul inspecte le plancher. Pas un cheveu n'y traîne.

Est-ce que je peux rester là, demande Paul.

Adina est debout devant la baignoire, de l'eau chaude coule du tuyau, le miroir se couvre de buée. Elle enlève son chemisier, elle tient la main sous l'eau. Elle ferme le robinet et remet son chemisier. Le téléviseur parle dans la pièce.

J'ai vu mes épaules blanches dans la salle de bains, la baignoire, la vapeur blanche, je ne peux pas me déshabiller, dit-elle, je ne peux pas me laver. Elle fouille dans son sac de voyage. La pince à ongles est tout au fond.

Le sommeil remplit la tête avant que le lit ne soit chaud. Car Adina et Paul emportent dans leur sommeil la même image trouée qui ouvre le crâne et qui est plus grande que la tête.

Je vous ai aimés comme mes enfants, dit la femme du dictateur dans la pièce. Il a hoché la tête, il a vu la pince à ongles près de la main d'Adina sur la table et il a enfoncé son bonnet de fourrure noire sur son front. Il le portait, ce même bonnet, depuis quelques jours. Ensuite, des balles ont traversé l'écran, sont tombées contre le mur d'une caserne, dans le coin nu le plus sale de la cour.

Le mur est resté criblé de balles et vide.

Deux vieux paysans étaient couchés par terre, leurs semelles regardaient dans la pièce. Autour de leurs têtes se dressaient en cercle de lourdes bottes de soldats. Le foulard de soie qu'elle portait sur la tête avait glissé sur son cou. Lui avait gardé son bonnet de fourrure noire. Lequel était-ce, le même, le dernier.

Est-ce que tu pourrais disséquer ces deux cadavres, demanda Adina. Paul ouvrait et fermait la pince à ongles ; ce serait pire que de regarder à l'intérieur de ma mère et de mon père, dit-il. Mon père m'a souvent battu, j'avais peur de lui. Quand je voyais sa main à table qui tenait le pain, ma peur s'en allait. À ce moment-là, il était comme moi, nous étions semblables. Mais quand il me battait, je n'arrivais pas à comprendre qu'il mangeait du pain avec la même main.

Paul respira profondément avec une lassitude de plusieurs jours. À l'endroit où d'autres gens ont un cœur, ceux-là ont un cimetière, dit Adina, il n'y a que des morts entre leurs tempes, petits et sanglants comme des framboises gelées. Paul essuya quelques larmes, ils me dégoûtent et je ne peux pas m'empêcher de les pleurer. D'où vient cette pitié, demanda-t-il.

Deux têtes sur l'oreiller, séparées par le sommeil, les oreilles sont sous les cheveux. Et au-dessus du sommeil, derrière la ville, un jour léger et triste attend. De l'air chaud en hiver, et les morts sont froids. Personne ne videra le verre plein qui est dans la cuisine d'Abi.

Quelques rues plus loin, Clara s'endort avec la même image trouée. Le téléphone traverse son sommeil. Les œillets tuméfiés se dressent dans le noir, l'eau brille dans le vase. Je suis à Vienne, dit Pavel, quelqu'un viendra bientôt chez toi et te donnera mon adresse et un passeport, il faut que tu viennes tout de suite, sinon je ne serai plus là.

L'étrangère

Les fenêtres éclairées avancent, se balancent de part et d'autre et restent sur les rails. Dans les rues sombres, çà et là, une lumière. Ceux qui sont réveillés derrière ces murs ont de la lumière à leurs fenêtres. Ceux qui sont déjà réveillés doivent aller à l'usine. Les courroies de maintien ballottent sur les barres, le nain est assis près de la porte. Le rail couine. Près de Clara, une femme est debout, un enfant sur le bras. Et la porte fait beaucoup de bruit à chaque arrêt, l'enfant soupire, le nain ferme les yeux, la porte s'ouvre. Et personne ne monte, sauf le sable que le vent souffle à l'intérieur. On ne le voit pas. Il est comme de la farine, mais sombre. On l'entend crisser sur le sol.

Et dans le coin où la clôture avance jusqu'au rail et où une branche frôle la fenêtre éclairée, l'enfant, d'une voix absente, lance sa chanson dans le tramway :

Toujours toujours l'idée me pèse
De vendre ma maison et mon champ.

La mère penche la tête et regarde le sol vide, le nain penche la tête, Clara penche la tête. Sous leurs chaussures, les rails accompagnent la chanson. Les courroies de maintien remuent et écoutent.

Le haut-parleur est muet à la porte de l'usine, la chatte tigrée est assise à côté de la porte, elle a du papier métallisé vert dans les yeux. Les slogans ont disparu des salles, ils sont dans la cour. Le nain passe dans le fil de fer, ses briques cassées claquent. La chatte tigrée court derrière lui.

Grigore est directeur, le directeur est contremaître, le concierge est administrateur, le contremaître est concierge.

Crizu est mort.

En passant par la même matinée, une heure plus tard, quand il fait plus clair dehors et que les immeubles s'amassent dans le ciel gris, Adina va au lycée. Dans la cabine téléphonique, il y a une croûte de pain par terre. Au bout de la rue, il y a le grand rouleau de fil de fer. Devant la remise en bois, il y a une chaîne vide dans la cour. Le chien Olga n'est plus là.

Une montagne se dresse dans le coin nu le plus sale de la cour, devant un mur. La première moitié est en tissu, en cordons tressés, en dragonnes jaunes, en épaulettes. L'autre moitié est en papier, en slogans, emblèmes du pays, brochures et journaux avec les discours et les photos.

L'enfant aux yeux très écartés et aux tempes étroites porte une photo devant son visage. Sur la photo, la boucle de cheveux et le noir de l'œil. La boucle de cheveux descend jusqu'aux chaussures de l'enfant. On ne brûle pas les cadres, dit la fille de la domestique. Elle arrache la boucle de son cadre, ma mère est restée seule dans la maison de l'officier, dit-elle, l'officier s'est fait arrêter et sa femme s'est cachée. Les jumeaux apporte un panier avec des cravates et des drapeaux rouges de pionniers avec des franges de soie jaune.

La fille de la domestique tient l'allumette près de la montagne, près de la moitié de papier. Le feu se ronge un chemin qui monte, le papier rigide ploie comme des oreilles grises, ça faisait longtemps que j'attendais ce moment, dit la fille de la domestique. Le papier mou tombe en poussière, tu cachais bien ton jeu, dit Adina. Les jumeaux embrochent des franges de soie brûlantes sur des bâtons et s'élancent dans la cour. Qu'est-ce que je pouvais faire, dit la fille de la domestique, j'étais obligée de me taire, j'ai un enfant. Le vent souffle la fumée par-dessus le mur. L'enfant aux yeux très écartés est debout à côté d'Adina et tend l'oreille.

Je sais, dit Adina, les hommes avaient des femmes, les femmes avaient des enfants, les enfants avaient faim. La fille de la domestique se passe une mèche de cheveux dans la bouche, observe la montagne à demi carbonisée, maintenant c'est fini, dit-elle, et nous sommes vivants. La semaine prochaine, je viens te voir.

La fille de la domestique est directrice, le directeur est professeur de gymnastique, le professeur de gymnastique est secrétaire du syndicat, le professeur de physique est responsable du changement et de la démocratie.

La femme de ménage passe dans les couloirs avec son balai et dépoussière les murs vides où étaient accrochés des portraits.

Il y a une photo affichée en ville, ton mec qui était si sympa a tiré sur les autres, et c'était ton anniversaire. Même si j'avais été ici, je n'aurais rien pu t'offrir, pas de chaussures, pas de robe, pas de chemise. Même pas une pomme. Adina est adossée à la porte, de la fumée sort de la cour de l'école. Quand on ne peut rien s'offrir, dit-elle, on est des étrangers l'un pour l'autre.

Il n'a pas tiré, dit Clara, il est à l'étranger. Ses paupières ont un scintillement bleu, j'ai un passeport, dit-elle, qu'est-ce que je dois faire. Ses cils sont longs, fournis et calmes.

Tu es une étrangère, dit Adina, qu'est-ce que tu fais ici.

Et au cinquième étage, en haut, on voit un après-midi d'hiver qui passe derrière le remblai du stade. Adina et la fille de la domestique le suivent des yeux. Une bouteille d'eau-de-vie et deux verres sont posés sur la table. Adina et la fille de la domestique trinquent et vident leurs verres. Une goutte de chaque verre coule vers le bas.

La fille de la domestique a amené sa fille, elle a deux ans et demi. Elle est assise sur le tapis et se caresse la joue avec la queue du renard. Elle parle toute seule. Adina remplit les verres une deuxième fois. La voisine aux grosses boucles auburn se tient à la fenêtre ouverte.

Le chat a une moustache, dit l'enfant. Sous ses doigts, la queue du renard s'éloigne de son cou. L'enfant pose la tête du renard sur la table.

Adina sent pour la seconde fois un bruit dans sa tête, comme si une branche se cassait. Mais autrement.

La fille de la domestique lève son verre.

Ça fait rien

Au bord de la rivière, passé le dernier pont, il n'y a ni dalles de pierre, ni bancs, ni peupliers, ni soldats.

Les pattes du renard sont au fond de la boîte, au-dessus d'elles le ventre, la queue. La tête est posée tout en haut. La boîte vient de Clara, dit Adina. Nous rentrions de la ville, elle s'était acheté des chaussures et les avait portées tout de suite. Paul enfonce le doigt au centre du couvercle, c'est là qu'on met la bougie, dit-il.

Il ferme la boîte.

Je voulais le garder, dit Adina, j'étais assise à table, debout près de l'armoire, couchée sur le lit, je n'avais plus peur de lui. Paul place la bougie dans le trou, et maintenant la tête, dit-elle, le renard est resté un chasseur. La bougie brûle, Paul tient la boîte sur l'eau.

Il la laisse partir.

Puis il lève la tête vers le ciel, Abi est couché là-haut sur le ventre et il nous voit. Ça fait rien, dit Paul, ça fait rien. Il pleure. La bougie est aussi claire qu'un doigt. Peut-être qu'Ilie a raison, dit-il.

La nuit s'étend, la boîte à chaussures flotte.

Et très loin dans le pays, là où la plaine s'arrête bientôt, où chaque homme connaît chaque chemin, où la même nuit suffit à peine à la pointe du pied, Ilie prend le raccourci qui traverse le champ. Il porte son uniforme de soldat, ses godillots et une petite valise. La gare est là toute seule, les lumières de la bourgade, alignées comme une barrière mobile, brillent à l'endroit où le ciel s'interrompt. Maintenant, la frontière n'est plus très loin.

Il n'y a pas de journaux sur les murs de la salle d'attente, la poussière de l'été est restée derrière le verre dans les boîtes vides. L'employé du chemin de fer mange des graines de tournesol.

Timisoara, dit Ilie.

L'employé crache les épluchures par la fenêtre du guichet et demande, aller et retour.

Aller simple, dit Ilie. Il a le cœur qui bat.

Le remblai du stade attire tout contre lui le buisson dégarni. Le dernier ballon qui volait est oublié, la chanson interdite s'est chantée dans tout le pays, maintenant elle oppresse la gorge et quand elle se propage, elle est muette. Car il y a encore des chars dans toute la ville, et la queue pour le pain s'allonge devant le magasin. Là-haut sur le remblai, le coureur de fond laisse pendre ses jambes nues au-dessus de la ville, un manteau se glisse dans un autre.

Table

COMPOSITION : NORD COMPO MULTIMÉDIA
7 RUE DE FIVES - 59650 VILLENEUVE-D'ASCQ

Cet ouvrage a été imprimé en France par
CPI Bussière
à Saint-Amand-Montrond (Cher)
en septembre 2010.
N° d'édition : 103170. - N° d'impression : 101253.
Dépôt légal : octobre 2010.